高尔基的童年

[苏联] 高尔基 ◎ 著

陈广秋 ◎ 译

济南出版社

马克西姆·高尔基（1868—1936），原名阿列克谢·马克西莫维奇·彼什科夫，苏联伟大的无产阶级作家，社会主义现实主义文学奠基人。

他出身贫苦，早年历经学徒、搬运工等底层生活，在困境中坚持学习与创作。

高尔基的代表作有自传体三部曲《童年》《在人间》《我的大学》，展现苦难经历与成长；长篇小说《母亲》是社会主义现实主义文学的里程碑之作；散文诗《海燕》激励了无数革命者。其作品深刻反映劳动人民疾苦，剖析民族文化心态，对世界无产阶级文学影响深远，被列宁誉为"无产阶级艺术最杰出的代表"。

本书是高尔基《童年》全文和部分考试真题，把它送给童年的你。

目　录

第 一 章

昏暗狭窄的房间里，我的父亲躺在窗前的地板上。他穿着一身白衣，身子显得特别长；他光着双脚，脚趾怪异地张开着；那双温柔的手安静地放在胸前，手指打着弯。他的两只笑眼被压在两枚发黑的铜币下面^①，那张善良的脸暗淡发黑，龇牙咧嘴的样子让我很害怕。

母亲身上只穿了一件红色的衫子，跪在他旁边，用那把我常常用来当作锯子切西瓜的黑色小梳子，帮父亲从前额向脑后梳理着他柔顺的头发。她嘴里不停地说着什么，声音低沉而喑哑，灰色的眼睛肿得像融化着的冰块，大滴的眼泪从里面流出来。

外祖母牵着我的一只手。她长得胖胖的，头大眼睛大，鼻子鼓鼓的，看上去又奇怪又有趣。她穿着一身黑衣服，也在哭，像是专门在为母亲和谐地伴奏。她浑身在发抖，拽着我往父亲身边推，我执拗地往她身后躲，我很害怕，感觉不舒服。

故事开篇交代父亲的去世，为全文铺下灰暗的基调。

通过对外祖母的外貌和穿着描写表现出外祖母的和蔼可亲、平易近人。

---

① 笑眼被压在两枚发黑的铜币下面：当地旧俗，在死者眼皮上盖上铜币能令其死后瞑目。

我从没见过大人哭成这样，也听不懂外祖母反复说的话："快跟你爸爸告个别吧，宝贝，你再也见不到他了，他死了，他还那么年轻……"

我曾得过一场大病。我清楚地记得，在我生病的时候，父亲总是守着我，逗我开心，可是后来他却消失了①，来代替他的是我的外祖母，一个很奇怪的人。

"你是从哪儿来的？走了很长的路才到这里吗？"我问。

她答道："从上边②，从尼日尼③来，可不是走来的，是坐船来的！水上是不能走的，小鬼！"

多么好笑又有意思啊：楼上住着几个喜欢涂脂抹粉的大胡子波斯人，而下面的地下室住的是一个黄皮肤的卡尔梅克④老头儿，他是个贩羊皮的老头儿。顺着那楼梯可以从上面往下滑到地下室，要是摔倒了，就翻着跟头滚下去。这些事我知道得一清二楚，那里又哪来的水呢？一切那么不可思议，我觉得很好笑，却又理不出个头绪来。

"我又怎么是小鬼了呢？"

"因为你人小鬼大呀！"她慈祥地笑着说。

她说话的语气和蔼亲切，从第一天起，我就和她成了朋友。而眼下，我多想她能赶紧带我离开这个房间啊！

① 阿廖沙（即高尔基）三岁时（1871年），伏尔加河下游的阿斯特拉罕流行霍乱，他父亲马克西姆在看护他时不幸染病身亡。

② 上边：指的是河上游，作者所在的阿斯特拉罕位于伏尔加河的下游。

③ 尼日尼：即尼日尼·诺夫哥罗德，现改名为高尔基城，处于伏尔加河与其支流奥卡河的汇流处。"尼日尼"在俄语里有"下"的意思，所以阿廖沙会想到"下面""地下室"。

④ 卡尔梅克：卡尔梅克人是俄国境内蒙古系游牧民族。主要住在伏尔加河下游、里海西北沿岸。

母亲让我透不过气来，她的眼泪和哭号声让我感到从未有过的不安，我也从来没有见过她这副模样。她一向是很严厉的人，话不多，衣着干净利落，长得人高马大的。她有一副结结实实的身体，一双强壮有力的手。而眼前的她，整个人都浮肿了，衣衫凌乱不堪，浑身上下邋遢得不成样子。她那一向梳理整齐，像一顶光亮的帽子似的秀发，如今一边凌乱地披散在一侧裸露的肩头上，遮挡住了脸颊，而编成辫子的另一边晃来荡去，触碰着熟睡的父亲的脸。

我在屋子里站了好半天，可她看也不看我一眼，只是不停地为父亲梳着头，任凭泪水哗哗地流，气都喘不过来了。

几个穿黑衣服的乡下人不时地往门里看，还有一个警察生气地喊道："快点儿收拾吧！"

窗户上遮着一块黑披肩，被风吹起来就像鼓胀的船帆。我想起有一次，父亲带我去划帆船，突然一声雷响，我被吓得缩成一团，父亲哈哈大笑，用膝盖夹住我，大声喊道："别怕，没事，儿子！"

突然，母亲吃力地从地板上站起来，但没站稳，又仰面倒了下去，头发散落在地板上。她双眼紧闭，面色铁青，也像父亲似的龇着牙，用可怕的声音说："把门关上……把阿列克谢①领出去！"

外祖母推开我，奔向门口，喊道："乡亲们，别怕，别动她，看在上帝的分儿上！请都走开吧，不是霍乱，是要生了，行行好吧！乡亲们！"

① 阿列克谢：主人公阿廖沙的爱称。

母亲不修边幅的样子、悲痛欲绝的状态，都从侧面印证了父亲和母亲的感情极好。而阿廖沙不理解母亲的形容憔悴，对人的去世也没有概念，所以以为父亲只是睡着了。

阿廖沙的父亲死于霍乱，凑在这里的人们看到母亲的状态，生怕母亲也感染了霍乱，所以外祖母要向大家解释，让人群散去，才能给母亲提供一个安宁的生产空间。

我一下躲到了角落里的一只箱子后面。从那里我看到，母亲在地上翻滚着，痛苦地呻吟着，把牙咬得咯咯响。外祖母趴在她身边，用很温柔体贴的声调说："为了圣父圣子！瓦里娅[1]，忍一忍……圣母保佑你……"

我吓坏了，她们在父亲的身边翻来滚去，呻吟着，喊叫着，还不停地碰他，可他就是一动不动，好像还在笑。

就这样在地板上折腾了好半天，母亲有好几次站起来又都倒下了。外祖母则像一只软软的黑色大皮球，跟着母亲滚来滚去。

✎ 生动形象的比喻，表现出了外祖母忙碌的状态。

突然，在黑暗中传来孩子的啼哭声！

"感谢我的上帝！"外祖母说，"是个男孩！"

她点亮了蜡烛。

我在角落里睡着了，后来发生了什么我都不记得了。

我后来的记忆是一个下雨天，坟场上荒凉的一角。我站在泥泞的土丘上，看着那个深坑，他们把父亲的棺材放了进去。坑底有很多水，还有几只青蛙，有两只已经跳到了黄色的棺材盖上。

站在墓坑旁边的有我和外祖母，还有那个浑身湿透了的警察和两个手拿铁锹的气哼哼的乡下人。

✎ 玻璃珠比雨点重一些，"砸"在人们身上，烘托了气氛的沉重。

温暖的雨点像圆润的玻璃珠一样砸在人们的身上。

"埋吧！"警察说完就走开了。

外祖母哭了起来，用围巾的一角捂住脸。两个乡下人立刻弯腰向墓穴里填土，坑里的水发出啪嗒啪嗒的响

---

① 瓦里娅：高尔基的母亲瓦尔瓦拉的爱称。

声。那两只青蛙从棺材盖上蹦了下来，往坑壁上跳，可是土块又把它们打到了坑底。

"走吧，阿列克谢！"

外祖母抓住我的肩膀，我挣脱了她的手，我不想走。

"你呀，真是的，上帝！"她抱怨着，不知是在抱怨我，还是在抱怨上帝。

她垂下头，默默地在那站了许久。墓坑已经填平了，可她仍一动不动地站着。

两个乡下人用铁锹啪啪地拍着土，声音很响。刚才，刮了一阵风，把雨给赶跑了。

外祖母领着我，穿过一排排黑色的十字架，走向远处的教堂。

"你为什么不哭几声呢？"走出坟场的围墙时，她问我，"你应该哭两声！"

"我不想哭。"我说。

"好吧，不想哭，那就不要哭啦！"她小声说。

也真是奇怪，我很少哭，哭也是因为受了委屈，而不是因为疼痛。我一哭父亲就取笑我，而母亲则是厉声训斥我："不许哭！"

我们坐上了一辆小马车，行驶在肮脏不堪的街道上。街道很宽，两边是深红色的房子。我问外祖母："那两只青蛙再也爬不出来了吗？"

"不能了，爬不出来了，"她答道，"上帝会保佑它们的！"

不论是父亲还是母亲，都没有这么频繁又兴奋地念叨过上帝。

"默默地在那站了许久"更加表明外祖母对父亲的去世感到十分悲痛。

阿廖沙被教导得很坚强，所以他不喜欢哭。但这里阿廖沙不哭也有他不谙世事、不理解父亲去世这件事情的意思。

父亲和母亲不喜欢祈求上帝的保佑，说明他们内心坚定，有强烈的自我意识，不把生活的希望寄托在上帝身上。

母亲接连遭受丧夫丧子之痛。

几天以后，我跟着外祖母和母亲上了一艘轮船，坐在狭小的船舱里。

刚生下来的小弟弟马克西姆死了，用白布裹着，外面缠着红色的带子，静静地躺在角落里的一张桌子上。

我坐在行李上，从像马的眼睛一样凸起的小圆窗向外张望。透过布满水珠的玻璃窗，看得见河面上泛着泡沫的浊水无休止地向后退去，溅起来的水花不时地打在窗户上，我不由得跳了起来。

"别怕！"

外祖母用她那双柔软的手轻轻地把我抱起来，又把我放到了行李上。

陌生的环境和陌生的母亲都烘托出一种凄清的氛围。母亲因为连续遭受巨大打击而万念俱灰，但年幼的阿廖沙因为无法理解接连发生的苦痛，只是觉得母亲陌生，这更突出了母亲孤立无援、无依无靠的状态。

河面上灰雾蒙蒙，远方偶尔会现出黑色的土地来，但马上又消失在浓雾和河水之中。周围的一切都在颤动，只有母亲一动不动，她把双手垫在脑后，靠着船壁无声地站着。她脸色暗黑，有点铁青，双眼紧闭，一声不响。她完全变成了另外一个人，连她身上的衣服都让我觉得陌生。

外祖母不止一次地小声对她说："瓦里娅，吃一点儿东西吧，少吃点儿，好吗？"

母亲依旧沉默不语，一动不动。

外祖母的小心翼翼是对母亲的心疼。

外祖母跟我说话总是柔声细语的，可和母亲说话时声音就会变大，但也很小心、胆怯，说得也不多。我感觉她像是有点儿怕母亲，这使我和外祖母更亲近了。

"萨拉托夫[①]，"母亲突然大声又火气十足地喊道，"那个水手在哪？"

---

① 萨拉托夫：伏尔加河下游右岸的港口。

她的话也让我感到奇怪和陌生：萨拉托夫？水手？

这时，走进来一个身宽体阔、灰白头发的人。他穿着一身蓝制服，拿着个木匣子。外祖母接过木匣子，把小弟弟的尸体放了进去。

她伸直胳膊托着木匣子走向门口，但她太胖了，要侧着身子才能挤过窄窄的舱门，她在门口比量了半天，有些不知所措。

"哎呀，妈妈！"母亲很不耐烦地叫了一声，夺过小木匣子，她俩一起出去了。

我留在了船舱里，打量着那个穿蓝制服的男人。

"怎么，是小弟弟死了吗？"他俯下身来问我。

"你是谁？"

"水手。"

"那萨拉托夫是谁呢？"

"是个城市。你看窗外，那就是！"

窗外黑土地在移动，在雾气中显得很突兀，像是刚从圆圆的大面包上切下来的一块。

"外祖母去哪了？"

"去埋你小弟弟了。"

"把他埋在地下吗？"

"那还能埋哪呢？"

我给他讲了埋葬父亲时还埋了两只活的青蛙。他把我紧紧地抱在怀里，亲了亲。

"唉，朋友，你还什么也不懂！"他说，"不用去可怜青蛙，上帝会保佑它们的！可怜一下你的妈妈吧，你看她悲伤成什么样子了！"

阿廖沙始终不理解死亡的意义，他想起父亲的葬礼，更多是对那两只青蛙的关注，这令水手也开始可怜母亲的遭遇。

汽笛在我们头上呜呜地响了，我已经知道这是轮船的声音，所以就不怕了。可那个水手一下子放下我，撒腿就跑了出去，边跑边说："我得走了！"

于是我也想到了赶紧跑。我出了舱门，昏暗狭窄的过道里空无一人。离门不远处的楼梯上，镶的铜片在闪闪发光。我往上望了望，人们手里都拿着提包和包裹，显然大家要下船了，就是说我也该下了。

可当我随着人群一起走到甲板旁登岸的踏板前时，大家开始对我嚷了起来："这是谁家的孩子？你是谁的孩子？"

"我不知道。"

人们挤我、撞我、拍打我，就这样过了好长的时间。终于，那个灰白头发的水手出现了，他把我抱起来，向人们解释着："他是从阿斯特拉罕①来的，刚从船舱里跑出来的……"

他小跑着把我抱回了船舱，放到行李上就走了。他伸出手指吓唬我说："再乱跑我就揍你！"

头顶上的喧闹声停了下来，轮船也不抖动了，噗噗的响声停止了。

一堵湿漉漉的墙挡在船舱的窗户外边，舱里又暗又闷，行李好像膨胀了起来，挤压得我喘不过气来。一切都让人难受！可能他们就这样永远把我一个人丢弃在这空荡荡的船上了吧。

我去开门，却打不开，门的铜把手根本就扭不动。

---

① 阿斯特拉罕：位于伏尔加河三角洲地区，是伏尔加河流经的最后一个大城市，东南临里海。

我抓起装着牛奶的瓶子，拼命地砸向门把手，瓶子碎了，牛奶顺着我的腿流进了靴子里。我为自己的失败感到沮丧，便躺到了行李上，悄悄地哭了起来，后来就噙着眼泪睡着了。

当我醒来时，轮船又在噗噗地响，不停地颤动，船舱的窗户亮晃晃的，像个圆圆的太阳。

外祖母坐在我身边，正在梳头，眉头紧皱着，嘴里还不停地念叨着什么。她的头发特别多，在光的照射下泛着蓝光，披散下来盖住了双肩、胸脯和膝盖，一直垂到地板上。她用一只手把头发从地上撩起来，托在手上，费力地把稀疏的小木梳插进浓密的头发里。她的双唇向一侧撇着，忧郁的眼睛里露出愤怒的神色，她那张脸被这一大堆的头发映衬得又小又滑稽。

今天她看上去有点凶，可是当我问她头发为什么这么长时，她的语气还像昨天一样温柔和蔼："看来这是上帝为了惩罚我而赐给我的，你就梳这些该死的头发吧！年轻的时候，我很爱炫耀这一头浓发，可现在老了，我诅咒它们！睡吧！天还早呢，太阳刚从夜的怀抱里升起来……"

"我不想睡了！"

"好，不睡就不睡了。"

她马上就同意了，一边编着辫子，一边不停地望向沙发。母亲脸朝上直挺挺地躺在那，身子像根琴弦。

"你昨天怎么把牛奶瓶给打碎了呀？你小声点儿告诉我！"

她说话的语气就像唱歌一样动听，字字句句都像娇艳欲滴的花朵，深深印在了我的脑海中，是那么温馨，那么芬芳。她微笑的时候，那双像黑樱桃般的眼睛又大又明亮，闪烁出无法形容的愉悦，快乐的笑容烘托着她那两排雪白整齐的牙齿。尽管她的肤色暗黑，还有许多皱纹，可那张面孔依旧显得年轻又充满活力。但这张脸却被那个鼻孔粗大、鼻尖发红的大鼻子给破坏了，她正吸着一个镶着银花的鼻烟壶。她浑身上下全是黑色，但透过那双眼睛，从她内心深处放射出永不熄灭的愉快而温暖的光芒。她身体肥胖，腰有点弯了，几乎成了驼背，但动作却像一只大猫一样轻快敏捷，她的性情也温柔得像极了这种温和的小动物。

在她来之前，我仿佛昏睡在黑暗中，她的出现唤醒了我，把我领进了光明，用一根剪不断的线将我周围的一切串联了起来，编织成了五彩斑斓的花边。她一下子就成了我终生的朋友，是我最知心、最亲近的人，又是最懂我、最爱惜我的人。她对世界无私的爱充实了我，给我的身心注入了能够应对任何艰难困苦的充沛能量。

四十年前的轮船行驶得很慢，我们坐了很长时间的船才到达尼日尼，我还清晰地记得最初那些美好的日子。

当时天气晴朗，我从早到晚和外祖母待在甲板上。在晴朗的天空下，伏尔加河静静地流淌，两岸的秋色似金色的锦缎为它镶上了金边。橙黄色的轮船逆流而上，轮桨缓缓地拍打着灰蓝色的水面，发出隆隆的响声。轮船后面拖着一条灰色的驳船，活像一只大乌龟。伏尔加河的上空，太阳在不知不觉地移动，周围的一切是那么清新，两岸的景色每时每刻都在变幻着。绿色的山川像大地华贵的外衣上毛茸茸的皱褶，远远地望去，两岸的城市和村庄就像一幅幅彩饰，金色的落叶顺流漂移。

"你看，多美啊！"外祖母不停地赞叹着，她容光焕发，兴奋得眼睛睁得很大，在甲板上来回踱步。

她常常望着河岸出神，忘记了我的存在。她站在船舷边，双手交叉抱在胸前，面带微笑，一言不发，眼里噙着泪水。我扯了扯她绣花的黑裙子。

"嗯？"她一怔，"我好像打了个盹儿，做了个梦。"

"你为什么哭啊？"

"亲爱的，我是因为高兴，岁月不饶人啊，"她笑着说，"你知道吗，我已经活了六十岁了，我的好日子都一页一页地翻过去了！"

她嗅了嗅鼻烟，开始给我讲一些稀奇古怪的故事，有心地善良的强盗，有圣人贤士，也有各种各样的妖魔鬼怪。

她讲着童话故事，声音很低，表情很神秘，脸紧紧挨着我的脸，盯着我的眼睛，似乎正向我的心里灌输着激励我的力量。她的声音委婉动听，让人越听越入迷，听她讲故事真是说不出来的享受。

我听完就又请求她："再讲一个！"

"好，再讲一个。从前啊，有一个灶神爷，坐在灶膛里，一根面条扎进了他的脚心，他摇晃着，哎哟地叫道：'哎哟，小老鼠们，疼啊，我受不了啦！'"

外祖母抬起一只脚，用双手捂着，还不停地摇来晃去，脸抽搐起来扮着怪相，就像她自己真的疼一样。

旁边站着几个水手，是几个留着胡子待人和气的壮

外祖母讲的故事令阿廖沙分外感兴趣，这也许在阿廖沙心中种下了一颗文学的种子。

011

汉。他们听着笑着，夸赞外祖母讲得好，也请求说："好啊，老太太！再讲一个吧！"

讲完后他们说："走，跟我们一起去吃晚饭吧！"

晚餐时，他们请外祖母喝伏特加，给我吃西瓜和香瓜。不过，这一切都是偷偷地做的，因为船上有一个人总是走来走去，禁止所有人吃水果，他会把水果夺走扔到河里去。他的穿着像个警察，衣服上钉着铜扣子，整天一副醉醺醺的模样，人们都躲着他。

母亲无法从悲痛中脱身出来，所以和阿廖沙的交流也很少，阿廖沙仰望母亲高大的身躯，看不到母亲心中的悲伤，只能望见母亲阴沉的神色。

母亲很少出舱门到甲板上来，她躲着我们，整天一言不发。她身材高大挺拔，面色阴郁铁青，一头浓密的浅色头发编成了辫子盘在头顶上，就像一顶王冠，整个人显得强悍而刚毅。这些回忆就仿佛笼罩在透明的云雾中，那双和外祖母一样的灰色大眼睛，从遥远的地方冷漠地注视着我们。

一次，她很严厉地说："妈妈，人家都在笑你呢！"

"上帝保佑他们！"外祖母表现出一副无所谓的样子说，"让他们去笑吧，让他们笑个痛快！"

我至今还记得，当看见尼日尼的时候，外祖母快乐的样子就像个孩子。她牵着我的手，把我拉到船舷边，兴奋地大声喊道："看啊，看啊，多美！这就是尼日尼，多漂亮啊，简直就是个人间仙境！你看那边是教堂，你看啊，多像是在空中飞翔！"

外祖母不在乎别人的嘲笑和眼光，其乐观开朗的性格可见一斑。

她兴奋得几乎流出眼泪来了，央求着母亲："瓦里娅，你看，快看，啊？你可能把这地方都忘了！快高兴点儿吧！"

母亲阴郁地笑了笑。

轮船停泊在河心，岸边就是美丽的城市。河上挤满了船只，数百根桅杆插向天空。

一只载满人的大船靠近轮船，一支长竿钩住了放下去的梯子，船上的人们开始一个接一个地登上甲板。一个干瘦的小老头儿快步走在最前面，他穿着一件黑色的长衫，蓄着金黄色的长胡子，鹰钩鼻子又尖又弯，长着一双绿莹莹的小眼睛。

"父亲！"母亲饱含深情而响亮地叫了一声，扑到了他的怀里。他抱住母亲的头，忙乱地用那双通红的双手抚摩她的脸颊，声音尖厉地喊道："怎么了，傻孩子？哎呀！这不是回来了吗……唉，你们这些人呀……"

外祖母像个旋转的陀螺，一眨眼的工夫就拥抱亲吻过了所有的人。她把我推到众人面前，急急忙忙地介绍说："噢，快过来！这是米哈伊尔舅舅，这是雅科夫舅舅，这是纳塔利娅舅妈，这是两个表哥，都叫萨沙，这是表姐卡捷琳娜。这是咱们的一大家子人，看看，这么多！"

外祖父问候她："身体还好吧，老婆子？"

他们相互吻了三下。

外祖父把我从密集的人堆里拉了出来，摸着我的头，问："你是谁呀？"

"从阿斯特拉罕来的，从船舱里跑出来的……"

"他说什么呢？"外祖父转身问母亲，还没等她回答，就又一把推开了我，"颧骨跟他的父亲一模一样……下船吧！"

上了岸，我们一群人沿着铺有鹅卵石的小径往上走，高高的堤坡两侧长满了枯黄的野草。

这是阿廖沙对于外祖父的第一印象，从"鹰钩鼻子又尖又弯"和"绿莹莹的小眼睛"里可以看出来，阿廖沙似乎不怎么喜欢这位看起来有些市侩的外祖父。

全家人甚至连怀孕的纳塔利娅舅妈也来迎接他们，说明外祖父对待女儿和外孙很热情。

外祖父和母亲走在队伍的最前面。他的个头儿刚到母亲的肩膀，他迈着细碎的步子，但走得很快，而母亲俯视着她的父亲，像飘浮在空中一样。

两个舅舅紧跟在他们的后面。米哈伊尔舅舅那油黑的头发梳理得非常平整，他长得跟外祖父一样枯瘦。雅科夫舅舅的头发是淡黄色的，打着卷。

还有几个穿着鲜艳的胖女人和六个孩子，这些孩子都比我大，他们一个个都很温顺。

我跟外祖母和身材矮小的舅妈纳塔利娅走在一起。这位舅妈脸色苍白，蓝眼睛，挺着个大肚子，她总是停下来，气喘吁吁地小声低语着："哎哟，我走不动了！"

"他们干什么要把你也折腾来啊？"外祖母生气地骂道，"这一家子蠢货！"

无论是大人还是小孩，我都不喜欢，我觉得自己在他们中间是个外人，就连外祖母好像也不再那么光彩照人了，变得完全陌生了。

我尤其不喜欢外祖父，我一下子就感觉到了他心里的敌意，因此我怀着一颗谨慎的好奇心，特别地留意起他来。

我们走到了坡上，靠近右侧的斜坡是一条街道。前面有一幢低矮的房子，粉红色的油漆已经肮脏不堪，房檐很低，窗户是凸出来的。从外面看，我以为房子很大，可里面分成了几个半明半暗的小房间，十分拥挤，就像是一艘停靠在码头上的轮船一样，到处都是烦躁不安、忙忙碌碌的人，孩子们则像一群偷食的麻雀一样蹿来跳去，空气中弥漫着一股从未闻到过的刺鼻味道。

第一次见面的外祖父就让阿廖沙心生恐惧，后来的事情也验证了外祖父的确是一个不好相处的凶狠的人。

我走到院子里，院子里也令人生厌。满院子都挂着湿漉漉的布，地上摆着盛满五颜六色的水的大桶，里面也泡着布。在墙角处，矮得贴了地的破旧厢房里，炉火烧得正旺，锅里煮着什么，咕嘟咕嘟地直响。一个我没看清人影的人在说着一些陌生的词："紫檀——品红——硫酸盐……"

忙碌拥挤、肮脏刺鼻的环境和路上开阔壮丽的景色形成鲜明的对比，预示着阿廖沙在这里的生活也会变得水深火热。

第 二 章

一段凝聚了五味杂陈、难以用语言描述的离奇生活开始了，像奔流不息的河水，充满了湍急的漩涡又令我惊悸。这段生活就像一个让人不寒而栗的童话故事，而且是由一个心地善良且有点儿过于追求真实的天才绘声绘色讲述的。现在回忆起过去那些日子，我自己都很难相信那一切竟然是真的。很多事情真想为其辩驳、加以否认，因为在这个"一家子蠢货"的愚昧黑暗的生活中，充斥着太多的残酷。

然而，真理高于怜悯，因为我不单单是在讲我自己，我讲的是那个狭小、令人窒息又可怖的生活氛围，那是普通的俄国人曾经经历的、直到如今仍然没有摆脱的真实生活。

外祖父的家笼罩在炽烈的仇恨的浓雾中，所有人都被灼伤：大人们被其毒害不能自拔，小孩子们也难逃其害。

我后来听了外祖母的讲述才知道，母亲回来的时候，她的两个弟弟正强烈要求他们的父亲分家。母亲的突然归来，使他们分家的愿望更加强烈、更加迫不及待了。

他们怕母亲向外祖父讨回她本应该得到的嫁妆——那份嫁妆因为母亲违背了父亲的意愿与人"私奔"而被扣下了。两个舅舅一致认为那份嫁妆应该分给他们，他们也早就谋划着由谁去城里开染坊，又由谁到奥卡河①对岸的库纳维诺镇去，两个人都吵翻了天。

我们刚到没几天，在餐桌上就爆发了一场争吵：两个舅舅都突然跳起来，将身子探过餐桌，冲着桌子对面的外祖父怒吼、咆哮，像饿狗一样龇着牙、晃着脑袋。外祖父脸涨得通红，用饭勺子敲着桌子，像公鸡打鸣一样扯着脖子大叫："我要叫你们全都滚出去要饭！"

外祖母痛苦得整个脸都扭曲了。她说："全分给他们吧，老头子，那样你就清静了，给他们吧！"

"闭嘴！都是你惯的！"外祖父叫喊着，怒目圆睁。也真是奇怪，别看他个头小，喊叫声却震耳欲聋。

母亲从餐桌旁站起来，慢慢地走到窗前，望着窗外，背对着大家。

突然，米哈伊尔舅舅猛地给了他弟弟一个耳光。他弟弟号叫起来，揪住他，两个人在地上喘息、呻吟、叫骂，厮打成了一团。被惊吓到的孩子们哇哇大哭起来。怀有身孕的纳塔利娅舅妈拼命地喊叫着，我母亲双手抱住她，把她给拖走了。一向都是乐呵呵的麻脸保姆叶夫根尼娅把孩子们赶出了厨房。

椅子被撞翻了，膀大腰圆的年轻工匠伊凡——人们都叫他"小茨冈"——冲过去，骑到米哈伊尔舅舅的背上，而工匠格里戈里·伊凡诺维奇，一个戴着深度近视眼镜

① 奥卡河：伏尔加河右岸最大的支流，在尼日尼附近汇入伏尔加河。

母亲因为没有得到外祖父允许就私定终身，这使得外祖父讨厌阿廖沙的父亲，甚至讨厌阿廖沙，这也解释了上文外祖父为什么讽刺阿廖沙"颧骨跟他的父亲一模一样"。

外祖父作为一家之主，在家庭发生矛盾时第一反应不是解决问题，而是推卸责任，恼羞成怒，足以看出这个"畸形家庭"的形成根源。

帮工们对两兄弟争吵打架的处理已然轻车熟路，更侧面突出了扭打在一起是这个奇怪家庭的"常见沟通方式"，他们用拳脚沟通，而不是语言。

的秃顶大胡子，不慌不忙地用毛巾捆住了舅舅的手。

米哈伊尔舅舅伸长脖子，发出声嘶力竭的叫声，稀疏的胡子扎进了地板缝里。

外祖父绕着桌子团团转，悲哀地号叫："亲兄弟！亲骨肉！唉，你们这些人呀……"

打架一开始我就吓得爬到了炉灶上，我惊恐不安地看着，外祖母用铜脸盆里的水给雅科夫舅舅擦洗脸上的血迹。他哭泣着，跺着脚。

外祖母声音沉痛地说："该死的东西们，野蛮的畜生，你们清醒一下吧！"

外祖父把被撕破的衬衫拉到肩膀上，冲着外祖母大喊："你这个老妖婆，看看你生的这两个畜生！"

雅科夫舅舅走了以后，外祖母躲到了角落里，撕心裂肺地号啕痛哭："圣母啊，求求你给我的孩子们一点儿理智吧！"

外祖父侧身站在她旁边，望着桌子，桌上一片狼藉。他低声说："老婆子，你要时刻注意着他们，不然他们会去欺负瓦尔瓦拉的，恐怕……"

"得了，上帝保佑你！快把衬衫脱下来，我给你缝缝……"

她用手抱着外祖父的头，亲吻了一下他的前额。外祖父个子比她矮，他把脸贴到了她的肩膀上。

"看见了吧，老婆子，该分家啦……"

"该分啦，老头子，分了吧！"

他们俩谈了许久。开始还心平气和的，可到后来，外祖父一只脚在地板上蹭来蹭去，伸出一个手指威胁着

瓦尔瓦拉是对阿廖沙母亲的爱称。在这样一个刚结束激烈冲突的尴尬时刻，外祖父在愤怒"兄弟阋墙"的同时却粗中有细地想到了保护女儿，说明外祖父对母亲是有感情的。只可惜，在一个利益为先的家庭中，这点儿可怜的亲情不过是九牛一毛。

外祖母，又像只打鸣的公鸡似的扯着嗓子尖声尖气地吼叫起来："我就知道，你更偏向他们！可你的米哈伊尔奸诈狡猾，雅科夫好吃懒做！他们早晚会把我的家产喝光败光……"

我在炉灶上笨拙地转了下身子，一下把熨斗碰掉了，熨斗从炉台上稀里哗啦地滚落下去，扑通一声掉进了脏水盆里。

外祖父一个箭步跳过来，迅速把我拎下来，恼怒地盯着我的脸，好像第一次见到我似的。

"谁把你抱到炉灶上的？是你妈妈吧？"

"我自己爬上去的。"

"撒谎！"

"没撒谎，是我自己上去的，我当时吓坏了。"

他用手掌轻轻地拍了一下我的脑门，把我推到一边。

"哪儿都像你父亲！快滚吧……"

我求之不得，飞快地跑出了厨房。

我明显地感觉到，外祖父那双精明、犀利的绿眼睛总是盯着我看，所以我非常怕他。我想方设法躲避着那双火辣辣的眼睛。我感觉到外祖父很凶，他跟所有人说话都带着嘲笑和怨气，总是故意挑逗和激怒每一个人。

"唉，你们这些人呀！"他总是这样发感叹，把"呀"字拖得很长，让我陡生厌烦，身上禁不住打冷战。

到了吃晚饭的时间，外祖父、两个舅舅和伙计们，个个都疲惫不堪地走出作坊来到厨房，他们的手都被紫檀染红、被硫酸盐灼伤了，头发用带子绑着，活像摆在厨房角落里那一尊尊脸色阴沉的圣像。在这让人担惊受

"跳""拎""盯"三个连续的动词，生动形象地表现了外祖父的愤怒，尤其是"拎"字，将外祖父的粗暴毫无保留地暴露在阿廖沙面前。

通过"破旧了""皱巴巴""补丁"这些词语可以看出外祖父生活节俭，穿着并不体面。在这样的物质条件下，外祖父尽量保持干净的打扮，维护自己的体面和自信，这也体现了外祖父的自尊和要强。

纳塔利娅舅妈的外貌表现了她是一个纯净且胆小的人，但这样一个"好惹"的人，在这个"不好惹"的家庭里，注定是底层的存在，是被忽视和欺负的存在。

怕的时刻，外祖父总是坐到我的对面，他和我说的话要比跟他的孙子们说的多，这让他的孙子们很嫉妒。

外祖父的体态匀称，身材瘦削，脸上棱角分明。他身上的圆领丝绸背心已经破旧了，印花布的衬衫也皱巴巴的，裤子的两个膝盖处打着大块补丁。即使这样，他的衣着也比他那两个穿着西装、戴着护胸、围着三角巾的儿子整洁好看得多。

我们来了刚刚几天，他就强迫我学做祈祷。别的孩子都比我大，都已经跟圣母升天大教堂的一位执事学识字了，从家里的窗口就可以看到那个教堂的金色尖顶。

教我念祷词的是文静又胆怯的纳塔利娅舅妈，她长着一副孩子般稚气的脸，眼睛澄澈见底，仿佛穿过这双眼睛可以看到她内心的一切。

我常常喜欢眼睛一眨不眨地久久地盯着她那双眼睛看。她眯缝起眼睛，晃着头，低声几乎是耳语地请求我："快，跟着我念：我们的在天之父啊……"

要是我提出疑问："这是什么意思？"

她惊慌地环顾一下四周，建议我说："你别问，要惹麻烦的！你只管跟我念就是了，'我们的在天之父……'念啊！"

我心里始终在纠结：为什么问就有麻烦呢？越是这样我就越是故意念错。面色苍白柔弱的舅妈总是耐心地给我纠正，声调断断续续的。可是她的那些话，包括她这个人，让我更不懂了。由于我心里不高兴，所以就总是记不住祷词。

有一天，外祖父问我："阿列克谢，你今天干什么来着？玩去了吧！我看你脑门儿上有个青包，弄出个青包来可不算什么本事啊！主的祷告词念熟了吗？"

舅妈小声地说："他记性不好。"

外祖父冷笑了一声，红褐色的眉毛向上一挑，来了兴致："要是这样，那就得挨揍了！"

他又问："你父亲揍过你吗？"

我不知道他问的是什么意思，所以没有回答。

我母亲说："马克西姆从来没有打过他，也不让我打他。"

"为什么？"

"他说，靠拳头是教育不好孩子的。"

"这个马克西姆各方面都是个傻瓜。请上帝原谅我说死人的坏话！"外祖父又气呼呼地一字一顿地说。

他的话让我很生气，他察觉到了就说："你怎么还噘起嘴来了？瞧你那个样儿……"

他拢了拢头上变得花白的褐色头发，又补充说："等到了星期六，为顶针儿的事，我要抽萨沙一顿！

"怎么抽？"我问。

大家都笑了。

外祖父却说："等着吧，你会见识的……"

我躲到一边开始琢磨起来。"抽"就是把送来染色的衣服拆开，那么"抽"和"打"应该是一回事啦。我见到过人们打马、打猫、打狗，还有阿斯特拉罕的警察打波斯人，可我还从来没见过那样打小孩的。即使到了这里，也只见过舅舅们用手指头弹自己孩子的额头或后脑勺。孩子们对此也是满不在乎，只是揉一揉被弹疼了

外祖父问的是阿廖沙，舅妈却抢先回答"他记性不好"。结合上文舅妈恳求阿廖沙学习祷词的事件，可以看出舅妈对于外祖父的恐惧，这令人发怵且无法逃避的恐惧竟促使一个"纯净温柔"的人主动逃避责任，且将责任推拒到一个孩子身上。这更加说明，一个扭曲的、冰冷的家庭，会把一切的温柔和善意都掩盖并淹没。

父亲的做法让外祖父恼羞成怒，更衬托出外祖父固执死板、崇尚暴力的性格缺点。

这时的阿廖沙并没有十分了解自己所处的环境，所以面对粗暴的外祖父，依旧能够提出自己的疑问。这样充满好奇并且勇于提问的性格是父亲和母亲教育出来的，突出了两个家庭教育方式的反差。

021

因为习惯了，所以孩子们并不把被"弹"几下当回事，他们勇敢地说不疼，并不是真的勇敢，也不是真的不疼，而只是习惯了。在这样一个冷漠和暴力的家庭里，说疼不会得到任何疼惜，也许还会得到一顿变本加厉的毒打。孩子们得不到尊重，就学不会尊重别人，这是一个恶性循环，所以从外祖父到舅舅们，再到孩子们，他们都无法理解阿廖沙父亲所说的"靠拳头是教育不好孩子的"。他们相信暴力，所以诉诸暴力。

这样的情景看上去似乎是一个和谐温馨的氛围，但这却发生在一场荒诞的闹剧之后，因此便充满了令人恐惧的古怪和荒唐：亲人受伤了，而其他人视若无睹。

的地方。

我不止一次问他们："疼吗？"

他们也总是很勇敢地回答："不，一点儿也不疼！"

我记得那个轰动一时的顶针儿事件。

那天傍晚，刚喝过下午茶，还没吃晚饭，两个舅舅和工匠格里戈里正在把染好了的布料缝到一起，最后在上面再缝个布签儿。

米哈伊尔舅舅想捉弄一下那个半盲的格里戈里，他叫九岁的侄子把格里戈里的顶针儿在蜡烛上烧热。萨沙便拿着拨蜡烛屑的镊子夹着顶针儿烧起来，烧得烫手的时候，偷偷地把它放在了格里戈里的手边，然后就躲到了炉灶后面。

可碰巧这个时候外祖父来了，他坐下来要干活，顺手将那只烫手的顶针儿戴到了手指上。

当时我听见吵闹声跑进了厨房，外祖父正用烫伤了的手指抓着耳朵。他的样子很滑稽，一边蹦一边吼叫："谁干的？你们这帮混蛋！"

米哈伊尔舅舅趴在桌上，用手指拨弄着顶针儿，用嘴吹着。

格里戈里依旧缝着他的布料，既不气也不恼，斑驳的黑影在他那硕大的秃头上跳动。

雅科夫舅舅也跑来了，躲到炉子的拐角后面偷偷地笑。

外祖母在用擦板擦土豆。

"这是雅科夫的儿子萨沙干的！"米哈伊尔舅舅突然说。

"胡说！"雅科夫舅舅大吼一声，从炉子后面跳出来。

他的儿子在炉子后面哭了，叫道："爸爸，你别信他的话，是他叫我干的！"

两个舅舅对骂了起来。

外祖父一下子消了气，把土豆汁敷到手指头上，默默地领着我走了。

大家都说这件事是米哈伊尔舅舅的过错。现在大家喝着茶，外祖父提起顶针儿这件事，我很自然地问他："要不要揍他，或抽他一顿？"

"要！"外祖父咕哝着说，斜着眼瞅了我一下。

米哈伊尔舅舅用手拍了一下桌子，冲母亲吼道："瓦尔瓦拉，管好你的狗崽子，不然我把他的脑袋揪下来！"

母亲也毫不示弱说："你敢碰他一下试试……"

大家都沉默了。

母亲的话总是这么简短有力，一下子就能吓退别人，把他们推到千里之外，他们也变得渺小起来。

我看得很清楚，别人都怕母亲，就连外祖父跟她说话也是和声细语的，完全不像他跟别人说话那样。这让我很得意，我有时很自豪地在表哥们面前炫耀："我的妈妈是最强大的！"他们没有人反对。

可是星期六发生的事却动摇了我对母亲的这个信念。

在星期六之前，我也犯了错误。

大人们能很巧妙地改变布料的颜色,这让我很好奇。黄布遇到黑水就成了宝石蓝，灰布放到黄褐色的水里就变成了樱桃红。他们做得那么简单，可我怎么都不明白。

我很想自己动手试一试，就把这个想法告诉了雅科夫舅舅家的萨沙。

萨沙是个乖巧又懂事的孩子，他总爱在大人们眼前转悠，对所有的人都低眉顺眼的，谁叫他干什么，他都会言听计从。大人们都夸他听话、聪明，只有外祖父不以为然斜着眼瞧瞧他，说："真是个马屁精！"

萨沙长得又黑又瘦，有一双外凸的金鱼眼，讲起话来絮叨叨的，声音很小，常常是上气不接下气的，还总是左顾右盼，好像要伺机逃跑躲藏起来似的。他那两只棕黄色的瞳孔一动不动，但要是激动起来，就跟着白眼珠子一起颤抖。

他给我的感觉很不舒服。我倒是挺喜欢米哈伊尔家的萨沙，他不那么惹人注目，动作总是慢吞吞的，性格很文静，那双忧郁的眼睛和脸上的笑容很像他性格温顺的母亲。他的牙齿长得很难看，从嘴里龇了出来，上颚竟然长了两排，他自己也觉得好玩，常常把手指伸进嘴里去晃动里面的那一排，就好像要把它们拔出来一样，他也总是很顺从地允许别人摸摸他的牙。除此之外，我在他身上再也没发现其他更有趣的东西了。在这个拥挤不堪的房子里，他总是孤零零的，很喜欢坐在昏暗的角落里，偶尔在傍晚的时候坐在窗边。和他一起呆呆地坐在窗前感觉很舒服，紧紧地依偎着他，我们一言不发，一坐就是一个小时。我们眺望傍晚绯红的天空，看一群黑色的寒鸦在圣母升天教堂的金顶上盘旋、飞翔，它们一会儿飞得高高的，一会儿又落下来，又突然像一张黑色的大网遮住了渐渐昏暗的天空，一会儿又消失到不知什么地方去了，留下一片空寂。看着这一切，我们一句话也不想说，一种令人愉悦的惆怅溢满了心胸。

雅科夫舅舅家的萨沙，不论他讲什么都像个大人似的头头是道。他听到我想染布的想法，就建议我把柜子里过节时用的白桌布拿出来，我们准备把它染成蓝色。

"白色的东西最容易上色了，我很懂！"他很认真地说。

我把那块沉甸甸的桌布抱到院子里，刚把桌布的一角按入放蓝靛的桶里，"小茨冈"就不知道从哪儿冲着我跑过来了。他急忙捞出桌布，一边用那双宽大的手使劲地拧着，一边冲在过道里盯着我染布的表哥喊："快把你祖母叫来！"

他感觉到了事情不妙，摇晃着黑色蓬乱的脑袋对我说："完了，你要挨揍了！"

外祖母飞跑而来，大叫大骂，甚至哭了，很可笑地骂起我来："哎呀，你这个捣蛋鬼！大耳朵鬼，让他们把你摔死！"

接着她开始嘱咐"小茨冈"："瓦尼亚①，千万别告诉老头子啊！我把这事瞒着，希望侥幸能糊弄过去……"

瓦尼亚在自己五颜六色的围裙上擦着手，忧心忡忡地说："我怎么会呢？我不会说的。您小心别叫萨沙告密！"

"我给他几个零花钱封住他的嘴。"外祖母说完，

---

① 瓦尼亚：伊凡的昵称。

看到阿廖沙染布的人，除了"小茨冈"还有一个表哥，表哥只敢偷偷地在门后观望，而"小茨冈"却勇敢地冲出来阻止了阿廖沙。这样鲜明的对比，更加刻画出了"小茨冈"的勇敢，这同时也为下文做了铺垫，在后文中，这样性格乐观开朗的"小茨冈"，也多次温暖了阿廖沙悲伤寂寞的心灵。

把我领回了屋里。

星期六这天，在做通宵晚祷之前，有人把我领进了厨房。那里一片漆黑，鸦雀无声。我清晰地记得，通向过道和房间的门都关得严严的，窗外雾霭蒙蒙，秋雨簌簌。在黑乎乎的炉灶口有一张宽大的长凳，"小茨冈"阴沉着脸坐在上面，那神色跟他平日判若两人。外祖父站在角落里的一个大木盆旁，从盛满水的桶里挑选着长长的柳条枝，一根根地摆整齐，比量着，时不时地在空中挥舞着，发出嗖嗖的响声。

外祖母站在黑暗处，大声地吸着鼻烟，嘴里念叨着："靠折磨人……寻开心……"

雅科夫舅舅家的萨沙坐在厨房中央的一把椅子上，用拳头抹着眼睛，说话声调都变了，像个老叫花子一样拖着长腔哀求道："看在……上帝的分儿上，饶了……我吧……"

椅子后面并肩站着米哈伊尔舅舅的两个孩子——分别是我的表哥和表姐，他们也吓得呆若木鸡。

"打完就饶了你。"

外祖父松开了攥在手里浸湿的长树枝，用手捋着，说："快点儿，脱掉裤子！"

他的语气很平静。

无论是外祖父的说话声，还是坐在椅子上的萨沙的哭求声，还有外祖母脚蹭地板的沙沙声，都打破不了这昏暗、低矮、压抑的厨房里的寂静，这寂静让我永生难忘。

萨沙站了起来，解开裤子，褪到膝盖处，弓着腰用手提着，磕磕绊绊地走向那张长凳。

环境描写，渲染"山雨欲来风满楼"的氛围，也为下文阿廖沙被外祖父痛打到昏厥埋下伏笔。

这一系列对外祖父准备使用暴力的动作描写格外详细，足以看出打人对外祖父来说已经是家常便饭。

萨沙顺从地脱裤子说明挨打在这个家里已经形成了一个习惯。

看着他走路的样子，我心里一阵战栗，腿也跟着抖起来。

感觉更糟糕的是，他很顺从地趴到长凳上的那一刻，瓦尼亚用一条长毛巾从腋下把他绑在长凳上，又俯下身来，用两只黑手抓住他的脚脖子。

"阿列克谢，"外祖父叫我，"过来，靠近点儿！嘿，你听到没？现在看看吧，怎么个抽法……一下……"

他低低地抬起一只手，树条打在裸露的身体上，萨沙尖叫一声。

"别装了，"外祖父说，"这下根本不疼！看更疼的！"

于是他狠狠地抽了一下，皮肤上马上就留下一道红印，红的地方又肿起来。表哥拉着长音在号叫。

"不好受吧？"外祖父问，他的手有节奏地举起来又放下，"不喜欢吧？这是为顶针儿的事！"

当他的手挥起来时，我的心也随着提起；他的手刚一落下，我整个人也跟着落下。

萨沙的尖叫声很可怕，尖厉得令人生厌。

"我再也不敢了……我不是已经说了桌布的事吗……我不是告发了吗……"

外祖父不慌不忙，像朗读赞美诗一样地说："告密算什么本事！告密者首先就该挨第一鞭子！现在就来解决桌布的事！"

外祖母一下子扑过来，把我抱在怀里，大叫："我不让你打阿廖沙！不让，你这个魔鬼！"

外祖父立刻冲过来，推倒了外祖母，把我抢过去，

"一道红印"和"号叫"都从侧面表现出了外祖父的心狠手辣。

前文从环境描写、动作描写和语言描写等多方面展现了外祖父的凶狠和萨沙可怜的下场，阿廖沙作为一个旁观者和一个从没挨过打的孩子，对挨打的恐惧在这一刻达到了顶峰，所以他激烈地反抗，不顾一切地反抗，但这样的反抗却又更加惹怒外祖父，使他遭受到了更严重的毒打。

家庭暴力留下的不只是身体上的伤痕，更是将伴随一生的无法治愈的心灵上的伤痛。在这之前，阿廖沙虽然惧怕外祖父的凶狠，却始终没办法和这个家庭感同身受，而在这顿毒打之后，阿廖沙在父亲那里得到的安全感被彻底剥离，他后知后觉地明白，这个家庭比他想象中还要无情，还要恐怖，而他想要在这个家庭生存，就必须学会谨小慎微。

抱着我向长凳走去。我在他怀里拼命挣扎，扯他的红胡子，咬他的手指，他疼得嗷嗷直叫，把我紧紧地夹住，猛地往凳子上一摔，摔破了我的脸。他发出野蛮的狂叫："把他绑起来！我要打死他！"

我还记得母亲那张苍白的脸，眼睛瞪得又大又圆，她绕着长凳跑来跑去，声音嘶哑地哀求着："好爸爸，不要啊……您放了他吧……"

外祖父的痛打使我失去了知觉，连续几天我都卧床不起。我只能背朝上趴在床上，宽大的被子很温暖。我待的这间小屋里只有一扇小窗，墙角处有一个神龛，摆着几幅圣像，前面有一盏通红的长明灯。

生病的那段时间是我人生中具有重大意义的日子，我在这段时间里快速地成长，从此有了一种特别的感受。从那时起，我开始不安地关注人，仿佛包藏着我内心的一层皮囊被撕扯掉了，我感受委屈和痛苦的神经变得异常敏感，不管是对自己还是对别人。

首先震撼我的是外祖母和母亲的争吵。

在那间昏暗的房间里，一身黑衣、身材高大的外祖母把母亲逼到了墙角的圣像前，气愤地说："你为什么不把他抢过来，嗯？"

"我当时吓坏了。"

"瞧你长得这么身强力壮的！你真不知羞愧，瓦尔瓦拉！我这老太婆都不害怕！你真不知羞耻！"

"妈妈，别说了！我心里也很难受……"

"不，你根本不爱他，你不可怜他这个没爹的孩子！"

母亲悲切地高声喊道："我这辈子也已经是孤儿啦！"

后来，她们俩坐在墙角的木箱上哭了许久。母亲说："要是没有阿列克谢，我早就离开了，永远地离开！我不能再活在这个地狱里了！我活不下去了，妈妈！我已经没力气了……"

"你是我的宝贝！我的心肝！"外祖母喃喃地说。

我从此记住了：母亲并不是强大的，她和所有的人一样，也怕外祖父。我很伤心，是我拖累了她，使她不能离开这个叫她无法活下去的家。没过多久，母亲就真的从这个家里消失了，不知到哪儿去做客了。

有一天，外祖父突然来了，就像是从天花板上掉下来的一样。他坐到床上，用冰冷的手摸了摸我的头，说道："你好，小伙子……说话啊，别生气啦！嗨，怎么不吭声？"

我真想拿脚踢他，可是我疼得动弹不了。他的头发看上去比以前更红了，他的脑袋不安地摇晃着，发光的眼睛在墙上寻找着什么。他从口袋里掏出山羊形的饼干、两块尖角的糖块、一个苹果和一包发蓝的葡萄干，他把东西放到我眼前的枕头上。

"看看，我给你带来好吃的啦！"

他俯下身亲了亲我的额头，用一只染成了黄色的粗糙的小手轻轻抚摩我的头，变了形的指甲就像鸟的爪子，上面的黄颜色很扎眼。

"我当时对你是有点儿过分了，小家伙。我火气大了点儿，可你对我又是咬又是挠的，我也是太生气啦！不过，你多挨几下也不是什么坏事，对你有好处！你要知道，自己的亲人打你，这不是受委屈，而是受教育！

阿廖沙曾以为母亲在这个家里是特殊的存在，也相信母亲可以保护他，但血淋淋的事实让阿廖沙发现，其实母亲也像孩子们一样惧怕外祖父，不敢忤逆外祖父。而在另一方面，母亲从小在这个家庭里长大，恐惧已经深入骨髓，她曾经逃离了这个家庭，现在却又被迫回来，回到自己的阴影里。阿廖沙看到母亲坚硬外表的伪装，看到母亲内心的柔弱和痛苦，而这一切都令阿廖沙感到心疼、内疚和自责，因为母亲的痛苦和他息息相关。

外祖父是一个十分矛盾的个体，他用暴力的方式教育孩子，维护自己的权威，却又愿意低下头来讨好被自己打坏的孩子。不能否认他对阿廖沙的爱是真的，但他不会控制自己的情绪，更没有处理家庭关系的智慧。

外人打你,你不能屈服,自己人打了你,没关系!你以为我没挨过打吗?阿廖沙,我被打的那个悲惨状态,你做梦都不会想到。我受的委屈,也许连上帝看了都会掉泪!结果你现在看到了吧?我一个孤儿、一个乞丐母亲的儿子,最终不是出人头地了吗?现在还当上了行会的头儿,手下管着好多人!"

他那干瘦匀称的身体贴近了我,开始讲他小时候的事。他说话声音沉厚有力,表达得很清晰流畅。

他那双绿眼睛炯炯发光,他兴奋地甩着红头发,把嘴对着我的脸,嗓音变得低沉洪亮起来。

"你可是坐轮船来的,是蒸汽机送你来的。而我年轻的时候,必须靠自己的力气拉纤,沿伏尔加河逆流拖拽货船。船在水上行驶,我在岸上走,光脚踩着又坚又硬的石头!每天从日出到深夜啊!太阳晒着头顶,脑袋烤得像块铁,腰弯得头都抵在了地上,骨头嘎嘎地响——就这样不停地拉呀拉,看不见路的尽头。心灵在哭泣,脸上的泪水和着汗水一起往下流,视线都模糊了!唉,阿廖沙,那可是有苦没处说啊!只能不停地拉呀拉……滑脱纤绳一头扎在地上,来个嘴啃泥是经常发生的事。这也倒好,力气都用尽了,跌一跤也能喘口气,歇上一会儿!我们当时的生活都是我们慈悲的主亲眼所见的啊!我沿着我们的母亲河伏尔加河走了三趟:从辛比尔斯克①到雷宾斯克②;从萨拉托夫到这里;从阿斯特拉

---

① 辛比尔斯克:现在的乌里扬诺夫斯克,位于东欧大草原北部边缘,在伏尔加河的中游,是列宁的故乡。

② 雷宾斯克:今俄罗斯欧洲部分中部城市,在伏尔加河上游,也是俄罗斯最大水库的名字。

罕到马卡里耶夫①的集市——足足走了上万里的路啊！终于到了第四个年头，我当上了纤夫的头儿，因为我在老板面前表现出了聪明才干！"

我听着听着，在我的眼前突然像有一块浮云飘来，这个干瘦的老头儿瞬间变幻成了童话故事里的巨人，他独自一人正拖着铅灰色的大货船逆流而上……

他偶尔跳下床去，用手比画怎么拉纤，怎么从船里往外排水，还亮开男低音唱上一曲，然后重又身手敏捷地跳回床上。他整个人都那么令人惊奇，声音更加低沉而有力。

"哎，不过，阿廖沙，也会有快乐难忘的时候，到了休息的时候，夏天的黄昏，在日古利城②翠绿的山脚下，我们点起篝火，在火上面煮粥做饭。一个悲苦的纤夫唱起了忧伤的歌，所有的人就跟着一起唱，唱得不禁让人打起寒战，仿佛整个伏尔加河也被感动了，河水流淌得更快了，像一匹奔腾的野马腾空而起，直冲云霄，所有的痛苦也都随风而飘散了。大家都唱得入了迷，有时锅里的粥溢出来了，熬粥的那一位脑门上就得挨勺子把：你玩可以，但可别忘了正事！"

有好几次都有人进来叫外祖父，我请求他："别走！"

他微笑一下，挥手叫他们出去了："你们等会儿……"

他就这样一直讲到天黑，临走时与我亲热地告别。他走了以后我明白了，外祖父并不是个凶恶的坏蛋，也并不可怕。但是他毒打我的事，回想起来我就委屈得落

在故事的讲述中，阿廖沙和外祖父的关系也逐渐缓和了。阿廖沙还是害怕外祖父，却也无法忽视外祖父带来的温情，这是阿廖沙感受到的关于亲情的矛盾。

① 马卡里耶夫：在伏尔加河的上游，位于伏尔加河的左支流温扎河的右岸。
② 日古利城：位于伏尔加河中游右岸，是一个重工业城市。

泪，无法忘掉这件事。

外祖父的探望给大家开了个先例，每天从早到晚都会有人在床边陪着我，想方设法哄我开心，但我也并不总是开心的。陪我最多的还是外祖母，她甚至连睡觉都和我在一张床上。

这些日子给我印象最深的是"小茨冈"。他是个大块头，肩宽背阔，脑袋也很大，满头的卷发。这天傍晚他来了，穿得像过节一样，上身是金黄色的丝绸衬衫，下身穿棉绒的裤子，脚上是像手风琴一样吱吱响的皮靴。他的头发油光发亮，两道浓密的眉毛下闪着一双有点儿斜视，但却很快活的眼睛，刚刚长出来的小黑胡子下面是雪白的牙齿。他那件衬衫柔和地映着长明灯的红色火苗，显得很耀眼。

"你看，"他一边说一边撸起袖子，让我看他裸露的手臂，上面直到肘弯处满是血红的伤痕，"你看肿得多高！可当时比现在肿得还要厉害，现在已经消了好多！你知道吗？你外祖父当时简直是发疯了。我看见他要把你打坏了，就开始用这只胳膊去挡，指望他把那树条打断，趁你外祖父去拿另一根柳条时，你外祖母或你母亲就可以把你抱走了！可是那树条子用水泡得太软了，就是不断！可不管怎么说你终归少挨了几下，你数数，有多少下？小家伙，我也够机灵的！"

他笑了起来，笑得非常温和又亲切。他又看了看那红肿的手臂，笑着说："我当时是真的很心疼你，感觉喉咙都发紧了！你太可怜了！可他还没命地抽打……"

他晃了晃头，像马似的打着响鼻，又开始讲起了外

"大块头""肩宽背阔"不仅代表"小茨冈"的形象，还象征着他的为人，宽厚可靠，充满活力和力量。从阿廖沙对"小茨冈"不同于他人的看法中，可以看出阿廖沙对"小茨冈"的喜欢和依赖。

祖父。他就像个孩子一样单纯、可爱，让我一下子就感觉亲近起来。

我告诉他，我很爱他。他回答得很朴实，但却很真诚，让我永远难以忘怀："你知道吗，我也很爱你，所以我甘愿挨打，是为了爱而挨打！换了别的什么人我能去这么做吗？我管都不会管……"

接着，他不时地瞧着门，悄悄地向我传授起经验来："下次再挨打的时候，千万别缩成一团，别把身体缩紧，知道吗？身子缩紧了就会加倍地疼，你要放松，把身体舒展开，这样身子就软了，要像一摊泥一样躺着！也不要憋气，要深呼吸，你要记住这些，这对你有好处！"

我问："难道还会打我吗？"

"怎么不会？"他平静地说，"当然还会打你！你可能会经常挨打……"

"为什么？"

"你的外祖父爱找碴儿……"

他顿了顿，又开始很关切地教我："要是他从上向下抡柳条抽你，你就安静地躺着，舒展开身体；要是他把树条子打下来以后还就势往回拉，那就是要抽掉你的皮，你一定要随着他和柳条转动身子，懂没懂？这样能疼得轻点儿！"

他挤了挤有点儿斜视的黑眼睛，说："在这方面我比我们的警察局局长还要老到！小朋友，你都可以拿我身上的皮缝一副皮手套了！"

我看着他那张快乐的脸，不禁想起了外祖母讲的伊凡王子和伊凡傻子的童话故事。

"小茨冈"已经对挨打十分有经验，很是了解挨打的痛苦，但他仍旧奋不顾身地替阿廖沙挨打，更能看出"小茨冈"的勇敢和善良，以及这份感情的难能可贵。

　　有一天，外祖父突然来了，就像是从天花板上掉下来的。他坐到床上，用冰冷的手摸了摸我的头，说道："你好，小伙子……说话啊，别生气啦！嗨，怎么不吭声？"

第 三 章

身体恢复好了以后，我才知道，"小茨冈"在这个家中的地位颇为特殊：外祖父不像责骂两个儿子那样经常骂他，骂得也没那么凶。在私下里，外祖父眯缝着眼睛，摇晃着脑袋，夸奖他说："伊凡是个能手，你走着瞧吧！记住我的话：这小子会有出息的！"

两个舅舅对他也算和气、友好，从来不像对工匠格里戈里那样"拿他开心"。

对格里戈里的恶作剧几乎每天晚上都要做一次：有时是用火把他的剪刀柄烧烫，有时则是在他的椅子上放一个大头钉，或者把两种颜色不同的布料放在这个老眼昏花的老工匠的手边，等他把不同颜色的布匹缝到一起，就会受到外祖父的责骂。

有一次，在吃过午饭之后，他在厨房的吊床上睡午觉，有人在他的脸上涂上了红颜料。于是有好长一段时间，格里戈里就带着这么一张滑稽又可怕的脸走来走去：灰白的大胡子里两个圆圆的像眼镜一样的红圈若隐若现，长长的红鼻子像条舌头一样无精打采地耷拉着。

他们这样的把戏层出不穷，可格里戈里总是默默地

"小茨冈"被父亲和两个舅舅都特殊对待，好像他在这个家里有些地位似的，与下文"小茨冈"被舅舅们害死形成鲜明的对比。

两个舅舅捉弄人的把戏层出不穷，但格里戈里已经麻木了。

忍受着，只是轻轻地干咳两声。他在拿熨斗、剪子、钳子或顶针儿一类的东西之前，总要先往手指上吐上好多口水，这已经成了他的习惯。甚至在吃饭的时候，在拿刀叉之前，他也会把指头弄湿，引得孩子们大笑不止。他挨了烫就高高地扬起眉毛，那张宽阔的脸上，皱纹像波浪一样蔓延开来，奇怪地慢慢爬上额头，直至消失在光秃秃的头顶。

我不记得外祖父对儿子们的恶作剧的态度了，但是外祖母每次都会向他们挥起拳头，朝他们喊叫："你们这些调皮的东西，狠心的家伙！"

不过，舅舅们在背地里谈起"小茨冈"却总是带着怨气，他们嘲笑他，指责他活干得不好，骂他是个小偷、懒汉。

我问外祖母这是为什么。

她总是像平时一样，很耐心又简单明了地给我解释："你不是看到了吗，他们俩想开自己的染坊，都想把瓦尼亚带走，所以嘛，他们俩就在对方面前骂他，说他不会干活！他们其实是在撒谎，玩弄心计。他们是害怕瓦尼亚不跟他们走，而是留在你外祖父身边。可你外祖父是个有性格的人，就算只剩下三分之一的染坊了，他也能和瓦尼亚一起把染坊开下去，那对你的舅舅们十分不利，懂了吧？"

她轻声地笑了笑。

"他们为什么都耍手腕，简直可笑极了！他们这点儿小聪明你外祖父早就看在眼里了，他故意逗弄他们：'我要给瓦尼亚买一个免服兵役证，这样他就不会被招去当兵了，我太需要他了！'他们俩很生气，这样的事他们是不想去做的，因为舍不得花钱，免役证很贵的！"

现在我又和外祖母住在一起了，像当初坐轮船来这里时一样。她每天晚上临睡之前都给我讲童话故事，或者讲她自己像故事一样的生活。提到家庭事务时，诸如分家、外祖父给自己买新房子的事，外祖母不屑地淡淡一笑，俨然一个局外人，仿佛她与这一切毫不相干，像是个从遥远的地方来的人，又像是个邻居，完全不是家里的二当家。

她还跟我说，"小茨冈"是个被遗弃的孩子。那是早春时节，在一个下雨的夜里，他被丢弃在了大门口的长凳上。

"他就躺在那，被一块围裙裹着，"外祖母讲着，神态若有所思，又略带神秘，"他已经被冻僵了，勉强能呀呀叫几声。"

"为什么要把孩子偷偷放在别人家门口？"

"有的母亲没有奶水，也没有东西喂孩子，她就打听哪一家生了孩子后夭折了，把自己的孩子放到那儿。"

她沉默了一会儿，挠了挠头，望着天花板，叹了口气，又接着说："都是因为穷啊，阿廖沙。简直穷得难以想象！还有一种观念，就是没出嫁的姑娘是不能生孩子的，太丢人啦！你外祖父想把瓦尼亚送到警察局去，我拦住了他。我说，咱们自己养吧，这是上帝给咱送来顶替那些死去的孩子的。你知道吗，我生了十八个孩子，要是都活着的话能住满整整一条街，那可是十八户人家啊！我刚十四岁就嫁人了，十五岁就生孩子了。可上帝

把"小茨冈"放在门口，因为外祖母当时有一个孩子去世了，所以外祖母说起这件事会沉默。

037

看中了我的骨肉，一个一个都被拿去当天使了！我是既心疼又高兴！"

她只穿着件衬衫坐在床边上，头发蓬乱，乌黑的长发披散着，遮盖住了她那庞大的身躯，她特别像前一阵子一个大胡子看林人牵到院子里来的那只大熊。她在雪白的胸脯上画着十字，摇晃着身子，轻声笑着说："把好的都拿走了，给我留下的都是坏的！瓦尼亚的到来让我高兴极了，我特别喜欢你们这些小家伙！就这样，把他留下了，给他行了洗礼，你看他现在，长得多好！开始我叫他'甲壳虫'，因为他总是蜷缩着小腿满屋子爬，活脱脱的一个甲壳虫！你就爱他吧，他是个非常单纯的孩子！"

我真的爱伊凡，他的很多举动简直让我惊讶得目瞪口呆。

每到周六，外祖父就会惩罚一周以来犯过错误的孩子，之后他就去做晚祷。外祖父走了之后，厨房里就开始了无比快乐的生活。

伊凡会从炉灶底下捉来几只黑色的蟑螂，他用线做了一套马具，又用纸折出了一个雪橇，于是四套马车就在光滑的黄色桌面上奔驰起来。伊凡用一根细松针赶着四匹"黑马"，他兴奋得大喊大叫："咱们去接大主教喽！"

他又把一个碎纸片粘了在一只蟑螂身上，赶着它去追"雪橇"，他讲解着说："他们忘带口袋了，这个教士背着口袋跑去送口袋！"

他又用线拴住一只蟑螂的腿，这只蟑螂向前爬着，头不住地点地，伊凡拍着巴掌大笑大叫："助祭从酒馆里出来了，要去做晚祷喽！"

他又拿出来几只小老鼠。在他的命令下，它们站立起来，拖着长长的尾巴，用两条后腿走路，眨巴着一对机灵的小眼睛，就像玻璃珠一样黝黑锃亮。他很爱惜小老鼠，把它们揣在怀里，嘴对嘴地喂它们糖吃，用嘴亲它们。他用令人信服的语气说："老鼠是非常聪明的动物，性情温和，家神特别宠爱它！谁要是养了小老鼠，家神爷爷也一样宠爱他……"

他还会用纸牌或铜钱变魔术，而且变魔术的时候，他比任何一个孩子都活跃，几乎跟他们没什么区别。

有一回孩子们跟他玩纸牌,他一连几次当了"傻瓜"，很不高兴，噘起嘴来，扔下牌不玩了。后来，他哼着鼻子向我抱怨："我太知道他们了，他们是串通好的！他们相互递眼色，在桌子底下把牌换了。这哪是游戏？真要要滑头我也不输给他们……"

他那年十九岁，比我们四个人的年龄加一起还要大，他给我印象最深刻的是一次过节的晚上。

那天晚上,外祖父和米哈伊尔舅舅出门去了朋友家，一头蓬松卷发的雅科夫舅舅拿着吉他来到厨房，外祖母摆好了一桌子丰盛的茶点，还有一瓶伏特加酒，绿色的瓶子底部雕刻着精美的红花。

"小茨冈"穿着节日的服装，跑前跑后地忙碌着。格里戈里侧着身子轻手轻脚地走了进来，他那厚厚的眼镜片闪闪发光。保姆叶夫根尼娅胖得像个大坛子，那张麻脸红红的，她有一双狡诈的眼睛，说起话来嗓门简直像个高音喇叭。圣母升天大教堂的一个浑身是毛的助祭，

"小茨冈"对老鼠的夸奖可以看出他天真纯洁的性格。

"小茨冈"生活在这个阴暗的家庭里，到了十九岁还十分活泼天真，突出了他的本性善良。

没有外祖父和米哈伊尔舅舅在场的氛围是轻松愉快的。

还有几个瘦瘦弱弱、黑不溜秋的人也过来凑热闹。

大家都尽情地吃喝，孩子们也都分到了糖果，还有一杯甜果酒。不同寻常的欢乐、喜庆气氛渐渐热烈起来。

雅科夫舅舅专注地调着他的吉他，调好弦后，他照例说上一句："好吧，我要开始了！"

他将那满头的卷发一甩，俯身对着吉他弹奏起来。长长的脖子弯得像只大鹅，无忧无虑的大圆脸上现出迷醉的神态，那双灵活得难以捉摸的眼睛变得扑朔迷离。他轻轻地拨弄着琴弦，弹了一支激昂的曲子，让人不由得有一种要扭动起来的冲动。

这曲子宁静中带着不屈与倔强，像一条湍急的小溪，从遥远的地方奔流而来，透过地板，穿过墙壁，激荡着每个人的心，激起人们心中莫名的忧伤和躁动不安。

听到这曲子，你会顿生怜悯之情，怜悯世人，也怜悯自己，大人也觉得自己变成了孩子。大家端坐着，屏息静听。

米哈伊尔舅舅家的萨沙听得尤其认真，他张着嘴巴，向他叔叔那边伸着脖子，眼睛直勾勾地盯着吉他，口水从嘴角流了下来。偶尔他听得入了迷，从椅子上滑落下来，用两只手撑着地板。这时候他就索性坐在地板上，瞪着一双惊呆的眼睛接着听下去。

大家都凝神静听，听得如醉如痴，只有茶炊在低声鸣唱，仿佛是不想打搅人们倾听那如泣如诉的乐音。

两扇四方形的小窗户凝望着秋夜那黑洞洞的天空，时而会有人轻轻敲一下窗棂。桌上两支油脂蜡烛摇曳着黄色的火苗，就像两把尖锐的梭镖。

用比喻的修辞手法写出雅科夫舅舅的琴技高超。

对萨沙入迷到流口水的神态描写侧面突出了雅科夫舅舅弹奏的曲子能够让人身临其境，如痴如醉。

雅科夫舅舅越来越凝神不动了,仿佛已经酣然入梦,只有那两只像长在另一个人身上的手在移动:右手的手指弯曲着,在黑色的琴板声孔处跳动,节奏迅速且轻快,如同一只快乐的小鸟舞动着翅膀在轻快地跳跃,左手的手指则飞快地沿着按弦板上下拨动。

他喝过酒之后,几乎总是要唱歌,用他那从牙缝里挤出来的听起来不太舒服的尖细嗓音,没完没了地唱一首歌:

如果雅科夫是条狗,　　　蟋蟀在炉子后面叫,

他就从早到晚不停吼:　　青蛙一个个心烦躁。

噢噢噢,我烦闷!　　　　噢噢噢,我心闷!

噢噢噢,我发愁!　　　　一个乞丐晒着裹脚布,

街上走过一修女,　　　　又一个乞丐过来偷!

一只老鸦立墙头。　　　　噢噢噢,我烦闷!

噢噢噢,我烦闷!　　　　噢噢噢,我发愁!

这支歌让我心里很难受,每当舅舅唱到"乞丐",我就忍不住悲伤地大哭。

"小茨冈"也和大家一样听得很专注,他把手插进那乌黑的头发里,呆望着墙角,重重地喘息着,有时他会突然惋惜地感叹:"唉,上帝,要是你给我一副好嗓子,我也会唱个痛快的!"

外祖母叹息着说:"行啦,你把人的心都揉碎了!来吧,瓦尼亚,跳个舞吧……"

大家并不总是立刻就满足她的要求,不过有时我们的演奏家会突然用手掌按住琴弦,再攥紧拳头,用力向地板上一甩,仿佛从身上甩掉了一种既看不到也听不着

从雅科夫舅舅的唱词里可以看出他的生活也很苦闷,在这个大家庭里,每个人有每个人的烦恼。

的什么东西，接着豪迈地大喊一声："让一切烦恼和忧愁都见鬼去吧！瓦尼亚，登场！"

"小茨冈"起身，抻了抻黄衬衫，像踩在钉子上一样小心翼翼地走到厨房中央，黝黑的脸颊红扑扑的，有点儿羞涩地微微一笑,请求道:"弹得快一点儿,雅科夫！"

吉他声疯狂地响了起来，"小茨冈"踏着细碎的步子，鞋跟敲击着地板，震得饭桌上和橱柜里的餐具也跟着发出悦耳的叮当响声。在厨房的中央，"小茨冈"像一团火在燃烧，张开的双臂宛如两只翅膀，像只山鹰在翱翔，脚步快得简直令人眼花缭乱。他突然尖叫一声，身子往地上一蹲，像一只金色的陀螺旋转起来。他那丝绸的衬衫抖动着，像火一样在燃烧、在蔓延，耀眼的光辉照亮了周围的一切。

他不知疲倦地忘情地跳着，看样子，如果打开房门任由他去，他会就这样沿着大街小巷一直跳遍全城，最后跳到不知道什么地方去……

"横着跳一遍！"雅科夫舅舅用脚在地板上踏着拍子，喊道。

接着他打了个响亮的呼哨，大声地念出了两句顺口溜，让大家的情绪更加高涨起来：

　　哎嗨呀！要不是心疼鞋子破，
　　早抛下妻儿去漂泊！

桌旁的人们被感染了，也不时地发出高声的喊叫，身上就像着了火一样，不停地扭动着身子。大胡子师傅格里戈里拍着自己光秃秃的脑袋，嘴里还念念有词。有一次他弯下身来，柔软的大胡子披散在我的肩上，像对一个大人说话似的贴着我的耳朵说："阿列克谢·马克西莫维奇①，要是你父亲还活着，把他请到这来，他准会燃起另一团火！他是个非常快乐，也能带给别人快乐的男子汉。你还记得他吗？"

"不记得了。"

"不记得了？以前，他和你外祖母跳起舞来……噢，你等一下！"

他站起身，个子很高，但有点儿瘦弱，就像一尊圣像。他向外祖母深鞠一躬，声音低沉而庄重地请求道："阿库琳娜·伊凡诺芙娜②，请赏脸，给我们跳个舞吧！就像当年和马克西姆·萨瓦捷耶维奇跳舞一样，让我们大家高兴一下！"

"你太夸奖我了，亲爱的，你说什么呀，格里戈里·伊凡诺维奇？"外祖母一边缩着身子一边微笑着说，"我哪里还会跳舞？只会惹大家发笑……"

可是大家都开口请求她，于是她忽然抖擞一下精神站起来，整了整衣裙，挺直腰板，昂起硕大的头，沿着厨房舞了起来，一边跳一边大声说道："那你们就笑吧，尽情地笑吧！来吧，雅科夫，换个曲子！"

舅舅听后直了直身子，微闭着双眼，弹起了一支舒缓的曲子。"小茨冈"停了下来，跑到外祖母面前，绕着她踢腿"下蹲"跳了起来。外祖母两臂摊开，在地板上无声地滑动，好像飘浮在空中一样。她眉毛上挑，两只黑黑的眼睛凝视着远处。我觉得她的样子很滑稽，

格里戈里很喜欢阿廖沙的父亲，侧面表现了父亲有着受人欢迎的性格。

格里戈里"鞠躬"和"请求的动作"说明他很尊重外祖母的意愿，对外祖母的舞蹈感到由衷的欣赏。

① 阿列克谢·马克西莫维奇：阿廖沙的名字和父称。

② 阿库琳娜·伊凡诺芙娜：外祖母的名字和父称。

043

忍不住笑出声来，老工匠伸出一根指头严厉地制止我，所有的大人都向我投来责备的目光。

"伊凡，歇歇吧！"老工匠笑着说。

"小茨冈"顺从地跳到一边，坐到了门槛上。保姆叶夫根尼娅抻直脖子唱了起来，声音低沉而悦耳：

> 从周一到周末，
>
> 姑娘织花边儿辛勤劳作。
>
> 累得姑娘直叫苦啊，
>
> 哎呀，这简直就是要命的活儿。

外祖母根本不是在跳舞，而像是在讲故事。她轻轻地移动脚步，若有所思，手遮额头环顾着四周，她那巨大的身躯在轻轻摇摆，脚步显得犹豫不定又小心翼翼。

突然她停了下来，像是受到了惊吓，面孔一抖，眉头紧蹙，但顷刻间又容光焕发了，脸上露出亲切慈祥的微笑。

她忽然又闪向一旁，像是给谁让路，一只手还为他指引着方向。随后又低下头，屏住呼吸，静静地倾听着，脸上的笑容更加灿烂了。突然间，她像被一阵旋风托起，整个人随风旋舞起来，变得更挺拔高大了，大家的目光再也无法从她的身上移开了。此时此刻，她奇迹般地焕发了青春，变得如此美丽而可爱！保姆叶夫根尼娅又亮开了高音喇叭似的喉咙唱起来：

> 周日的弥撒做完毕，
>
> 夜半快乐歌舞起。
>
> 她最后一个回家转，

詳细的动作描写和神态描写把外祖母在跳舞和唱歌时的快乐表现得淋漓尽致。

可惜啊，良宵苦短又周一。

外祖母跳完，坐回到她原来靠近茶炊的位置上。大家都不住地夸赞她，她理了理头发说："你们可别说了！你们还没见过真正跳得好的人呢。当年在我们巴拉赫纳①有一位姑娘，现在我已经记不住她是谁家的姑娘，叫什么名字也忘了，可她的舞姿我永远也忘不了！看她跳舞的人甚至都激动得流出了眼泪！只要你看上她一眼，你就会跟过节一样快活，再别无他求了！我当时还嫉妒过她，真是罪过！"

"歌手和舞蹈家是世界上最棒的人！"叶夫根尼娅严肃地说，她又开始唱一首赞美大卫王②的歌。

雅科夫舅舅搂住"小茨冈"说："你真该去酒馆跳舞，你会把人迷得神魂颠倒的！"

"我更想有一副好嗓子！""小茨冈"抱怨着，"要是上帝给我一副好嗓子，我就唱上他十年，然后就算出家当和尚也心甘情愿！"

大家都在喝伏特加酒，格里戈里喝得特别多。外祖母给他倒了一杯又一杯，还不住地提醒他说："注意点儿，格里戈里，别把眼睛喝瞎了啊！"

他很认真地说："瞎就瞎吧！我要眼睛没什么用了，我什么都见过了……"

他喝得很多，却没有醉意，只是变得越来越健谈，几乎一直对我讲起我的父亲："我的好朋友马克西姆·萨瓦捷耶维奇，他可是个胸怀宽广的人啊……"

---

① 巴拉赫纳：俄罗斯尼日尼·诺夫哥罗德州西部的一个城市，位于伏尔加河右岸。

② 大卫王：传说中的古以色列第二个国王。他被描述成一个正直的国王、广受赞誉的勇士、音乐家和诗人。

阿廖沙的父亲永远活在了别人的记忆里，旁人的三言两语里勾勒出一个伟大的父亲形象，令阿廖沙对父亲始终是好奇且敬畏的。

045

外祖母叹着气连声说："是啊，他是上帝的孩子……"

一切都非常有趣，一切都让我激动不已，同时伴随着这一切，又有一种隐隐的难以消除的忧愁渗入我的心底。忧愁和欢乐几乎总是不可分割地交织于人们的心里，只是以令人不可捕捉的、难以理解的速度相互交替罢了。

有一次，雅科夫舅舅醉得很厉害，他开始撕扯自己身上的衬衫，发疯地揪自己的卷发和稀疏的浅灰色胡须，拧鼻子，扯那下垂的嘴唇。

"这过的算是什么日子啊，"他泪流满面，号叫着，"为什么要这样活？"

他又是扇自己耳光，又是敲脑门，还不停地捶胸，同时号啕痛哭着说："我是恶棍、流氓，是个失败的人！"

格里戈里厉声吼道："啊，你就是！"

当时外祖母也醉了，拉着儿子的手，劝说道："得了，雅科夫，上帝知道怎么教诲我们的！"

她喝醉酒之后变得更加漂亮了，那双含笑的黑眼睛向每个人的心中挥洒着温暖的光芒。她用头巾扇着发红燥热的脸，用唱歌般动听的嗓音说："上帝啊，上帝，一切都是多么美好！不，你们瞧啊，一切都是多么好啊！"

这是她发自内心深处的感叹，也是她一生的生活态度。

雅科夫舅舅平常都是无忧无虑的，因此他的眼泪和喊叫让我迷惑不解。我问外祖母，他为什么要哭，为什么要咒骂自己责打自己。

"你什么都想知道！"她一反常态，不高兴地说，"你就等着吧，这些事情你迟早会明白的……"

这更加深了我的好奇。我去染坊纠缠"小茨冈"，可他不想回答我，只是斜眼看着师傅小声地笑，还把我往染坊外推，喊道："别问了，去吧！不然我把你扔进染锅里，把你也染一染！"

格里戈里此时正站在又宽又矮的炉台前，上面有三口大锅，他正用一根长长的木棍在锅里搅拌着，不时地拎出棍子，看一看棍子头上往下滴落的染料水。炉火烧得很旺，火光映着他那花花绿绿的皮围裙的下摆，像极了神父的法衣。锅里的染料水发出咝咝的响声，刺鼻的蒸汽化作一团团的浓云涌向门口，又像被风吹起的雪雾一样，在院子里升腾起来。

师傅透过眼镜片，用那双混浊充血的眼睛看了看我，很粗暴地对"小茨冈"说："去拿柴火！难道是没看见吗？"

当"小茨冈"跑到院子里之后，格里戈里就坐到了盛染料的口袋上，招呼我到他面前去："过来！"

他把我抱到他的膝盖上，那柔软又温暖的大胡子遮住了我的脸颊。他很耐心地对我说："你舅舅凶狠地折磨他的老婆，把她给打死了！现在他受到了良心的谴责，懂了吧？你什么都想知道，一定要当心，不然你会遭殃的！"

"怎么打死的？"我立刻问道。

跟格里戈里待在一起我感觉特别轻松，就如同跟外祖母在一起一样，但又总让我有点儿害怕，好像他透过

解释上文雅科夫舅舅的反常。他打死了妻子，为此遭到良心谴责，但后文里他为了弥补对妻子的愧疚，又犯下了更深的罪孽，说明他是一个十足的伪善的人。

047

那厚厚的眼镜片能够洞穿一切。

"怎么打死的？"他不慌不忙地说，"就是这样打死的：他躺下来和她一起睡觉，他用被子把她的头蒙住，死死地压着她，拼命地打她。为什么？这大概连他自己也不知道。"

这时"小茨冈"抱着柴火回来了，蹲到炉子前烤手。格里戈里没注意到他，继续很生动地给我讲述："他打她，可能是因为他觉着她比他好，他嫉妒她。小朋友，他们卡希林这一家子都不喜欢好人，他们嫉妒好人，容不下好人，想方设法把好人赶走！你去问一问你的外祖母，他们就是这样逼走你的父亲的。你外祖母什么都会告诉你的，她不喜欢说谎，也不会说谎。她就像个圣人，尽管她也喝酒、闻鼻烟，可她却是个圣人。她非常善良温和，你要牢牢地靠紧她……"

他把我放到了一边。我走到院子里，感到既苦恼又害怕。"小茨冈"在过道里追上了我，搂住我的头，低声说："你别怕他，他是个好人。你要坦率地注视他的眼睛，他喜欢这样！"

一切都是那么奇怪又让人不安。我没有经历过另一种生活，但模糊地记得，我的父亲和母亲不是这么生活的。他们有另一种语言、另一种快乐，不论是走路还是坐着，他们都是紧紧地依偎在一起。他们常常整夜地谈笑，坐在窗前大声地唱歌，街上总是聚集着一些人看他们。那些人向上仰起的面孔，很像饭后的脏盘子，让我觉得很好笑。

可是这里的人们很少笑，即使有人笑，你也不明白他在笑什么。人们彼此大声喊叫，相互威胁，或者躲到角落里窃窃私语。孩子们安静得几乎让人察觉不到他们的存在，他们像雨后的尘土一样服服帖帖地附着在地面上。在这个家里，我感觉自己是个外人，这种生活，像有几十根钢针刺在我的身上，让我整日疑心重重，怀着忐忑的心情去注视周围的一切。

我和"小茨冈"的友谊越来越深了，外祖母从日出忙到深夜，我就整天在他的身边转。每次外祖父打我的时候，他都会用胳膊去挡，然后再把那被打肿了的地方伸给我看，抱怨说："不行，这也没什么用啊！你也没少挨打，可你看我还是成了这个样子！以后我不管了，你自己忍受去吧！"

可是下一次他照旧还会领受到不必要的疼痛。

"你不是说不管了吗？"

"是不想管了，谁知道那时候手又伸了过去……就是不自觉地……"

不久，我又知道了一件有关他的事，这更增加了我对他的兴趣和喜爱。

每逢周五，"小茨冈"都要把那匹枣红马沙拉普套到宽大的雪橇上，驾着它去集市上采购食物。沙拉普是外祖母的宝贝，它是个机灵鬼、淘气包，专爱吃甜食。"小茨冈"每次都穿上一件齐膝长的皮大衣，戴上一顶沉甸甸的大帽子，把一条绿色的腰带紧紧地系在腰上。有时候，他去很久都没有回来，家里人就会十分焦急，频频跑到窗户前，用哈气把窗玻璃上的冰花融化，向外面张望。

"小茨冈"善良的底色和对阿廖沙的喜爱让他在看见阿廖沙被毒打时，总是义无反顾地冲上前去。

"还没回来？"

"没有！"

外祖母比谁都急。

"唉，"她对两个舅舅和外祖父说，"你们会连人
带马全给我毁了的！你们这些没良心的东西，怎么不知
道羞耻呢？家里的东西还少吗？唉，一家子的蠢货！贪
财鬼！上帝会惩罚你们的！"

外祖父皱着眉头嘟囔说："行啦，行啦！这是最后
一次……"

有时候，"小茨冈"中午就回来了。外祖父和舅舅
们飞快地跑到院子里，外祖母用力地吸着鼻烟，像大狗
熊似的跟在后面。不知为什么，每到这个时候她就变得
笨手笨脚的。孩子们也跟着跑出去。

雪橇上装满了小猪、野禽和各种鱼类，应有尽有，
大家兴高采烈地从雪橇上往下卸东西。

"让你买的都买了？"外祖父用他那锐利的眼睛瞟
了瞟雪橇上的东西，问道。

"都买了。""小茨冈"快活地答应道，一边在院
子里跳着取暖，一边啪啪地拍打棉手套。

外祖父严厉地斥责道："别把手套拍坏了，那可是
用钱买的！还剩零钱吗？"

"没有。"

外祖父围着雪橇慢慢地转了一圈，小声说："你这
次又多弄回来东西了，好像有的不是用钱买的吧？我可
不希望这样。"

他眉头一皱，快步离开了。

两个舅舅兴冲冲地奔向雪橇，用手掂着鱼、鹅肝、小牛腿和大肉块的分量，吹着口哨赞许地说："好小子，够机灵，选的都是好东西！"

米哈伊尔舅舅尤其赞叹不已，他身上像装了弹簧，在雪橇旁跳来跳去，闻闻这，又嗅嗅那，津津有味地咂着舌头，眯缝着一双略带艳羡又不安分的眼睛。他长得跟他父亲一样干瘦，只不过个子略高一点儿，黑得像块木炭。他把冻僵的手插在袖子里，盘问着"小茨冈"："父亲给你多少钱？"

"五个卢布。"

"我看这些东西值十五个卢布。那你最终花了多少钱？"

"四卢布十个戈比。"

"这么说，九十戈比进了你自己的腰包了。看见了吧，雅科夫，他多会攒钱！"

雅科夫舅舅只穿了件衬衫站在严寒里，偷偷地笑着，眨巴着眼睛望向寒冷的蓝色天空。

"瓦尼亚，请我们喝点儿伏特加吧。"他懒洋洋地说。

外祖母一边卸着马套，一边对枣红马沙拉普说："怎么啦，我的乖孩子？想淘会儿气吗？那就耍一会儿吧，上帝的宠儿。"

高大威武的沙拉普抖了抖浓密的鬃毛，用雪白的牙齿轻轻磨蹭着外祖母的肩膀，把她头上的丝巾也舔了下来，快活的眼睛盯着外祖母的脸，抖落着眼睫毛上的霜花，发出低低的嘶鸣。

"来点儿面包吗？"

"小茨冈"面对两个贪婪的舅舅如实说出自己的花销，进一步说明"小茨冈"是一个诚实善良的人。

连家里的马儿都这么喜欢外祖母，和她十分亲密，更加凸显外祖母的博爱和亲切。

051

外祖母把一大块面包送到了它的嘴边，又摊开围裙在马嘴下面接着面包渣。看着它吃东西，外祖母好像也陷入了沉思。

"小茨冈"也像一匹小马一样，顽皮地跳到她面前。

"老妈妈，这马可真好，真聪明！"

"滚开，别在这儿拍马屁！"外祖母跺着一只脚厉声说道，"你知道吗，今天我不喜欢你。"

后来她给我解释说，"小茨冈"在集市上买的东西没偷的东西多。

"你外祖父给了他五个卢布，他只花了三个卢布，剩下那十多个卢布的东西都是他偷来的，"外祖母不高兴地说，"他就是喜欢偷东西，调皮鬼！他尝试着偷了一次，得手了，回到家大家嘲笑了他一番，也夸奖了他的成功，他从此就养成了偷东西的习惯。你外祖父从小吃尽了苦头，到老了变得非常贪婪，把钱看得比亲生儿子都重，他喜欢不花钱白拿来的东西！还有米哈伊尔和雅科夫……"

她挥了一下手，沉默了一会儿，看着打开的鼻烟壶，又唠唠叨叨地说起来："你听着，阿廖沙，世间的事儿啊，就像织花边儿。而织花边儿的又是个瞎老婆子，你能分辨出哪里是花纹吗？要是瓦尼亚偷东西被抓住，人家可是要打死他的……"

她又沉默了一下，小声说："唉！咱们这里有很多规矩，可是真理何在呢？"

第二天，我开始请求"小茨冈"，叫他再也不要偷东西了。

"不然人家会打死你的……"

"抓不着我，我能机灵地脱身——我眼疾手快，马也跑得快！"他满不在乎地笑着说，可他马上又忧郁地皱起了眉头，"我知道偷东西不好，而且很危险，这对我来说只是想开开心、解解闷。我也不想攒什么钱，不出一星期你的舅舅们就会把我手里的钱全骗走。我也不心疼，拿就拿去吧！我饿不着。"

他突然把我抱起来，轻轻摇晃着说："你很轻很瘦，可骨头却挺硬，长大了会是个大力士。你听我的话，学吉他吧，请雅科夫舅舅教你，真的！你还小，学起来一定不困难！你人虽小，可脾气倒挺大。你是不是不喜欢你外祖父？"

"我也不知道。"

"除了你外祖母，他们一家子我谁也不喜欢，让魔鬼去喜欢他们吧！"

"那，你喜欢我吗？"

"你不姓卡希林，你姓彼什科夫，你属于另一个血脉，是另一个家族的人！"

他突然紧紧地搂住我，几乎是呻吟着说："唉，我要是有一副好嗓子多好，唉，上帝！我要让所有的人都燃烧起来……你走吧，小老弟，我得干活儿了……"

他把我放到地板上，嘴里叼了几颗小钉子，把一块湿湿的黑布绷得紧紧的，钉在了一块四方的木板上。

可过了不久，他就死了。

事情是这样的：院子里靠着大门的地方，贴着围墙放着一个很大的橡木十字架，已经放在那里很久了，我

"可过了不久，他就死了"是个承上启下的段落。"小茨冈"的死亡来得十分突然，这个极具戏剧性的转折事件让阿廖沙和读者一样意想不到，更增添了"小茨冈"这个人物的悲剧意蕴。

刚来时就发现它在那里。当时它还挺新的，是黄色的，但经过了一个秋天，经过雨水的冲刷浸泡已经变黑了，散发着一股橡木的苦味。在拥挤而肮脏的院子里，它显得很碍事。

这个十字架是雅科夫舅舅买的，他要把它竖立在亡妻的墓前，而且他许下愿望，要在妻子死去一周年的祭日，亲自把它背到墓地。

这是刚入冬的一个星期六，寒风凛冽，天上飘着雪花。大家都走到院子里，外祖母和外祖父一大早就带着三个孙子到墓地去做安魂弥撒去了，我因为犯了错误被关在家里。

两个舅舅穿着黑色的皮大衣，抬着横木的两头把十字架从地上抬了起来，格里戈里和另外一个人吃力地把沉重的十字架放到了"小茨冈"宽阔的肩膀上。他踉跄了一下，叉开双腿站稳了。

"扛得住吗？"格里戈里问。

"不知道，好像很沉……"

米哈伊尔舅舅生气地大叫："快开大门，瞎鬼！"

雅科夫舅舅说："瓦尼亚，你不害臊吗？我们俩加起来也不如你劲儿大！"

格里戈里打开了门，很郑重地嘱咐"小茨冈"："小心点儿，千万别累坏了！去吧，上帝保佑你！"

"秃顶的笨蛋！"米哈伊尔舅舅走出门去叫骂了一声。

院子里的人都笑了，大家大声地谈论着，似乎都在为抬走了这个十字架而高兴。

格里戈里·伊凡诺维奇牵着我的手走进了染坊，他说："你外祖父今天也许不会打你了，他的眼神挺和气的……"

他把我抱到一堆准备染色的羊毛上面，关切地把羊毛围在了我身上，一直围到肩膀。他闻了闻锅上升腾的蒸汽，若有所思地说："亲爱的，我认识你外祖父已经有三十七年了，从始至终我都看得清清楚楚。我们从前是很好的朋友，我们一起开始做这个生意，一起想经营方式。你的外祖父非常聪明！所以他当上了老板，我却不行。不过，上帝比我们大家都聪明，他只要一笑，再聪明的人都会变成傻瓜。你还不懂，有些话为什么要那样说，有些事为什么要那样做，可是你应该明白这一切，孤儿的生活很苦。你的父亲，马克西姆·萨瓦捷耶维奇就什么都懂，他可是个无价之宝啊！也就是因为这个，你外祖父才不喜欢他，不承认他……"

听着他充满善意的话语，我心里感到了阵阵暖意。我一边听一边环视着染坊，炉子里金黄通红的火焰在嬉戏，染锅里冒出来的奶白色蒸汽像云雾般在升腾，蒸汽在倾斜的棚板上凝结成了蓝灰色的霜，透过屋顶毛烘烘的缝隙，可以看到一线蓝天。

风小了，天空的一角已经投射出明亮的阳光，整个院子仿佛洒满了熠熠生辉的细碎玻璃。大街上，雪橇的滑板发出刺耳的摩擦声。蓝色的炊烟从房顶的烟囱里袅袅升起，轻盈的影子从雪地上滑过，仿佛也在讲述着什么。

大胡子格里戈里身高体瘦，他没戴帽子，一对肥大

格里戈里总是对阿廖沙提起自己的父亲，让阿廖沙留下对于父亲的美好回忆，既表现了格里戈里对父亲的喜欢，也表现了格里戈里的善良。

格里戈里教导阿廖沙要正直勇敢，不卑不亢，敢于直视生活的苦难和挫折，不要退缩。

的耳朵露在外面，简直就像个善良的巫师。他搅拌着沸腾的颜料，一直在教导我："看任何人你都要直视他的眼睛，一条狗向你扑来，也要这样看它，这样它就退缩了……"

厚重的眼镜压在他的鼻梁上，鼻尖上几道发青的血丝清晰可见，这和外祖母很像。

"等一等，啊？"他仔细听了听，突然说，然后用脚关上灶门，一个箭步冲到了院子里。我也跟着他跑了出去。

"小茨冈"仰面朝天躺在厨房的地板上，几束光线从窗外投射进来，一束照在他的头上、胸上，一束落在了他的腿上。他的额头奇异地发着光，眉毛高高地扬起，眼睛一动不动地望着黑黢黢的天花板，暗紫的嘴唇在翕动，吐出粉红色的泡沫，鲜血从嘴角顺着脸颊流到脖子上，又流到地板上，很快就在他的肩下形成了浓稠的"小溪"。"小茨冈"的双腿笨拙地伸展着，看得出来，他肥大的裤子已经被血浸透了，牢牢地粘到了地板条上。地板用沙子擦得很干净，被太阳映得发光。鲜血流成的小溪穿过一道道光线向门口流去，非常耀眼。

"小茨冈"一动不动，只有紧贴着身体的两只手的手指还在微微地动，像是在抓挠地板，染了色的指甲在阳光照射下显得格外亮。

保姆叶夫根尼娅蹲下身来，把一根细蜡烛塞进"小茨冈"的手里，可是"小茨冈"根本握不住，蜡烛倒了，倒进了血泊之中。保姆拾起蜡烛，用围裙的角把它擦干净，又试图把它固定在"小茨冈"不安地抓动的手里。

✏ "小茨冈"的死状凄惨，与前文"小茨冈"的温暖阳光形成巨大的反差。

✏ 年幼的阿廖沙直面悲惨的死亡。"小茨冈"是他在这个家里唯一信赖的朋友，但却如此凄惨地死去，给阿廖沙心里留下了巨大的阴影。

厨房里飘荡着令人战栗的低语声，这声音像一股劲风要将我推下门槛，但我牢牢地抓住了门把手。

"他被绊了一下。"雅科夫舅舅用阴沉压抑的声调讲述着，身子在战栗，头不停地摇晃着。他的面色惨白，整个人无精打采的，眼睛也黯然无光了。

"他摔倒了，被压住了，十字架砸在了他的背上！要是我们不赶紧扔掉十字架，也会被砸到的。"

"是你们砸死了他！"格里戈里怒吼道。

"是的，那又怎样？"

"你，你们！"

鲜血一直在流淌，在门槛边上汇成了一摊，颜色渐渐变黑了，好像更加浓稠了。"小茨冈"不停地吐着粉红色的泡沫，发出梦呓一般含混不清的声音。人变得越来越憔悴，身体变得扁平了，紧贴在地板上，就像要陷进去一样。

"米哈伊尔骑马去教堂叫父亲了，"雅科夫舅舅低声说，"是我雇了一辆马车把他拉了回来……唉，幸好不是我亲自背的，不然我也……"

叶夫根尼娅继续把蜡烛往"小茨冈"手里塞，烛泪和眼泪一起滴在了他的手掌心里。

格里戈里粗暴地怒吼道："你就把蜡烛立在他头旁边的地板上不就行了吗，蠢货！"

"可不是嘛。"

"帮他把帽子摘下来！"

保姆把"小茨冈"的帽子摘下来，他的后脑勺砰的一声磕在地板上。他的头向一边歪着，血顺着嘴角流得

舅舅们想逃避害死"小茨冈"的责任，被格里戈里揭穿后他们无奈地承认了。他们轻飘飘地害死了一条人命，又想用短暂的三言两语揭过自己的过错，可见他们的冷酷和残忍。

本该属于雅科夫舅舅的责任被"小茨冈"承担了，这害死了"小茨冈"，面对一条活生生的性命，雅科夫舅舅却只在庆幸自己躲过一劫，足以看出雅科夫舅舅扭曲的人性，同时这也说明他对打死妻子这件事情并不真的感到后悔，十字架只是他为自己逃避道德谴责的一个借口。

人在异常悲伤时会无法理智地思考，叶夫根尼娅和格里戈里都无法应对"小茨冈"突如其来的死亡。他们表面上凭借行动的本能地进行某种仪式，内心却翻江倒海，为"小茨冈"的死亡感到无限悲伤。

阿廖沙面对"小茨冈"的死亡如同当年面对父亲的尸体一样，认为他们只是睡着了。大人们把阿廖沙当做小孩子，不告诉他死亡的意义，这让阿廖沙面对死亡的命题永远是苍白的，无力的。现在的阿廖沙只是认为这是一个普通的午后，"小茨冈"在午睡而已，而等后文里长大的阿廖沙想起来"小茨冈"的鲜血，死亡就已经成为他成长过程中一直伴随且永远无法释怀的阴影。

外祖父惋惜的不是"小茨冈"，而是他的劳动能力。"小茨冈"从小被外祖父收养，像他的儿子一样长大，甚至比他的儿子更厉害、更懂事。但面对他的死亡，外祖父对两个舅舅的谴责，不过是因为他们害死了一个潜在的劳动力，这说明"小茨冈"在外祖父的眼里，无异于一台机器。无情、冷酷，只能看到利益，这就是外祖父内心的本质，在生死之间暴露无遗。

更多了，不过只是从一边的嘴角流出来。

这个可怕的情景持续了很长时间，我等待着，等"小茨冈"休息好了站起来，坐在地板上，吐一口口水说："哎呀，好热啊……"

以前每到星期天睡完午觉他就总是这样，但是现在他还不起来，他变得越来越瘫软。阳光已经从他身上移开，光线变短了，只能照在窗台上。他浑身上下都变灰暗了，手指不再动，嘴上的泡沫也不见了。他的头顶和两只耳朵旁立着三支蜡烛，金黄色的火苗摇曳着，照着他乱蓬蓬的黑色头发。黄色的光斑在他黝黑的脸颊上游弋，尖尖的鼻头和粉红色的嘴唇泛着亮光。

叶夫根尼娅跪在地上哭泣着，喃喃自语："我亲爱的，招人疼爱的小宝贝……"

我又怕又冷，爬到桌子底下躲了起来。后来外祖父咚咚地闯了进来，身上穿着貂皮大衣。外祖母也来了，她穿着件斗篷式毛皮大衣，还有米哈伊尔舅舅、孩子们和其他很多陌生人。

外祖父把皮大衣往地上一扔，吼叫起来："混蛋！你们把多能干的小伙子给白白毁掉了！再过上三年五载，他可就是无价之宝啊……"

地板上堆了一些衣服，使我看不到了，我爬出来，碰到了外祖父的脚，他一脚把我踢开了，冲舅舅们挥舞着发红的小拳头，说："你们这两个狼崽子！"

他一屁股坐到了长凳上，两手撑着凳子，抽噎了几声，但是没有流泪，沙哑着声音说："我知道，他就是你们的眼中钉……唉，瓦尼亚……你这个小傻瓜！这可怎么办呀？不幸的事为什么常发生在我们身上。老婆子啊，这些年上帝为什么这么不眷顾我们啊，嗯？"

外祖母趴到地板上，两只手不停地抚摩着"小茨冈"的脸和胸脯，朝他的眼睛吹气，紧紧抓着他的手揉搓，把蜡烛都碰倒了。后来她吃力地站了起来，她全身上下都是黑衣，黑色的连衣裙亮闪闪的。她怒目圆睁，低声说："滚出去，你们这些恶魔！"

除了外祖父，其他人都出去了。

"小茨冈"就这样悄无声息地被埋葬了，从此消失在人们的记忆中……

"趴""抚摩""吹气""揉搓"等词都体现了外祖母对"小茨冈"深沉的母爱。她真正地赞美"小茨冈"，为"小茨冈"的前途感到担忧，像教养自己的孩子一样养大了"小茨冈"，但现在，她的孩子去世了，她要再一次面对失去至亲的痛苦，"小茨冈"是她失去的第十六个孩子。

"小茨冈"在阿廖沙的记忆中像照亮他童年的一束阳光一样活着，死亡却悄无声息。悲剧总是戛然而止，令人无所适从。

059

第 四 章

我躺在大床上，身上严严实实地裹着厚厚的被子，谛听外祖母向上帝的祷告。她跪着，一只手按着胸口，另一只手不慌不忙地画着十字。

外面寒气刺骨，清冷的月光透过窗玻璃上的霜花，清晰地照在外祖母那长着大鼻子的善良面孔上，将她那双黑亮的眼睛映得如磷火般闪光。她头上包裹着的丝绸头巾像一副头盔在闪亮，黑色的连衣裙微微抖动着，露出了她的双肩，一直铺散到地板上。

外祖母做完祷告，默默地脱下衣服，把它仔细叠好，放到了墙角的大箱子上，然后走到床边。我赶紧假装睡着了。

"知道你在装睡呢，小调皮鬼。"她小声说，"你并没有睡着吧，乖孩子？那就把被子给我吧！"

我预料到她下一步要做什么，就忍不住笑了，于是她大叫道："好啊，你竟敢耍弄起你的老外祖母啦！"

她说着抓住被子的一边，动作麻利地用力一拉，我就被抛到了空中，打了几个滚，又落到柔软的羽绒褥垫上。

她哈哈大笑，说："怎么样，小东西？尝到苦头了吧？"

有时候，她祈祷的时间真的很长，我就睡着了，也听不到她上床睡觉时的动静了。

在发生了令人伤心的事或有吵架斗殴的时候，祷告的时间就会很长。听着她的那些祷告的话，我觉得特别有意思。

外祖母总是把家里发生的一切都详详细细地讲给上帝听。她跪在那里，就像一座小山丘，开始时她含混不清地小声嘀咕，可后来干脆就絮叨起了家常："上帝啊，你知道，谁都想过得好一点儿。米哈伊尔是老大，他应该住在城里，如果让他搬到河对岸去住，他觉得委屈，再说了，那里对他来说是一个从来都没去过的新地方，将来会怎样谁也说不准。可他父亲比较偏爱雅科夫。不平等地对待孩子，有什么好处呢？这老头子很固执，上帝啊，你开导开导他吧。"

她睁着又大又明亮的眼睛望着那发暗的圣像，向自己的上帝提着建议："上帝啊，你托个好梦给他吧，叫他明白该如何分这个家！"

她又是画十字，又是磕头，宽大的脑门咚咚地敲在地板上，然后又直起身，神情庄重地说："你也冲瓦尔瓦拉笑一笑，给她一点儿快乐吧！她什么地方惹您生气了？她犯了什么比别人大的罪过？这是为什么？她是一个年纪轻轻的健康女子，可却要活在悲伤之中？上帝啊，你也别忘了格里戈里，他的眼睛越来越糟糕，如果瞎了，他就得沿街去乞讨了，这有多悲惨！他为我们老头子耗

将外祖母庞大的身躯比喻成小山丘，表面上是在描写外祖母身体的臃肿，实际上是在暗示外祖母给阿廖沙带来十足的安全感。父亲离世，母亲不知去向，外祖母是阿廖沙唯一的依靠。外祖母的身体不可能像一座山，但外祖母带给阿廖沙的安全感就像一座安稳的山，给予阿廖沙一个可靠的庇护之所。

外祖母每日的祈祷时间总是很长，遇到家里发生矛盾，时间就会格外延长。外祖母为每个人祈祷，儿子、女儿、外祖父，甚至是每一个教徒。这样一个细节，更加凸显了外祖母是一个善良、和蔼、宽容的人。

尽了一切精力，可老头子未必会帮助他……噢，上帝啊！上帝啊……"

她沉默了好久，温顺地低垂着头和双手，好像睡着了，又像冻僵了一样。

"还有些什么呢？"她皱着眉，一边想着一边说，"你拯救拯救所有的正教徒吧，恩典一下他们吧！请原谅我这个罪孽深重的蠢老婆子，你知道，我的过错不是出于恶意，只是因为我的愚笨无知。"

她深深地叹了口气，语气温和又欣慰地说："我亲爱的上帝啊，你无所不知，无所不晓。"

我非常喜欢外祖母的这个上帝，他跟她是那么亲近。我常常央求她："给我讲一讲上帝的故事吧！"

她讲起上帝来神情总是很特别：她微闭上双眼，而且一定是端端正正地坐着，声音很轻，奇怪地拖长每个单词的音调，偶尔会欠欠身子，就又坐下来，把头巾往松散的头发上一披，便开始滔滔不绝地讲起来，直讲到我入睡。

"在高高的山冈上，天堂的草地上，银白色的菩提树下，上帝端坐在蓝宝石的宝座上。菩提树一年四季都是枝繁叶茂的，天堂里没有冬天，也没有秋天，天堂的花常开不败，这让上帝的信徒们快乐无比。上帝的身边飞舞着无数的小天使，他们像纷纷扬扬的雪花，又像嗡嗡嘤嘤的蜜蜂。那些白鸽从天堂飞到人间，又从人间回到天堂，向上帝报告我们人间的所有事情。这些天使中，有属于你的，也有属于我的，还有你外祖父的，每个人都有一个自己的天使，上帝平等地对待每个人。比如，

在外祖母的想象中，天堂十分富足美好，上帝公平正直，天使可爱忠诚。即便生活一地鸡毛，摧残着这个善良温柔的人，但她仍旧对自己的信仰抱有万分的希望，这就是外祖母始终保持乐观向上、积极面对生活的精神力量。这力量并不是真的上帝带给外祖母的，而是来自外祖母始终对未来的生活抱有向好的期待。

你的天使来向上帝报告说：'阿列克谢冲着他的外祖父吐舌头！'上帝就下命令说：'好吧，让老头子抽他一顿吧！'上帝就是这样根据每个人的行为来给他们"酬劳"：有的人得到痛苦，有的人得到快乐。在上帝那里，一切都是美好的，天使们快乐地嬉戏，扇动着翅膀为上帝唱赞美诗：'光荣归于上帝！光荣归于上帝！'而慈爱的上帝总是对他们微笑，他说：'行了！'"

讲到这里，她也摇晃着头微笑着。

"你见过这些吗？"

"没见过，不过我知道。"她沉思着回答。

每次讲到上帝、天堂和天使，她就变得像个小孩子般温顺，脸上焕发着青春，湿润润的眼睛里放射出温暖的光芒。我把她沉甸甸的辫子握在手里，缠到自己的脖子上，专心致志地听她讲那永远没有结局又百听不厌的故事。

"人是看不见上帝的，要是看见了你就会成为瞎子了。只有圣徒才能睁大眼睛看他。但天使我见过了，当你的心灵纯净的时候，他们就会出现。有一回我在教堂里做晨祷，圣坛上就出现了两个天使，他们像缥缈的云雾一般晶莹剔透，翅膀拖坠到地板上，像透明的薄纱镶嵌的花边。他们绕着祭坛上的圣桌走来走去，在一旁协助年迈的伊里亚神父：他抬起羸弱的双手向上帝祈祷，他们就过来扶他的胳膊。神父太老了，眼睛瞎了，总是摸索着走路，那次祈祷后不久他就死了。当时我刚看见那两个天使，就激动得呆住了，我的心开始隐隐作痛，禁不住喜泪纵横——噢，太美妙了！阿廖沙，我亲爱的宝贝,上帝主宰的一切真是太好啦,不论是天上还是人间,一切都是那么美好……"

"难道我们这里也是美好的吗?"

外祖母在胸前画了个十字,回答说:"感谢最圣洁的圣母——一切都好!"

这让我很困惑,因为很难说现在这个家里的一切都好,我觉得家里的日子越来越糟了。

有一天,我从米哈伊尔舅舅的门前经过,看见穿了一身白衣服的纳塔利娅舅妈双手按住胸口,在房间里走来走去,还不停地唠叨着,尽管声音不大,但却很吓人。

"上帝啊,把我带走吧,带我离开这里吧……"

她的祈求我听懂了,也明白了格里戈里总在唠叨的话:"瞎了眼我就去沿街乞讨,那样也比待在这里好……"

我希望他马上瞎了,那样我就求他去给他带路,我们就可以一起去乞讨了。我把这个想法告诉了他,他暗暗地笑着说:"那好啊,咱们一起去讨饭!到了城里我就告诉人家,这是染坊主瓦西里·卡希林的外孙,那该多有趣……"

我不止一次发现纳塔利娅舅妈的眼睛底下有青紫色的肿块,发黄的嘴唇也肿着。我问外祖母:"舅舅打她吗?"

外祖母叹了口气,回答道:"他偷着打她,该死的混蛋!你外祖父不允许他打她,他就总是晚上打。他凶狠,她却又软弱可欺……"

她越说越激动:"现在总算不像以前打得那么厉害

了！现在只是打脸，揪耳朵和辫子。以前他一连几个小时地折磨她！有一次你外祖父也那样打我，那是复活节^①的前一天，从午祷的时候开始一直打到晚上，他打累了，就歇一会儿接着打，甚至用缰绳，什么都用上了。"

"他为什么打你？"

"已经不记得了。有一回，他把我打得半死，还五天五夜没给我吃东西——唉，差点儿活不过来了。有时他还……"

这让我惊讶得目瞪口呆，外祖母的身躯是外祖父的一倍，我就不相信她打不过他。

"难道他比你力气大？"

"他不比我力气大，可他岁数比我大，又是我丈夫！是上帝派他来向我问罪的，我注定了该忍受……"

让我感到有趣又开心的是看着她拂去圣像上的灰尘，擦净上面的镶嵌饰物。她用灵巧的双手捧起富丽堂皇的圣像，那上面镶嵌着珍珠、白银和五颜六色的宝石。她面带微笑仔细打量着它，激动地说："多慈爱的一张脸啊！"

她画着十字，亲吻圣像。

"唉，圣像已经落上灰尘，被烟熏黑了。唉，万能的圣母啊，您是我生命中不可缺少的快乐！阿廖沙，好孩子，你看，这画像线条多么细腻，人物的体态多么纤小啊，又各具形态。这幅叫《十二个节日》，中间是至

---

① 复活节：这里指东正教复活节，是东正教的重要节日，在春分日（3月21日）之后满月后的第一个星期天。由于每年的春分日都不固定，所以每年的复活节的具体日期也是不确定的。但节期大致在3月22日至4月25日之间。

外祖父不允许儿子殴打妻子，自己却做不到，甚至差一点儿把外祖母打死，这说明外祖父既不是一个以身作则的父亲，也不是一个爱护妻子的丈夫。他朝令夕改，脾气暴躁，甚至狠毒到不顾人命，十足的人格扭曲。

外祖父的个头只到外祖母的肩头，但外祖母都快被打死了也不敢反抗，所谓上帝的指令，只是封建思想带给外祖母的枷锁，纳塔利娅舅妈同样如此。社会用各种各样的理由教化女性，让她们盲目顺从自己的丈夫，这是封建社会的陈腐愚昧，也是封建思想的糜烂无知。

善至美的费奥多罗夫斯卡娅圣母①。这一幅是《莫对站在棺材旁的圣母哭泣》②。"

有时我感觉她那么专注又认真地摆弄圣像，就跟受了委屈的表姐卡捷琳娜摆弄布娃娃一样。

外祖母还常看见鬼，有时是一大群，有时是一个。

"在一个大斋期的深夜，我从鲁道夫家旁边经过。那是一个月光皎白的夜晚，我突然发现房顶上的烟囱旁边坐着一个黑鬼，它头上长着犄角，正伸头闻烟囱里的味呢，用鼻子不停地吸着气。它个头很大，毛茸茸的。它一边闻味，一边还不住地摆尾巴，蹭得房盖发出沙沙的响声。我冲它画十字：'基督复活，小鬼落难。'那鬼听后尖叫一声，从房顶上一个跟头栽到了院子里——落荒而逃了！那天鲁道夫家里一定是在炖肉，那个鬼正高兴地闻味呢……"

我想象着小鬼从房顶上栽下来的样子，笑出了声。外祖母也笑了，接着又开始讲："小鬼也很淘气，完全就像小孩子一样！有一回我在浴室里洗衣服，一直洗到半夜。突然，炉子的门掉了下来！它们从里面蜂拥着跑了出来，这些小家伙一个比一个小，有红有绿，还有黑，像一个个小蟑螂！我赶紧往门口跑，可是已经出不去了，我被它们围住了。它们占满了浴室的每一个角落，连转下身都不可能。它们往我的脚下钻，拉扯我，挤得我都没法抬起手来画十字了！这些调皮的小东西毛茸茸的，

① 费奥多罗夫斯卡娅圣母：俄国东正教圣徒之一。《十二个节日》这幅画像上画有十二位圣徒。

② 《莫对站在棺材旁的圣母哭泣》：这幅圣母像的名称出自俄国东正教赞美诗第九章《大礼拜六》中的第一句，描述圣母站在耶稣棺木旁的情景。

又柔软又温暖，像小猫崽似的，只是它们都用两条后腿直立着走路。它们转着圈，上蹿下跳。一个个龇着耗子般的小牙，瞪着发绿的小眼睛，犄角刚刚冒出来，就像鼓出的小包，拖着一条像小猪一样的尾巴……哎哟，我的天呀！我晕了过去！等我醒来一看，蜡烛快要燃尽了，盆里的水也凉了，洗的衣服被扔得满地都是。唉，我想，真是让人惊讶不已！现在，我一闭上眼睛，眼前就是那些红红绿绿、满身是毛的小家伙，它们从炉口、灰色鹅卵石的缝隙中，密密麻麻地涌出来，把小小的浴室挤得水泄不通，它们吹蜡烛，调皮地伸出粉红色的小舌头。这也很好玩，但也挺可怕的。"

外祖母晃着脑袋，沉吟了片刻，突然又兴奋地讲起来："还有，我还看见过被诅咒的人呢。你还记得吗？那也是在夜里，是个暴风雪的冬夜。我正穿过久科夫山谷，我给你讲过的，米哈伊尔和雅科夫想在那里的池塘的冰窟窿里淹死你的父亲。当时我刚好走到那个地方，一下子跌了个跟头，顺着山路滚到了谷底，这时我听到山谷里回荡着口哨声、尖叫声！我定睛一看，三匹黑马拉着大车向我飞奔而来，赶车的是一个健壮的鬼，它头戴红色尖顶帽子，像个木桩子似的直挺挺地立在车前。它是这些鬼的首领，站在了驾驶座位上，伸手握着铁链的缰绳。山谷里没有路，这三套马车直飞向池塘，后面刮起一道雪雾来。雪橇上坐的都是鬼，他们打着口哨，叫喊着，挥舞着帽子。一连有七辆这样的雪橇像闪电一样从我身边飞驰而过。所有的马都是黑色的，这些黑色的马，以前全都是被父母诅咒过的人，他们成了鬼的消

一个谋杀事件在短短一句话中带过，却掩盖不了两个舅舅的心狠手辣，也和上文舅舅们间接害死"小茨冈"相照应，舅舅们冷漠且恶毒，视人命如草芥，是两个彻彻底底的自私主义者。

遣品，给他们拉车，到了夜晚被鬼驱赶着去参加各种节庆活动。那次我看见的应该是鬼在娶媳妇……"

外祖母的话由不得你不相信，因为她说得简单明了，很有说服力。

而且，她朗读起诗来尤其优美动听。比如有一首诗，讲的是圣母去周游天下，巡视人间的苦难，劝导女强盗安加雷切娃公爵夫人，叫她不要殴打和抢劫俄罗斯人。她还讲过赞美天之骄子阿列克谢[①]、战士伊凡[②]的诗，讲述过关于聪明绝顶的瓦西莉莎·波列茨卡娅[③]、山羊神父和上帝的教子的童话，还讲过一些斗争故事，如女王玛尔法[④]、乌斯塔[⑤]老婆子和强盗头子、有罪的埃及女人玛丽亚和强盗母亲的悲哀等。她口中的诗歌、童话和历史故事多得数也数不清。

外祖母什么都不怕，她不怕人也不怕外祖父，不怕鬼也不怕任何邪恶的势力，可是见到黑蟑螂却怕得要命，甚至蟑螂离她很远她就能感觉到。她经常半夜里把我叫醒，低声对我说："阿廖沙，亲爱的，有一只蟑螂在爬，看在上帝的分儿上，快去把它弄死！"

我迷迷糊糊地点上蜡烛，在地板上爬着，找那个敌

外祖母在保护着阿廖沙的同时，也被阿廖沙保护着，他们互相爱护，在这个冷酷的家庭中搭建起一小片温馨的世界。

① 阿列克谢：传说中的人物。俄国宗教诗里讲他为何离家出走，流浪异地他乡，生活在荒漠之中，过着乞讨的生活。后来返回家中，却无人认出他，他蒙受了屈辱。

② 伊凡：公元4世纪俄国著名基督教徒。

③ 瓦西莉莎·波列茨卡娅：俄罗斯民间故事中的女主人公，具有绝顶聪明和坚强意志的形象。

④ 玛尔法：诺夫哥罗德城总管波列茨基的妻子，曾领导诺夫哥罗德的立陶宛人进行了反对把俄罗斯土地归于莫斯科公国的斗争。她以聪明、刚毅、热爱自由、独立自主的性格著称。1848年，伊凡三世把诺夫哥罗德归并到莫斯科后，她做了修女。

⑤ 乌斯塔：伏尔加河一带传说中的女英雄。

人。但不是一下子就能找到，也不是总能找到。

"哪儿都没有。"我说。

她却把头蒙在被子里，一动不动地躺着，用低得几乎听不见的声音请求我说："哎呀，肯定有！你再找找，我求你啦！它来了，我感觉到了……"

她从来没听错过，我往往能在离床很远的地方找到蟑螂。

"打死了吗？噢，感谢上帝！也感谢你……"

这时她才掀开被子把头露出来，松口气，笑了。

如果我找不到那只小虫子，她就再也不能入睡了。我感觉得到，在死寂的黑夜里，只要有一点点声音，她的身体就会哆嗦起来，我听见她屏住呼吸小声说："它在门槛旁……又往箱子底下爬了……"

"你为什么那么怕蟑螂？"

她振振有词地说："我怎么都不明白，它们有什么益处？这些黑乎乎的东西，总是爬呀爬的。上帝给每一种小虫子以特定的任务：潮虫出现说明屋子里潮湿了；臭虫出来意味着墙脏了；跳蚤咬了人，那这个人就会生病——一切都有道理！可这些蟑螂，谁知道它们有什么用，来干什么？"

有一天，她正跪在那里虔诚地向上帝祷告，突然外祖父打开房门，声音急促嘶哑地说："喂，老婆子，上帝来光顾我们了，家里着火了！"

"你说什么？"外祖母大叫一声，腾地一下从地板上跳起来，他们两个人脚步咚咚地向黑暗的大厅奔去。

"叶夫根尼娅，把圣像摘下来！纳塔利娅，快给孩

外祖父身上的另一重矛盾体现在这里：依照外祖父暴躁易怒的性格，家里着火了，外祖父应该冲进门来把外祖母抓出去救火，这里却还在开玩笑，表现了外祖父身上少见的幽默的一面。

大火来临时，作为一家之主的外祖父只会崩溃地哭泣，而向来被压迫的外祖母却冷静坚定地安排一切，这样鲜明的反差，更加彰显了外祖父色厉内荏的本质，凸显了外祖母的勇敢坚强。

子们穿上衣服！"外祖母语气坚定地高声指挥着。

可外祖父则只在那里低声哀号："嘤嘤……"

我跑进厨房。朝向院子的窗户像金子一样在闪光，地板上金黄色的斑点在爬动、蔓延，光着脚的雅科夫舅舅一边穿靴子，一边在地板上乱蹦乱跳，好像他的脚掌被烧伤了似的。他大叫："是米哈伊尔放的火，他放完火就跑啦！就是他！"

"住嘴！狗崽子。"外祖母说完就把他推向门口，他差一点儿摔倒。

透过玻璃上的霜花可以看见，染坊的屋顶在燃烧，在敞开的门里，火焰在翻腾旋转。在寂静的黑夜中，无烟的火焰如同一簇簇绽开的红花，在高空处形成一团深褐色的云朵，透过云朵，天上银白色的天河依然清晰可见。白雪被大火映照得闪着红光，房屋的墙壁在抖动、摇晃，仿佛要扑向院子里那个火热的角落。火焰正在那里快乐地嬉戏，将红红的火光浇铸在染坊墙壁上那宽宽的缝隙里，又从里面探出身子，把烧红了的弯弯曲曲的钉子露出来。

在干燥屋顶上那黑色的棚板上，无数条金黄、赤红的火舌蜿蜒跳跃，将整个屋顶缠绕起来，一根细细的陶瓷烟囱冒着黑烟，醒目地伫立在火焰中。轻微的碎裂声，还有丝绸般的沙沙声，敲打着玻璃窗。火势越来越猛，把染坊装饰得像教堂里富丽堂皇的圣壁，让你无法抗拒它的诱惑，不由自主地想走过去与它亲近。

我拿起一件沉重的短皮大衣盖在头上，又在脚上套了一双不知道是谁的靴子，慢慢地穿过前厅，走上台阶。

我一下子呆住了：明晃晃的火蛇乱蹿乱跳，使我睁不开眼睛，外祖父、舅舅和格里戈里的叫喊声与噼啪的爆裂声震耳欲聋。我被外祖母的举动吓坏了：她头顶一条空麻袋，身上裹着盖马的毯子，直奔大火跑去，一下子冲进了火海，并大声喊道："硫酸盐，傻瓜们，硫酸盐要爆炸了……"

"格里戈里，快拉住她，"外祖父疯狂叫喊，"啊呀，她完蛋了……"

这时外祖母已经钻了出来，全身上下都在冒烟，她晃着头，躬起腰，两手端着装硫酸盐的大罐子。

"老头子，快把马牵走！"外祖母一边咳嗽，一边哑着嗓子叫喊，"快给我把毯子拿下来，没看到都着火了吗？"

格里戈里从她的肩上扯下燃烧的毯子，把它折叠了起来，紧接着开始用铁锹铲起大块的积雪往染坊里扔。舅舅拿着斧头在他身边乱蹦乱跳。外祖父围着外祖母跑，忙着往她身上撒雪。

外祖母把抢救出来的罐子塞到雪堆里，又迅速奔向大门。她打开了大门，向跑进来的人们深鞠一躬，说道：

"邻居们，求你们快救救仓库吧！大火马上就要烧到仓库，烧到干草棚了，我们家就要被烧光了，你们也不会幸免的！快把仓库的顶扒掉，把干草都扔到园子里！格里戈里，把雪往上面撒，往地上撒有什么用！雅科夫，别瞎跑，把斧头拿给大家，还有铁锹！各位好邻居，来帮帮忙吧，上帝会保佑你们的！"

外祖母的表现就像这场大火一样有趣：大火像是捕

外祖父和舅舅们平时用殴打女人来彰显自己在家庭里的权威，掩盖自己的懦弱，但在灾难来临时他们却全部都变成缩头乌龟，除了愤怒的哀嚎毫无作为。他们是一群无能的弱者，更不愿意承认别人的强大。与之相反的是被封建思想教化的外祖母，她镇定、勇敢，有大局观，内心与外表同样强大，但她却只能被束缚在丈夫和儿子的身后，忍受无端的辱骂和虐待。

捉着她这个一身黑衣服的人，把她照得通亮。她满院子跑来跑去，哪里发现情况她就跑到哪里去指挥。

枣红马跑到了院子里来，它扬起前蹄，把外祖父掀翻在地。火光映照着它的眼睛，放出耀眼的红光。大马嘶鸣不已，前蹄紧紧地扒着地，外祖父松开了手里的缰绳，喊道："老婆子，拽住它！"

外祖母飞奔到暴怒的马儿面前，张开两臂拦住它。马发出一声悲哀的长鸣，侧眼瞧着熊熊的火焰，温顺地向她靠了过来。

"你别怕！"外祖母压低声音说，拍着它的脖颈，牵住了缰绳，"我哪能让你受到惊吓呢？唉，你这个小傻瓜……"

这个比她大两倍的"小傻瓜"乖乖地跟着她向大门口走去，一边打着响鼻，一边瞅着她那红彤彤的脸。

保姆叶夫根尼娅把几个裹得严严实实的呜呜哭泣的孩子们领了出来，她大声叫着："瓦西里，阿列克谢不见了……"

"你走吧，走吧！"外祖父摆着手说。

我就藏在台阶下面，不想让保姆把我领走。

染坊的顶盖坍塌了，细细的梁柱冒着黑烟，耸立在空中，上面的炭火闪着金光。

染坊里面，红色的、绿色的、蓝色的火焰像阵阵旋风般呼啸着，发出噼啪的爆炸声，火蛇往院子里乱窜，扑向用铁锹往火堆里撒雪的人们。大火中，几口大染锅疯狂地沸腾着，蒸汽和烟雾像浓云一般升腾起来，院子里弥漫着浓烈难闻的气味，呛得人直流眼泪。我从台阶底下爬了出来，跑到外祖母的脚边。

"走开！"她高喊道，"会踩死你的，快走开……"

突然，一个头戴金属头盔的人骑着马闯进了院子，响起一阵悦耳急促的铃铛声，胯下的枣红马吐着白沫，他高高地举起手中的鞭子轰着众人，喊道："闪开！"

外祖母把我推到台阶上："我跟你说过没有？走开！"

在这种时候是不能不听她的话的，我跑进了厨房，把脸紧贴在窗玻璃上往外看。可是院子里一大片黑压压的人挡住了我的视线，我看不见大火了，只看得见厚厚的棉帽子中间，那个金属头盔在闪闪发光。

火焰很快就被压了下去，余火也被人们用水浇灭、用脚踩灭了。警察驱散了众人，外祖母走进了厨房。

"这是谁呀？是你吗？还不睡，怕了吗？别怕，都过去了……"

她坐到我身边，沉默不语，微微摇晃着身子。真是太好了，又恢复了跟以前一样的宁静。周围一片漆黑，可惜的是火也没了。

外祖父走了进来，他站在门口问："老婆子在吗？"

"嗯？"

"烧坏没有？"

"没事！"

他划着了根火柴，一点儿亮光照亮了他那满是烟灰的黄鼠狼似的脸。他看见了桌上的蜡烛，便不慌不忙地挨着外祖母坐下来。

"你去洗洗吧！"

在大人的世界中，着火是一件很恐怖的事情，这意味着人们会失去所有的财产甚至生命，但在阿廖沙眼中，着火是一件新奇且热闹的事情。纵观全文，无论是父亲的去世、弟弟的夭折，还是这次的大火，都呈现出了幼年阿廖沙独特、病态、意料之外的观察视角和想法。

外祖母凭借一己之力挽救了一场突如其来的灾难，确实得到了外祖父发自内心的欣赏。但外祖父却不承认外祖母的勇敢和智慧，把外祖母自身的强大归结为上帝的赏赐，用无聊的幽默掩盖自己的嫉妒。

外祖父的形象一向是矛盾复杂的。他白手起家，备受苦楚，创下一份不小的家业，却感受不到家庭的温暖、亲情的依靠。而今天他忽然发现，原来自己的妻子是如此勇敢，甚至保护了整个家庭，这带给他一份慰藉，让他感受到自己不是孤身一人在支撑家庭。但他欣慰的同时，也嫉妒妻子的能力，所以他沉默着思考，心情万分复杂。

外祖母这么说着，其实她自己的脸也被烟熏黑了。

外祖父叹了口气，说："上帝对你大发慈悲，赐你以智慧，否则……"

他拍了拍她的肩膀，咧了咧嘴。

外祖母也笑了一下，她想说什么，可这时外祖父的脸陡然一变："该找格里戈里算账，都是他粗心大意！他这个人算是废了，活到头儿了！雅科夫坐在台阶上哭呢，这个傻瓜……你去看看他吧……"

外祖母站起来，把一只手伸到脸前，吹着手指头走了出去。外祖父也不看我，轻声地问："着火的整个过程你都看见了吧？你的外祖母怎么样，啊？已经是个老太婆了……吃苦受累了一辈子……可是你瞧她！唉，还是那么能干……"

他弯下腰去，沉默了许久。后来他站起身掐掉了烛花，问我："你害怕了吗？"

"没有。"

"那就对了，没什么可怕的……"

他气哼哼地脱掉了衬衫，向角落里的洗手盆走过去。那里一片漆黑，他一踩脚，吼道："失火就是愚蠢造成的！应该把制造火灾的人拉到广场上去痛打一顿！像对待蠢货和小偷一样，那样就再不会失火了！你去睡觉吧，还坐着干什么？"

我走了，可是这一夜却无法入睡。我刚躺到被窝里，就听到一阵撕心裂肺的惨叫声。我从床上爬起来，又奔向厨房，外祖父连衬衣也没穿，正站在厨房的中央，手里举着根蜡烛，蜡烛在抖动。他双脚蹭着地板，发出沙沙的响声，却站在原地一动也不动。他沙哑着嗓子问："老婆子，雅科夫这是怎么啦？"

我爬到炉台上，蜷缩在角落里。屋子里又开始了一阵忙乱，像着火时的情景一样。惨叫声有节奏地持续着，如波浪般击打着天花板和墙壁，而且声音越来越大，也越来越激烈。

外祖父和舅舅像没头苍蝇似的乱窜，外祖母高声喊着，把他们往外赶。格里戈里往火炉里添着木柴，弄得木柴轰隆作响，又往铁壶里倒水，摇晃着大脑袋走来走去，像一头阿斯特拉罕的骆驼。

"你先把炉火点着！"外祖母指挥着。

他赶紧去找松明，一下子摸到了我的脚，惊慌得叫出声来："谁在这？哎呀，你吓死我啦……你总是到处乱钻……"

"出了什么事？"

"你的纳塔利娅舅妈要生孩子了。"他跳到地板上，面无表情地回答。

在我的印象中，我的母亲生孩子时并没有这么叫。

格里戈里把铁壶放到火上，爬到炉子上来，坐在我旁边。他从口袋里掏出一个陶制的烟袋，拿给我看："我开始抽烟了，为了我的眼睛！你外祖母建议我说，还是嗅鼻烟吧。可我认为还是抽烟好……"

他坐在炉边上，垂着两条腿，向下望着微弱的烛光。他的一只耳朵和一侧的脸颊上沾着烟灰，侧面的衬衫被撕破了，因为太瘦，肋骨清晰可见。他的一个眼镜片打碎了，半个镜片几乎从镜框里掉了下来，一只又红又湿、

阿廖沙的母亲很坚强，她丧夫又接着生子、丧子，每件事放在一个人身上都是沉重的打击，但她却坚强地带着阿廖沙回到让自己惧怕的家里养育阿廖沙。虽然文中对母爱的刻画少之又少，但在那样一个女子地位低下的时代，阿廖沙的母亲却拥有着与众不同的和外祖母一样的坚忍。

像个伤口似的眼睛就从这个破洞里向外望着。

他一边把烟叶塞进烟锅，一边倾听着产妇的呻吟，一边像个醉汉似的前言不搭后语地嘟囔着："你外祖母都烧成这样了，她怎么接生啊？你听，你舅妈叫得多厉害！大家都把她给忘了，大火刚烧起来的时候她就浑身抽搐——是给吓的……你瞧生孩子有多难，就是这样人们还不尊敬女人呢！你要记住：应该尊敬女人，尊敬女人就是尊敬母亲……"

我正在打瞌睡，嘈杂的人声、关门声和米哈伊尔舅舅酒后的叫喊声把我惊醒了。一些稀奇古怪的话钻进了我的耳朵："打开上帝的大门……"

"把甜酒和烟灰掺到长明灯的油里，给她喝下去：半杯油、半杯甜酒、一勺烟灰……"

米哈伊尔舅舅连连请求说："让我去看看……"

他叉开两腿坐在地板上，两只手拍打着地板，还不停地朝地板上吐痰。

火炉热得叫人无法忍受，我爬了下来。可当我走过米哈伊尔舅舅身旁时，他抓住了我的一条腿，使劲一拉，我摔倒了，后脑勺重重地撞到了地板上。

"混蛋！"我骂了一句。

他跳起来抓住我，咆哮着，把我举过头顶，说："我要把你摔到炉子上，把你摔碎……"

我再次醒来的时候，发现自己在大厅墙角的圣像下，正躺在外祖父的膝盖上。他仰头望着天花板，摇晃着我，念叨着："我们得不到宽恕，没有人会宽恕我们……"

他的头上长明灯燃烧着明亮的火焰，大厅中间的桌子上点着一根蜡烛，窗外已经是朦胧的冬日的晨曦。

外祖父低着头问我："哪儿疼？"

哪儿都疼，我的头湿漉漉的，身子沉得不能动弹，可我不想说这些，因为周围的一切很怪异：大厅里几乎所有的椅子上都坐满了陌生人，有一个身穿青紫色衣服的神父，一个头发灰白、穿军装戴眼镜的老头子，还有许多其他人。他们都像木头人一样一动不动地坐在那，一个个表情呆滞，像期待着什么，静听着不远处的水流声。雅科夫舅舅双手背在身后，挺直了身子，倚着门框站着。

外祖父对他说："你去，领他去睡觉……"

舅舅勾着一根食指招呼我过去，就踮着脚向外祖母的房间走去。当我爬上床的时候，他悄悄对我说："你的纳塔利娅舅妈死了……"

这个消息并没有让我感到吃惊，因为她已经很长时间不露面了，也不到厨房里吃饭。

"外祖母呢？"

"在那边呢。"他挥了一下手，说完就踮着脚走了。

我躺在床上，环视着四周，玻璃窗上好像贴着一张张瞎了眼睛的面孔，一个个都是花白的头发。墙角大箱子上面挂着外祖母的衣服，这我是知道的，可是此时此刻，我感觉那后面好像藏着一个大活人，他在那等待着什么。我把头埋到枕头底下，用一只眼睛窥视着门口。我真想从羽毛褥子上跳起来跑掉，太热了，浓重的污浊气味让我窒息，让我想起了"小茨冈"死时的情景，还有那在地板上慢慢流淌的鲜血。在我的头脑和内心中，

在那个视人命如草芥的社会中，人命永远只是轻飘飘的一句话。死在十字架下的"小茨冈"，难产而死的纳塔利娅舅妈，一句话就可以将他们的死亡翻篇，而没有任何人为他们枉死的生命付出代价。

有什么东西在膨胀，我在这个房子里所见的一切，就像冬天大街上的载重车队，缓缓地从我身上碾过，把我碾得粉碎……

门慢慢地打开了，外祖母几乎是爬着进来的。她用肩膀轻轻地掩上房门，背靠在门上，把两只手伸到长明灯蓝色的火苗前，像个孩子似的小声抱怨说：“我的手啊，手好疼啊……”

　　外祖母的表现就像这场大火一样有趣：大火像是捕捉着她这个一身黑衣服的人，把她照得通亮。她满院子跑来跑去，哪里发现情况她就跑到哪里去指挥。

第 五 章

春天到来之前，两个舅舅就分家了，雅科夫留在城里，米哈伊尔去了河对岸。外祖父在波列沃伊大街上给自己买了一幢很漂亮的大宅子：底层是石头结构的酒馆，上面有一间小阁楼，房间很舒适。房子后面是一个大花园，花园一直延伸到山谷，到处长满光秃的柳树苗。

"全是做鞭子的好材料！"外祖父欣赏着花园，狡黠地冲我眨巴眼睛，我跟着他走在积雪融化后松软的小路上，"我很快就要教你认字了，到那个时候，它们就有用处了……"

这个宅子里住满了房客，外祖父留出一个大房间来给自己住，并用来接待客人，外祖母和我就住在阁楼上。

阁楼的窗户朝着大街，每到晚上或是过节，从窗台探出身子，就可以看见醉汉们东倒西歪地从酒馆里走出去，跌跌撞撞地闯到大街上，乱喊乱叫，甚至摔倒在地上。有时候他们是让人家像麻袋一样给扔到马路上的，可他们起来后又往酒馆的门里挤，大门发出砰砰啪啪、哐啷哐当的响声，接着传来一片尖厉的叫

外祖父残酷的"幽默"。

社会环境如此，无论他们搬迁到哪里，都充斥着无数喧嚣和暴力。

骂声——一场斗殴就此开始了。我居高临下地看着这一切，感觉非常有趣。外祖父每天一大早就到两个儿子的染坊去，帮他们安排活儿，晚上回来总是一副又累又沮丧的样子，有时甚至还发脾气。

外祖母在家做饭、缝衣服，在菜园子和花园里翻土挖地，整天忙得团团转，就像个被无形的鞭子抽打的大陀螺。

她嗅着鼻烟，美滋滋地打着喷嚏，擦着脸上的汗，说道："祝福你，这个圣洁的世界！永远祝福你！你看，阿廖沙，我的宝贝，咱们总算过上清静的日子了！感谢上天的圣母，一切都变得如此美好！"

可我却没感觉到我们过得有多清静，从早到晚，院子里和房子里都是闹哄哄的房客，时不时地还有邻家的女人们来串门，大家匆匆忙忙地要到什么地方去，总是因为要迟到了而唉声叹气，像是忙着什么事，急匆匆地招呼着："阿库琳娜·伊凡诺芙娜！"

阿库琳娜·伊凡诺芙娜对所有人都和蔼地微笑，对所有人都温柔体贴。她用大拇指把烟丝塞进鼻孔，小心地用红色的方格手绢擦拭一下鼻子和手指，开口说："我的夫人，要想不生虱子，就要常洗澡，洗薄荷蒸汽浴。不过要是长了疥疮，就舀一汤匙干净的鹅油、一茶匙氯化汞、三滴水银，放到碟子里，将这些混合在一起，用一块碎瓷片研磨均匀，抹到身上就行啦！不要用木勺或骨器皿来研磨，那样水银就失效了，也不能用铜器或银器，那样会伤皮肤的。"

有时候她会沉吟着给人建议："老大娘，您还是去

081

佩乔雷修道院问修道士阿萨夫吧，我回答不了您的问题。"

她为人接生，为人调解家庭纠纷，给孩子们治病，教女人们背诵《圣母梦》①，说女人背会了它就可以交上好运。她还能向人们传授一些家务方面的常识："黄瓜自己会告诉你什么时候该腌了，当它们没了土味儿和其他味道的时候就行了。格瓦斯要发酵以后味道才更浓郁，才会有更多气泡。做格瓦斯不宜放糖，放一点儿葡萄干就行了。如果放糖的话，一桶酒只能放一点儿糖。酸牛奶有很多种做法：有西班牙风味的、多瑙河风味的，还有高加索风味的……"

我整天跟着她在花园和院子里转来转去，还跟她去邻居家做客，有时候她在别人家里一待就是好几个小时，喝茶、不停地讲各种各样的故事，我就像是长在了她身上。

在这一段日子中，除了这位成天忙个不停、不知疲倦的善良老人外，我不记得还看见过别的什么新鲜的事了。

有时候，我的母亲会不知从什么地方过来待一会儿，高傲、严厉的母亲，总是用那双冰冷的灰色眼睛观看一切，就像冬天里的太阳，而且她很快就又消失了，没有给人留下可以回忆的东西。

有一天我问外祖母："你会巫术吗?

"亏你想得出来！"

她笑了，马上沉思着说："我哪里会什么巫术，巫

母亲这个角色在阿廖沙的童年生活里是缺失的，幸而母爱的缺失和空白被外祖母填补了。

---

① 《圣母梦》：一首教会的诗，叙述圣母梦见她儿子遇难和被钉死在十字架上的情景。

术可是一门高深的学问，而我连字都不识，连个字母都不会，看你外祖父多有学问，圣母没赐给我智慧。"

接着她讲起了她生活中的另一段经历："知道吗，我从小就是个孤儿，我母亲穷得一无所有，还是个残疾人，那是她还是个黄花闺女时，因为受到了地主老爷的惊吓。那天晚上她吓得从窗户跳了出去，半边身子摔残废了，肩膀也摔伤了，打那以后那只最有用的右手开始慢慢萎缩。她当时可是个出了名的织花边儿能手啊！这样一来，她对于地主老爷们已经没有用了，他们赶走了她：'你自己爱怎么活就去怎么活吧。'废了一只手又能怎样生活呢？就这样，她开始了到处流浪的生活，靠人们的施舍度日。那个时候的人们比现在富有，也比现在善良，那些很能干的穿粗布衣的木匠和织花边儿的女人，个个都很能干！到了秋冬季节，我和母亲就在城里沿街乞讨，等到天使长加百利①把利剑一挥，赶走了冬天，春天开始拥抱大地，我们就继续向前走，漫无目的地走啊走，眼睛望到哪就往哪里走。我们到过穆罗姆②，去过尤列维茨③，曾经沿着伏尔加河逆流而上，也沿着静静的奥卡河走过。春天和夏天在大地上漫游，真是妙不可言！大地是暖融融的，青草如天鹅绒般温柔，圣洁的圣母给田野撒满了鲜花，带给我无比的快乐，让我的心境无限宽广开阔！有时母亲闭上蓝色的眼睛，亮

外祖母因为自己没有接受过教育，所以很崇拜有文化和知识的人，也因此对外祖父有一些盲目的依从。

这一段描写的是外祖母小时候和她母亲一起乞讨的日子，可想而知那段时日是多么的艰难，但在外祖母的回忆里，那段日子是美妙的，这体现了外祖母从小便乐观善良的美好品质。她从不抱怨苦难，善于在黑暗的生活中发现光明和美丽。

① 加百利：护卫天使，传说加百利是天使中唯一的女性，身负"承接神的力量"的任务，因为许多天使无法直接承受上帝的话语，因此她还被称为"拥有匹敌神的力量者"。此处指加百利节（旧俄历3月26日）。
② 穆罗姆：俄罗斯中部城市。位于俄罗斯弗拉基米尔州，首都莫斯科以东约300公里的奥卡河畔。
③ 尤列维茨：位于俄罗斯伊凡诺沃州，伏尔加河北岸城市。

外祖母的母亲和外祖父的母亲对孩子截然不同的教育造成了不一样的影响。外祖母的母亲哪怕是乞讨为生，也会尽可能给孩子提供更好的生活，让外祖母乐观积极地看待世界，而外祖父的母亲却非常凶恶，这无形中也影响了外祖父，让外祖父的性格也十分残暴。

开喉咙唱起歌来，她的嗓音并不很动听，但却很洪亮，仿佛四周的一切都为她陶醉了，一动不动地在倾听。转眼我就长到了九岁，母亲开始觉得领着我沿街乞讨有点儿太不体面了，她感到了羞愧。于是，我们就在巴拉赫纳城住了下来。她每天都走遍大街小巷，挨门逐户地乞讨，逢到节日，就到教堂门口去等待人们的施舍。我就坐在家里学习织花边儿，我心里着急，想赶快学会，很想能尽快地帮助母亲，有时候织得不好就急得直哭。用了两年多的时间，你瞧，我学成了，全城都出了名。只要谁需要好的手工，就都来找我：'喂，阿库琳娜，快亮亮你的手艺吧！'我特别开心，像过节似的！当然啦，这不是我的技艺高，都是母亲教得好，尽管她只有一只手，不能亲自操作，可她指导得很到位。你要知道，一个好的师傅比什么都强！我当时信心满满地对她说：'妈妈，你不用再去乞讨了，我一个人就能养活你啦！'她说：'不要这样说，你知道吗？这是在给你攒嫁妆呢！'不久，你的外祖父就出现了，他是个非常出众的小伙子，才二十二岁，就当上了一艘大船的工长了！他的母亲经过仔细观察后选中了我。她看见我手很巧，又是讨饭人的女儿，性格一定会很温顺，于是就……她是卖面包的，是个凶恶的老太婆，其实不应该提起这一点……唉，为什么要去回忆坏人呢？上帝自己会看见他们的。上帝把他们都看在眼里，就叫小鬼去对付他们吧。"

外祖母说外祖父的母亲是一个凶恶的人，是一个坏人，说明外祖母曾经经常被她欺负。

说到这里，她由衷地笑了，鼻子一颤一颤的，看上去很滑稽。她陷入了沉思，眼睛里放射出温柔的光芒，照耀着我，给我以温暖。

我记得，那是个寂静的傍晚，我和外祖母在外祖父的屋子里喝茶。外祖父身体不舒服，坐在床上，没穿衬衣，肩上搭着一条长毛巾，不停地擦着满头的大汗，呼吸急促，声音喑哑。他那双绿眼睛混浊无光，脸庞浮肿紫红，两只尖尖的小耳朵特别红。当他伸手去拿茶杯时，手可怜地不停哆嗦着。此刻的他很温顺，跟往常大不一样。

"怎么不给我加糖呢？"他用一种撒娇的语气问外祖母，就像个娇生惯养的孩子。

外祖父其实很依赖外祖母。

外祖母温和而又坚决地回答："你该喝蜂蜜，这对你更好！"

他气喘吁吁，咯咯地笑着，一口接一口地喝着热茶，说："你可要照顾好我啊，可别让我死了啊！"

"别怕，我会照顾好你的。"

"真的！要是现在死了，好像还没活过似的，那样一切就化为灰烬了！"

"别说这种话，安安静静地躺着吧！"

他闭上眼睛，舔着发黑的嘴唇，沉默了片刻。突然，他像被针扎了一样，浑身颤抖了一下，自言自语地说："应该赶快给雅科夫和米哈伊尔娶个老婆，也许老婆和新生的孩子能收住他们的心，是吧？"

外祖父自己管教不好孩子，却把希望寄托于他人身上，是一种逃避责任的想法。

接着他就开始想城里谁家有合适的姑娘。外祖母一声不吭，只顾一杯接一杯地喝茶。

我靠窗坐着，仰头望着城市上空绯红的晚霞，霞光把玻璃窗映得通红。由于我犯了错，外祖父禁止我到院子和花园里去玩。

花园里，小昆虫围着白桦树嗡嗡地飞，隔壁院子里的箍桶匠在敲敲打打地干活，不远处传来霍霍的磨刀声。花园那边的山谷里，孩子们在嬉闹玩耍，在灌木丛中钻进钻出。我真想出去玩一会儿，黄昏的惆怅袭上了我的心头。

突然，外祖父不知从哪里拿出来一本崭新的小书，放在手掌上用力拍了一下，兴致勃勃地招呼我："喂，你这个捣蛋鬼，淘气包，过来！坐下，你看清这些字母了吗？这读"阿慈①"，跟我读：阿慈！布基！韦季！这个是什么？"

"布基！"

"对了，这个呢？"

"韦基！"

"错了，是阿慈！看着：格拉戈利，多布罗，叶斯季，这个是什么？"

"多布罗！"

"对了，这个呢？"

"格拉戈利！"

"对了，这个呢？"

"阿兹！"

外祖母插嘴道："老头子，你就安静地躺会儿吧……"

"你干你的活，别插嘴！这正是我现在该干的事，不然我老是胡思乱想。好了，往下念，阿列克谢！"

外祖父用一只汗津津的发烫的胳膊勾着我的脖子，他越过我的肩膀，把书拿到我的眼前，不停地用手指头点着上面一个个的字母。他身上散发出很浓的酸味、汗

外祖父教阿廖沙学习是为了转移自己的注意力。

① 以下教读的都是俄罗斯教会斯拉夫语的字母名称。

086

味和烤洋葱味，熏得我几乎要窒息。可他的情绪却很高涨，用嘶哑的声音对着我的耳朵大声喊："泽姆利亚！柳季！"

这些字母我都认识，觉得挺眼熟的。"泽姆利亚"像一条小蚯蚓，"格拉戈利"像驼背的格里戈里，"雅"则像外祖母和我，而在外祖父身上则具有字母表中所有字母的共同特征。

他考了我好几遍字母表，一会儿按顺序问，一会儿又打乱顺序。他的那股狂热劲儿也感染了我，我也满头大汗地扯着嗓子喊。这引得他不住地笑，捂着胸口直咳嗽。他揉搓着小书，声音嘶哑地说："老太婆，你听听他的嗓门有多高！唉，跟得了阿斯特拉罕寒热病似的，你喊什么？嗯？"

"是您在喊……"

我看看他，又看了看外祖母，感觉很开心。外祖母胳膊肘支在桌子上，一只拳头顶着腮帮子，瞧着我们俩，轻声地笑着说："你们俩都省点儿力气吧！"

外祖父很友好地向我解释说："我喊是因为我身体不舒服，可你为什么呢？"

他摇晃着汗津津的头对外祖母说："死去的纳塔利娅说他记性不好，她说错了。谢天谢地，他的记性像马一样强健！以后好好学吧，小翘鼻子！"

最后他开玩笑似的把我从床上推了下来。

外祖父露出了罕见的温情。

"不错！把书拿着，明天，你把所有的字母一个不差地背给我听，念对了我奖你五个戈比……"

当我伸手去接书时，他重又把我拉到了身边，闷闷不乐地说："你母亲把你抛弃在了人世上，小家伙……"

外祖母战栗了一下："哎呀，老头子，你为什么要提这个呢？"

"我本来不想说的，可是心里憋得难受……唉，这么好的姑娘却走错了路……"

他猛地推开我，说："去玩吧！就是别上大街上去，就在院子里和花园里，听到没有？"

我正想到花园里去玩。我刚一出现在花园的小山丘上，一群男孩子就开始从山谷里朝我扔石子，我也兴奋地还击他们。

"猎物出现！"他们远远地看见我，立刻准备石子，喊叫着，"狠狠地打他！"

我不知道"猎物"是什么意思，所以这个外号并不让我生气。让我兴奋的是，我一个人对战一大群人。看到自己抛出去的石子准确地击中目标，迫使敌人逃窜，躲到了灌木丛里，我心里特别高兴。这样的战斗没有什么恶意，大家几乎也都不记仇。

认字对我来说是很容易的事，外祖父对我也越来越关心，也很少打我了。根据我的推测，他应该比以前更频繁地打我才对，因为随着我一天天长大，胆子也越来越大，我开始越来越多地破坏外祖父制定的规则和家训，可他只是骂我两句，或是朝我挥挥拳头而已。

我甚至想，也许他以前打我是没有道理的。我把这个想法告诉了他。

他轻轻地托起我的下巴，让我仰起头来，眨巴着眼睛，拉着长腔说："什……么？"

自从阿廖沙开始学习之后，外祖父不怎么打阿廖沙了，这里面有两重原因：一是外祖父看到阿廖沙出色的学习能力，认为阿廖沙孺子可教，他自己的两个儿子已经被教坏了，所以把希望寄托在阿廖沙身上；二是两个儿子分家之后，外祖父感到身心俱疲，心境与之前相比也变得平和。因此不再动辄打人。

他又咯咯地笑了，说："嘿，你这个小鬼灵精！你怎么能去算该打你多少次！这个除了我谁会知道？滚吧，快走！"

可他马上又抓住了我的肩膀，盯着我的眼睛问："你是精明还是傻，嗯？"

"我不知道……"

"不知道？好吧，那我就告诉你：要学着精一点儿，这有好处。发傻就是愚蠢，明白吗？绵羊才傻乎乎的，记住啦！去吧，玩去吧……"

很快我就能拼着音节朗读赞美诗了。通常喝过晚茶以后，我都要读本圣诗。

我指着书上的字，一字一顿地念着，我觉得太乏味了，就指着一串字母问："受到保佑的男人。谁受到保佑啊？是指雅科夫舅舅吧？"

"我向你头上拍一巴掌，你就会明白谁是受到保佑的男人啦！"外祖父气呼呼地用鼻子喘着粗气说。

我感觉他只是习惯性地生气，不过是做做样子罢了。

我几乎从来没感觉错过，过不了多久，他就像忘记了我的存在，一个人自言自语地说："是啊，在玩乐和唱歌方面，他的确算是个大卫王，可是在做事方面，却像恶毒的押沙龙①！会唱歌跳舞、编故事、讲笑话……唉，你们这些人啊！蹦蹦跳跳，玩玩腿脚图个快活，又能跳到多远？嗯，能跳多远？"

我停下读诗，仔细地听着，望着他那阴郁的、忧心

雅科夫舅舅在音乐上的才华对外祖父来说都是不务正业的消遣，所以想起贪图玩乐的雅科夫舅舅，外祖父会变得温情和忧愁，因为他在担忧儿子们未来的生存。

① 押沙龙：据《旧约全书》记载，他是大卫王第三个儿子，杀兄夺父位，后兵败而亡，被视为大卫王家的逆子。

忡忡的面孔。他眯着眼睛，越过我的头顶望着别处，眼睛里隐含着忧愁，却也充满了温情。我很清楚，在此时此刻，外祖父平日的严厉已经荡然无存。他细细的手指有节奏地敲击着桌子，染了色的指甲闪着亮光，金黄色的眉毛微微颤动。

"外祖父！"

"啊？"

"讲个故事吧！"

"你接着念啊，小懒汉！"他怨怒地说，仿佛刚睡醒一样用手揉着眼睛，"你喜欢开心取乐的故事，却不喜欢圣诗……"

可我认为他自己喜欢开心取乐的故事更胜过赞美诗。他几乎能把整篇都背下来，他发誓说，每天晚上睡觉前都要高声诵读，就像教堂里的助祭念祷词一样。

我诚恳地央求他，老头子心软了下来，他最后对我让步了。

"好吧，好吧！圣诗你要永远都带在身上，我快要去上帝那里接受审判了……"

他坐在一把古旧的安乐椅上，仰靠在毛线织成的靠垫上，又把身子缩了缩，抬头望向天花板，讲起了陈年往事：有一天，一伙强盗来到巴拉赫纳城抢劫商人扎耶夫的家，他爷爷的父亲跑去敲钟报警，强盗们抓住了他，用马刀把他砍死，从钟楼上把他抛了下去。

"那时我还很小，这件事没有亲眼见到，也不记得。我开始有记忆是从法国人来了之后，那时我刚满十二岁。当时有三十几个法国俘虏被押解到我们巴拉赫纳，他们都长得矮小枯瘦，穿着破衣烂衫，连要饭的都不如，一个个冻得浑身发抖，站都站不稳。老百姓想打死他们，押送的士兵没让，卫戍部队来了，把老百姓给驱散了。后来大家也相安无事，大家都混熟了。这些法国人很灵敏机智，甚至性格都很活泼开朗，喜欢唱歌。尼日尼的贵族老爷们驾着三套马车来看这些俘虏，他们当中有些人谩骂法国人，挥拳头吓唬他们，甚至打他们；还有一些人却和蔼地用法语和他们聊天，给他们钱和各种防寒的衣物。有个上了年纪的贵族用手捂着脸哭了，说：'可恶的拿破仑把法国人给害惨了！你瞧见俄国人了吧，甚至还是贵族老爷呢，心眼有多好，对外国人多富有同情心……'"

他沉默了一会儿，闭上眼睛，用手掌抚弄了一下头发，努力追忆着过去，又接着讲述起来："当时正是冬天，暴风雪在大街上肆虐，严寒中，民房也似乎蜷缩成了一团。那些法国俘虏兵常跑到我们家的窗户下面，他们来向我母亲要面包——她以前是卖面包的，他们敲玻璃窗，喊着跳着，讨要热乎的面包。母亲从不让他们进屋，只是把面包从窗口递出去，法国人一把抓过去就揣到怀里，刚出炉的面包，还滚烫着呢，就直接贴到了肉体上，捂在心口。哎呀，他们是怎么忍受的，真是不明白！当时他们很多人都被冻死了，他们都是来自温暖地方的人，不习惯这样寒冷的天气。我们花园里有间浴室，那里面住着两个法国人，一个军官和一个勤务兵，勤务兵叫米朗。军官长得又高又瘦，一副皮包骨的样子，穿一件到膝盖的女式宽松外套。他为人很和气，爱喝酒，我母亲

外祖父先辈的遭遇是当时俄国社会现状的一个缩影：强盗横行，草菅人命。

091

偷着酿啤酒来卖，他就买回去喝得酩酊大醉，喝完了就唱歌。他学会了说我们的话，经常嘟嘟囔囔地说：'你们这地方的地没有白的，是黑的、荒芜的！'他的俄语说得很蹩脚，但能说明白。他说得也对，咱们这上游地区的确不适合人居住，比不上伏尔加河下游地区暖和，而且过了里海就几乎见不到雪了。无论是在《福音书》里，还是在《诗篇》里，甚至在圣诗《使徒行传》里，都没有提到过雪和冬天，而那里是耶稣住的地方……等读完圣诗，咱们就来读《福音书》。"

他又不说话了，像是在打盹儿。他斜眼望着窗外，在默默地想着什么，整个人显得更瘦小单薄了。

"您接着讲啊！"我悄声地提醒说。

"啊，好！"他一怔，又接着讲了下去，"还是讲那些法国人吧！他们也是人啊，也不比我们这些有罪的人坏。他们经常冲我母亲喊：'马达姆！马达姆！'意思就是：'太太！太太！'可这位太太能把五普特①重的面粉从米店扛回家，她力气大得简直不像是个女人。在我二十岁的时候，她还能揪住我的头发，把我提起来毫不费力地摇晃几下，那时我的身体也不算差。那个勤务兵米朗特别喜欢马，他经常到各家各户的院子里转悠，打着手势请求人家让他来洗马！开始大家还担心他没安什么好心，毕竟是敌人。可后来老百姓们开始主动去找他：'过来，米朗！'他咧嘴一笑，低着头就像头牛似的跟着走了。他有一头耀眼的棕红色头发，大鼻头，嘴唇肥厚。他很会饲养马，给马治病也相当拿手，后来在

这说明外祖父是真的老了，他上年纪之后，容易走神，陷在自己的回忆里。

① 普特：重量单位，1普特等于16.38千克。

尼日尼做了个马医。不久他疯了，被消防队员给打死了。到了第二年春天，那个军官也病倒了，在春天尼古拉节[①]那天，他悄悄地死了。那天，他心事重重地坐在浴室的窗前，把头伸到了窗外。我很可怜他，甚至还偷偷地哭了一场。他性格很温和，常常捏着我的耳朵，亲切地说些自己国家的话，尽管我听不懂，但感觉很舒服！仁爱是用钱买不到的。他本来想教我学他们的话，可母亲不让，甚至把我领去见神父，神父吩咐人打了我一顿，还控告了那个军官。那个时候，宝贝，我们的生活中有很多清规戒律，这你是体验不到的，别人都替你经受过了，你可要记住这一点！比如说我吧，我就经受了这一切……"

天渐渐黑了下来。暮色中，外祖父奇怪地变得高大起来，他的眼睛放着光，像只狸猫。他讲述别的事情时声音很低，小心翼翼又若有所思，可讲起自己来却语气激昂，语速又快，还免不了吹嘘。我不喜欢他讲自己的事，不喜欢他一贯的命令口吻："你记住！你要记住这一点！"

他讲的很多事情我都不想记住，可是，即使没有外祖父的命令，这些事情也像锥子一样深深地刺进了我的记忆中。他从来不讲童话故事，讲的只是陈年往事。我还发现，他不喜欢别人向他提问题，因此我偏要刨根问底地问个究竟："您说谁更好，法国人还是俄国人？"

"嗨，这怎么能知道呢？我又没有看见过法国人在

可见外祖父年轻的时候也很富有同情心，不像现在这样冷血。

[①] 尼古拉节：有两个，一个在5月22日（俄历5月9日），称为春天尼古拉节；一个在12月19日（俄历12月6日），称为冬天尼古拉节。

自己家里是怎么生活的。"

他气哼哼地嘟囔着，又补充说："连老鼠在自己的洞里也都是可爱的……"

"那么，俄国人都是好的吗？"

"好坏都有。在奴隶时代的人们要好一些，因为那时人们有枷锁约束着。可现在人们自由了，却穷得既缺少面包也没有盐吃！当然了，老爷们是没有仁爱之心的，可他们却有足够的智慧。尽管不是所有的人都这样，但只要有一个好的，也够让你赏心悦目的啦！也有另一种老爷，他就是个酒囊饭袋。我们这里有很多人就像个空壳，你看他长得像个人样，等了解了你就会知道，他就是个壳，没有仁，因为仁被吃掉了。我们应该受点儿教育，应该磨快我们的智慧，可却没有真正好的磨刀石……"

"俄国人的力气是不是很大？"

"有很多大力士，但问题不在于力气，而在于灵敏。不管你有多大的力气，也大不过一匹马。"

"法国人为什么要和我们打仗？"

"唉，战争，那是沙皇们的事，这事我们这些小老百姓无法知道。"

我又问他拿破仑是做什么的，外祖父的回答给我留下了深刻的印象："他是个勇敢的人物，想要征服全世界，然后要让所有的人过上人人平等的日子：没有老爷，没有官吏，也没有等级，你就随心所欲地生活吧！虽然大家的名字不同，但权利是平等的，信仰也只有一个。这当然是愚蠢的想法啦，没什么区别的那是螃蟹，鱼还有

外祖母总是给阿廖沙讲童话故事、传奇故事，就算讲从前发生的事情，也多半是积极的、乐观的，不会传给阿廖沙负面情绪。但外祖父讲的陈年往事总是悲痛的、沉重的。

外祖父的意思是说人们应该接受教育，学会思考，用知识和智慧来填充自己。

外祖父眼里的拿破仑是一个追求平等的政治家，但外祖父并不认同拿破仑的行为，他更喜欢从前有地主阶级的日子，认为人生来应该被管束，这也表现了外祖父的时代局限性，他无法理解新的社会思潮。

各种各样的呢！鲑鱼和鲇鱼不能同游，鲟鱼和青鱼也不能做朋友。我们俄国也有过这种拿破仑似的人物，斯捷潘·拉辛①、叶梅连·普加乔夫②等等，我以后再给你讲他们的事……"

偶尔他会停下来，长久地默默注视我，眼睛睁得圆圆的，仿佛第一次见到我似的，让我感觉很不自在。

他也从来不向我提及我的父亲和母亲。

外祖母也经常来听这类谈话，她坐到角落里，许久地默默坐在那里，让你感觉不到她的存在。可是她会突然用娓娓动听的声音轻柔地问："老爷子，你还记得咱们一起去穆罗姆山朝圣的事吗？那多么美妙啊！那是哪年的事啦？"

外祖父想了想，很详细地回答道："说不太准，应该是在霍乱病大流行之前③，是在林子里捉奥洛涅茨④人那一年。"

"对了，对了！我们当时还怕他们呢……"

"没错！"

我追问奥洛涅茨人是做什么的，他们为什么要逃到树林里去。

外祖父很不情愿地解释说："他们都是普通老百姓，是从工厂中逃走的农奴。"

外祖父在审视阿廖沙，或许是从阿廖沙身上看到了阿廖沙父亲和母亲的影子。

---

① 斯捷潘·拉辛（1630-1671）：俄国农民起义领袖，顿河哥萨克人。17世纪60年代末组织领导了俄国较大的一次农民起义。

② 叶梅连·普加乔夫（约1742-1775）：俄国农民起义领袖，生于顿河沿岸一个贫穷的哥萨克家庭。1773年，普加乔夫聚集了80名哥萨克人起义，揭开了俄国历史上一场反对农奴制压迫的农民战争的序幕。

③ 即1848年之前。

④ 奥洛涅茨：俄罗斯卡累利阿共和国南部的一个城市，位于拉多加湖以东。

"怎么捉他们呀？"

"怎么捉？就跟小孩子玩捉迷藏似的，一些人跑，另一些人就追，到处找，逮住了，就用树条子、鞭子抽，把鼻子打破，在额头上打上烙印，证明他们有罪。"

"为什么？"

"谁知道呢？这事说不清楚，究竟谁有罪，是逃跑的人有罪，还是抓人的人有罪，咱们可弄不懂……"

"老爷子，你还记得吗？"外祖母又说，"那场大火灾以后……"

外祖父凡事都喜欢精确，他严肃地问："哪一场大火？"

他们一起回忆着过去，就把我给忘了。他们的声音和话语听上去很低，却是那么和谐，和谐得让我感到他们像是在唱歌，唱一首歌颂疾病、火灾、杀戮、死亡和欺骗的悲歌，唱一首歌颂笃信上帝的信徒与暴戾的老爷们的挽歌。

"经历了多少，就见识了多少啊！"外祖父低声感叹着。

"难道我们以前的日子过得不好吗？"外祖母说，"你回想一下，那年我刚生完瓦尔瓦拉，那个春天有多美好啊！"

"噢，那是一八四八年，远征匈牙利的那一年，教父提康在做完洗礼仪式的第二天就被征去打仗了……"

"从此他就杳无音信了……"外祖母叹息道。

"是的，音信皆无！从那年起，上帝的惩罚就像洪水漫上了木舟，不断地光顾咱们家了。唉，瓦尔瓦拉……"

"你行啦，老头子……"

他生气了，沉下脸来。

"行什么行啦？孩子们都不成器，无论从哪方面看。咱们那么多心血都花哪儿去了？我们本以为是在往柳条筐里一点儿一点儿放东西，可上帝却塞给咱们一个破筛子……"

他咆哮起来，像被火烧到了似的满屋乱窜，痛苦不堪地喘着粗气，咒骂着孩子们，冲外祖母挥舞着瘦小干枯的拳头。

"都是你娇惯他们，惯出了他们一身的贼性！你这个老妖婆！"

他悲愤狂躁、痛哭失声，奔向墙角的圣像前，捶打着自己干瘪的胸膛，咚咚作响："上帝啊，难道我比别人的罪孽更深重吗？这是为什么呀？"

他浑身颤抖，像受了多大委屈似的，大滴的泪珠在脸上流淌，眼睛里闪着愤恨的凶光。

外祖母坐在黑暗中，默默地画着十字，随后小心翼翼地走到他身边，安慰他说："你何苦要这么折磨自己呢？上帝知道该怎么办。很多人家的孩子有我们的好吗？老头子，谁家都一样：吵架，窝里斗，无事生非。所有做父母的都在用眼泪洗涤自己的罪恶，不只是你一个人……"

有的时候这样的话可以安慰他，让他疲惫地默默倒在床上，我和外祖母就悄悄地回到自己的阁楼上去。

可是，有一次，当外祖母走到他身旁说这些安慰的话时，他猛地一转身，抡起拳头狠狠地打在她的脸上。

外祖父对家庭的现状感到不能接受，也对两个儿子的不堪感到十分的悲痛。

外祖母急忙闪身，脚步踉跄了几下，一只手捂住嘴唇，站稳脚跟，她平和地低声说："哼，傻瓜……"

然后向他的脚前面吐了口血水。他举起双手，吼叫了两声："滚开，不然我打死你！"

"大傻瓜！"外祖母又重复了一句，走出了房门。

外祖父向她扑过去，她不慌不忙地迈过门槛，砰的一声把门关上了。

"老东西！"

外祖父脸涨得通红，就像烧红的木炭一样，他用手扶住门框，手指又抓又挠。

前文里的外祖父似乎变好了，变得温情平和，但这里却突然莫名地重新使用暴力，这让阿廖沙意识到，人的性格是很难改变的。

我躺在暖炕上吓傻了，简直不敢相信眼前的一切：这是他第一次当着我的面打外祖母，这激起了我对他的极大厌恶！我发现了他的另一副面孔，这实在令我无法容忍，让我透不过气来。他一直站在那，用手挠着门框，身上像蒙上了一层灰尘，整个人变得灰暗起来，慢慢蜷缩成一个小圆球。突然间，他走到房间中央跪下来，没有立稳，一下子趴到地板上，一只手支撑着地板。随即他直起腰来，双手捶着胸脯，说道："噢，上帝啊……"

我像溜冰似的一下子从铺着砖的热炕炉上滑了下来，撒腿跑了出去。外祖母正在阁楼上走来走去漱口。

"你疼吗？"

她走到墙角，把水吐到了污水桶里，平静地说："没事，牙没掉，只是嘴唇破了。"

"他为什么打你？"

外祖父对生活的无能让他感到无能为力，但他纾解的方式却是对弱者使用暴力，这种行为是错误的。

她看了看窗外，说："他心里不痛快，他也很难，年纪大了，事事都不如意……你好好躺下睡觉，别再想这事啦。"

　　我又问了她什么，她一反常态，厉声喊道："不是跟你说了吗，躺下睡觉！怎么这么不听话……"

　　她坐到窗前，吮吸着嘴唇，不停地往手帕里吐。我一边脱衣服，一边看着她。她那乌黑的头发定格在方格的窗户里，窗外是星光闪烁的蓝色天空。大街上一片寂静，房间内漆黑一片。

　　我躺下后，她走了过来，轻轻地抚摩着我的头说："你安安静静地睡吧，我下去看看他……你别太为我难过，我的宝贝，也许我也有过错……睡吧！"

　　她亲了亲我就走了。我心里特别悲伤，我从宽大、柔软又暖和的床上跳下来，走到窗前，望着下面空荡荡的街道，陷入了无边的惆怅，像一块冰冷的石头呆呆地愣在那里。

外祖母的善良和社会对女性的规训让她变得逆来顺受，阿廖沙对此感到无限悲伤，但他年纪还太小，无法理解。

第 六 章

又一场噩梦开始了。

一天晚上，喝过茶以后，我和外祖父坐下来诵读《诗篇》，外祖母开始清洗餐具。突然，雅科夫舅舅闯了进来。他像往常一样，衣衫不整，头发蓬乱得像一把破扫帚，连一声好也不问，把帽子往墙角一扔，晃着身子，两只手比比画画，像连珠炮似的开口说了起来："爸爸，米哈伊尔在发疯地闹事呢！他在我那里吃饭，喝多了就开始疯狂地胡作乱闹，他打碎了餐具，把给人家染好的料子撕成碎片——那可是毛的料子呀，窗户也给砸掉了，诅咒我和格里戈里。现在他正往这边来呢，他发狠说：'我要把父亲的头发和胡子拔掉，我要杀了他！'您要当心啊……"

外祖父两手撑着桌子，慢慢地站起身，眉头蹙了起来，脸上的皱纹在聚集，直至鼻尖皱起，露出一副狰狞的凶相，像一把斧头一样咄咄逼人。

"听见了吧，老太婆？"他尖着嗓子说，"怎么样，啊？来杀他父亲了！听啊，还是亲生的儿子呢！到时候了！到时候了，孩子们……"

他耸着肩膀在屋子里踱着步，走到门旁，猛地把沉重的门钩挂上锁环，转身对雅科夫说："你们一直惦记着把瓦尔瓦拉的嫁妆拿到手，是不是？拿去吧！"

他将拇指伸进食指和中指中间，握成拳头以示轻蔑，伸到雅科夫舅舅的眼前，舅舅满脸委屈地闪到一旁。

"爸爸，这关我什么事啊？"

"关你什么事？我清楚你是什么东西！"

外祖母一言不发，赶忙把碗碟收拾到橱柜里。

"我可是来保护您的……"

"是吗？"外祖父带着嘲讽的语气喊叫道，"这太好啦！谢谢你，好儿子！老太婆，快给这只狐狸随便什么家什，木棍或者熨斗什么的！你呢，雅科夫·瓦西里奇，等你哥哥一下子冲进来，你就给我打他！"

舅舅双手插兜，躲到角落里去了。

"既然您不相信我……"

"相信你？"外祖父跺着脚，高声喊道，"不！不管是只狗，还是小刺猬，任何野兽，我都相信，可就对你，我还要等等看！我知道，是你把他灌醉的，是你教他这么干的！很好，你现在动手吧！你来选：打他或者打我……"

外祖母悄悄对我说："快上楼，去看着点儿窗户外面，你米哈伊尔舅舅在街上一露面，你就赶快下来告诉我们！快去，快……"

滋事好斗的舅舅即将挑起一场厮打，这令我惊恐不安。然而，我又为被委以重任感到骄傲，我站在窗口，监视着街道。

外祖母习惯了这样的争吵，她下意识地把家里的易碎品锁起来，避免更多的财产损失。这样的一个普通的行为，却反映了这些年来因为家庭争吵养成的习惯。

外祖父的猜想也许是正确的，也许是错误的，但不管怎么样，其实都证明了外祖父知道自己两个儿子的本性不良，被自己的孩子叫嚣着说要打死自己，就算是外祖父，内心也应该十分凄凉失望。

宽阔的马路上覆盖着一层厚厚的尘土，那凸起的大粒鹅卵石真像一个个大脓包。马路向左侧远远地延伸开去，穿过一个低谷直通向奥斯特罗日那雅广场。广场上面铺着黏土，一座灰色的建筑伫立在那里。那是一座老监狱，四个角上各有一个岗楼。这座监狱气势壮观，透出一种忧郁的美。

右边隔着三幢房子，是开阔的辛那亚广场，广场的尽头是监狱的黄色建筑和消防队的铅灰色瞭望塔。一个值班的看守人员，像被拴在链子上的狗一样，绕着塔顶的瞭望台来回兜着圈子。整个广场高低不平，坑坑洼洼的，在一个大深坑里满是泛绿的积水。再往右是一个叫久科夫的臭水塘，就是外祖母讲过的那个水塘，有一年冬天，舅舅们曾经想把我父亲扔进那里的冰窟窿里。窗户的正对面是一条小巷，巷子里是五颜六色的小房子，巷子尽头是低矮臃肿的三圣教堂。抬眼向前望去，可以看到很多屋顶，就像一只只底朝上的小船，在花园的绿波中荡漾。

久经风雪的吹打和连绵秋雨的冲刷，褪了色的房屋蒙上厚厚的尘土，相互挤挨着，就像教堂门口的叫花子，仿佛现在正和我一起，警觉地瞪大了眼睛，等待着一个人的到来。路上行人不多，都不慌不忙地挪着脚步，如同灶台上的蟑螂。一股浓烈的气味向我扑来，这是大葱和胡萝卜馅饼的味道，是我不喜欢的味道，这种气味总是让我心情抑郁。

烦闷！莫名其妙的烦闷，几乎难以忍受。我胸中似灌满了烫人的铅水，那铅水向外挤压着，撑破了我的胸

比起较为空泛的词语堆砌，作者常常把心情上的沉重具化为一种身体的疼痛，"灌""胀""撑破"等动词都更生动形象地表现出作者内心的惧怕和担忧，更能让读者体会到作者当时的心情。

102

膛和肋骨。我感觉我就像一个肥皂泡般鼓胀起来，在这个狭小的房间里，在像棺材盖一样的屋顶下，我感到憋闷得发慌。

米哈伊尔舅舅来了！他出了巷子口，从一幢灰色房子的墙角走过来，东张西望，帽子压在了耳朵上，压得两只耳朵向外支棱着。他穿着件棕黄色的外衣，到膝盖的长靴落满了灰尘，一只手插在方格裤子的兜里，另一只手抓着胡子。我看不清他的脸，但是他站在那儿，好像在准备跳过街道，要一把将外祖父的房子抓起来。我应该马上跑下去向外祖父报告说他来了，可是我无论如何也挪不动脚步。我看见他小心翼翼地走向酒馆，就好像是怕灰尘弄脏了他那灰色的靴子似的。他穿过马路，我听见他在开酒馆的门，紧接着传来门的吱扭声和玻璃发出的颤动声。

我跑下阁楼，敲响了外祖父的房门。

"谁？"他粗暴地问，没给我开门，"是你？什么事？他进酒馆了？好吧，你去吧！"

"我在那儿害怕……"

"你就忍一会儿吧！"

我又趴在了窗口。

天渐渐黑下来，马路上那尘土下的脓包变得更鼓也更黑了，家家户户的窗户都亮起了灯光，那点点灯光如油脂般蔓延开来。对面的房子里传来音乐声，多根琴弦演奏出忧伤的曲子。

酒馆里也有人在唱歌。门一打开，疲惫而又颓丧的歌声就飘了出来。我知道，这是独眼的乞丐尼基图什卡的歌声，他是个大胡子老头儿，右眼像炭火一样红，左眼是紧闭的。门一关，他的歌声也就像被斧子砍断了似的戛然而止。

外祖母很羡慕这个乞丐，听着他唱歌，她叹息道："这个人真了不起！会唱这么多歌，活得真值！"

有时她把他叫到院子里来，他就坐在台阶上，手拄着棍子，边唱边讲述，外祖母坐在他的旁边欣赏着，询问道："打断你一下，难道在梁赞①也有圣母吗？"

乞丐用他那低沉的声音肯定地说："哪儿都有，她无处不在……"

街上有种令人昏然欲睡的倦怠在无形地涌动，给人以压迫感，挤压着人的心脏，迷惑着人的双眼。眼前要是外祖母能来该有多好啊！就算外祖父来也好。我父亲到底是一个什么样的人呢？为什么外祖父和舅舅们那么不喜欢他，而外祖母、格里戈里和保姆叶夫根尼娅都说他那么好？我的母亲又去了哪里呢？

我越来越频繁地想起母亲，把她想象成外祖母口中童话故事的主人公。母亲不愿在自己家里住，这让她在我心中有了更多的想象空间。我想象她现在是和一些英雄待在一起，住在一条交通要道旁的客栈里，他们抢劫过往的富人，再把劫来的财物分给乞丐们。也可能她现在就住在森林里或山洞里，当然也是和那些善良的强盗在一起，给他们做饭，帮他们看管抢劫来的财宝。她也可能像那个追随圣母周游天下的安加雷切娃公爵夫人一样，正在大地上漫游。圣母也会像劝告公爵夫人那样劝

① 梁赞：位于俄罗斯中部联邦管区奥卡河畔。

外祖母的精神世界很富足，所以她不会因为世界上的不公平待遇而顾影自怜，也不会因为职业的高低而对人们有任何歧视，她总是很快就能发现别人身上的闪光点，并大声地赞美别人。

虽然阿廖沙有外祖母的陪伴，但父亲去世，母亲离家出走，在最需要父母陪伴的年纪，阿廖沙却像一个孤儿在别人的三言两语里拼凑、想象父母的故事。阿廖沙的父亲只被提起过几次，但他"勇敢""正直""慈爱"的形象已经跃然纸上。而在阿廖沙成长过程中的长久空白，母亲已经变得和童话故事里的人物一样遥远。

告我的母亲：

  贪心的奴隶，

  不要将天下的金银敛聚。

  贪得无厌的灵魂啊，

  任何的财宝也遮蔽不了你赤裸的身躯……

母亲也用女强盗公爵夫人的话来回答圣母：

  宽恕我吧，圣母至尊！

  请怜惜我这有罪的灵魂。

  劫财不为我的私欲，

  却只为我那唯一的儿子！……

于是，像外祖母一样善良的圣母原谅了她，说道：

  唉，玛留什卡，你这鞑靼人的后代，

  唉，你这不肖的子孙！

  那就走你自己的路吧，

  摔倒了不要怪别人！

  去森林里追击莫尔多瓦人，

  去草原上迎击卡尔梅克人，

  可不要招惹俄罗斯人……

  我回忆着这些童话，仿佛身处梦境之中。楼下过道里和院子里的脚步声、吵闹声和吼叫声把我惊醒了，我将身子探出窗外，看见外祖父、雅科夫舅舅和酒馆滑稽可笑的伙计什梅利扬，正把米哈伊尔舅舅从酒馆的便门往外推。米哈伊尔抵抗着，撑着不走，大家打他的手、后背和脖子，用脚踢他。最后，他还是被扔到了马路的尘埃中。门砰的一声关上了，响起了闩门上锁的声音，一顶皱巴巴的帽子从大门顶上被扔了出来，一切又归于寂静。

米哈伊尔舅舅在地上躺了一会儿，慢慢地爬起来。他身上的衣服被撕破了，头发乱蓬蓬的。他抓起一颗鹅卵石朝酒馆的大门砸去，仿佛砸到了桶底一样传出一声闷响。几个黑乎乎的身影从酒馆里钻出来，他们声嘶力竭地叫骂着，挥舞着拳头，人们从窗户里伸出脑袋来，顿时街上热闹起来，有笑声，也有喊叫声。这一切也像童话一样有趣，但却是令人厌恶又让人胆战心惊的。

突然间一切都沉寂了，人声没了，人影也消失了。

外祖母的坚强和乐观之下掩藏着深深的无奈。

外祖母坐在门槛旁的树桩上，弯着腰，屏息静气地一动不动。我站在她面前，抚摩着她温暖、柔和、湿润的脸颊，可她好像没有意识到我的存在，脸色阴郁地自言自语说："上帝啊，难道你真的就再没有多余的善良和智慧赐予我和我的孩子们吗？上帝啊，请你饶恕……"

外祖父在田野大街的这所宅子里一共住了也不过一年：从第一年春天到第二年的初春。不过，在这段时间里这所房子却名声大噪，几乎每个星期日都会有一群孩子跑到我们家大门口来，他们兴高采烈地在大街上嚷嚷："卡希林家又打架了！"

通常米哈伊尔舅舅都是晚上来，然后一整夜地围着我们的房子，搅得四邻不安。有时他还带来两三个帮凶，都是些库纳维诺染坊里不务正业的城里人，他们喝得酩酊大醉，钻进花园里乱踩乱踏，拔掉了树莓和醋栗树，捣毁了浴室，把里面所有能毁的都给毁坏了——蒸汽浴床、长板凳、烧水的锅，全都给砸了，炉子也给拆了，

106

地板掀掉了几块，门窗也给拽了下来。

外祖父脸色阴沉，一言不发，站在窗前静静地听着他们毁坏他的家产。外祖母在院子里东一头西一头地跑着，黑暗中看不清她的身影，只听得见她的哀求声："米沙①，你这是干什么呀，米沙！"

从花园里传来很低俗的不堪入耳的骂人话，这些咒骂想必这些人自己都不愿再回想。

这种时候我是不能跟着外祖母的，可离开她我又很害怕，我往楼下的外祖父的房间走去。他冲着我大叫："滚出去，该死！"

我又跑上了阁楼，透过天窗看着夜幕下的花园和院落，目不转睛地紧盯着外祖母，很怕她被人打死。于是我喊她、叫她，可她就是不过来。醉鬼舅舅听到了我的声音，用粗野污秽的话大骂我的母亲。

有一次，也是这样一个夜晚，外祖父有点儿不舒服躺在床上，包着毛巾的头在枕头上左右翻转，他声音很刺耳地诉说着："辛辛苦苦了一辈子，作了不少孽，拼命地攒钱，到头来落得这么个下场！要不是怕丢人现眼，早就把警察叫来了，明天就去找省长……可多丢人啊！这叫什么父母啊，叫警察来管教自己的孩子？那就只好乖乖地躺着吧，老头儿。"

他突然站起来，踉踉跄跄地向窗口走去。外祖母挽住他的胳膊，问："你去哪儿，去哪儿呀？"

"你把灯给我点着！"他呼哧呼哧地喘着粗气，命令道。

---

① 米哈伊尔的昵称。

面对米哈伊尔舅舅的挑衅和辱骂，暴力的外祖父和温柔的外祖母都无计可施。碍于面子和作为父亲的一丝温情，外祖父并不想用法律手段制裁米哈伊尔舅舅，可他没有真正地认识到问题所在。他抱怨自己老无所依，却没有反思过自己的教育方式。他给孩子们灌输"金钱、利益、冷漠"，却想从孩子们身上得到情感的反馈，这是不可能的。

分家之后，外祖父失去了作为一家之主的地位，两个儿子都不再屈从于他的暴力。而他像命令仆人一样命令外祖母，仍旧不舍得丢弃自己虚伪的高高在上的地位。

外祖母点着了蜡烛，他把烛台捧在手上举在胸前，就像士兵端枪一样，冲着窗外蔑视地吼叫道："喂，米哈伊尔，你这个夜贼，发疯的癞皮狗！"

话音未落，窗户上方的玻璃哗啦一声被打碎了，半块砖头落在了外祖母身边的桌子上。

"没打中！"外祖父号叫着，不知是在哭还是在笑。

外祖母一下抱起他，就像抱我一样，把他放到了床上，惊慌地说："你要干什么？要干什么？愿上帝保佑你！这么一来，他就会被发配到西伯利亚去充军的！他只不过是发泄一下火气，哪里会知道后果……"

外祖父蹬着两条腿，扯着嘶哑的嗓子一通狂叫："就让他打死我吧……"

窗外传来一阵咆哮声、踩脚声和砸墙声，我从桌上抓起那块砖头，朝窗口跑去。外祖母急忙一把抓住我，把我推搡到墙角，恨恨地说："咳，你这个混小子……"

还有一次，米哈伊尔舅舅手持一根粗木棒子要从外面往外屋闯，他站在门廊前黑黢黢的台阶上，用力砸门。在门的里面，等待他的是外祖父、两个房客和身材高大的酒馆老板的妻子，他们也手握棍子。外祖母在后面团团转，央求道："你们让我出去见见他吧！让我跟他谈谈……"

外祖父举着根木棍，向前伸出一条腿站在那，就像《猎熊图》上那个手握长矛的猎人。当外祖母跑到他面前时，他一句话也不说，用胳膊肘推她、用脚踢她赶她走。四个人都严阵以待，个个都杀气腾腾。他们头顶的墙上点着一盏灯，灯光忽明忽暗，惶恐不安地照着他们

"别打脑袋"和前文中担心两个哥哥欺负瓦尔瓦拉两件事情都可以看出外祖父是爱护子女的，但他羞于承认自己的情感，仿佛情感是能淹没他的洪水猛兽，他渴望得到家人的尊重和爱，却总是自己亲手推开，这种矛盾的对待感情的方式始终困惑着外祖父，也令这个家庭走向迷途。

的脑袋。我在阁楼的台阶上看着眼前的一切，真想把外祖母拉上来。

舅舅一直没有停止砸门，他不达目的决不罢休，而且眼看就要得手了，门开始晃动，上面的合页就要脱离了，下面的合页已经掉了下来，发出刺耳的吱嘎声。外祖父也用这样吱嘎的声音对他的战友们说："你们就朝胳膊和腿上打，别打脑袋……"

门旁边的墙上有一个小窗户，只能伸头进来，舅舅已经把窗户上的玻璃打碎了，只剩下一些碎片，黑洞洞的，就像一只被挖掉眼珠的眼睛。

外祖母奔向小窗口，将一只胳膊伸到外面摇晃着，大叫："米沙，看在上帝的分儿上，你快走吧！你会被打残的，快走！"

舅舅照着她的胳膊就是一棍子，只见一个很粗的东西从窗口闪过，落到外祖母的胳膊上，随即她一下子跌坐在地上，又仰面倒了下去，还没忘喊一句："米……沙，快跑……"

"哎呀，老太婆，怎么啦？"外祖父惊慌地大叫。

门被打开了，舅舅冲进漆黑的门洞，但马上又像一铲垃圾似的被从台阶上扔了出去。

酒馆老板的妻子把外祖母搀到外祖父的房间里，外祖父也马上跟了过去，神情忧郁地走到外祖母身边。

"伤到骨头没有？"

"哎哟，看来是骨折了，"外祖母说，眼睛也不睁，"你们把他怎么样了，怎么样他了？"

"你安静会儿吧！"外祖父严厉地喝道，"难道我是

外祖母被米哈伊尔舅舅打断了胳膊，但她第一反应却是让米哈伊尔舅舅快跑。以小见大，两个舅舅在成长过程中没有受到父亲和母亲正确的引导，因此没有正确的是非观念。从外祖母的经历着眼，她曾经孕育了十几个孩子，最终只有三个孩子活下来，这样的悲痛是何其锥心，她失去的太多，所以更想弥补自己的孩子。在那样一个动荡的年代，每个人都被卷入时代的洪流，不可幸免，外祖母也在其中沉浮，接受时代的因果。

109

畜生吗？把他给捆起来了，在板棚里躺着呢，我泼了他一身水……唉，这家伙太凶恶啦！他这是像谁呀？”

外祖母呻吟起来。

"我叫人去找接骨医生了，你就忍一会儿吧！"外祖父挨着她坐到床上，"老太婆，他们会把咱俩折磨死的，早早地把咱俩折磨死！"

"你把一切都给他们吧……"

"那瓦尔瓦拉怎么办？"

他们谈了很久。外祖母的声音低沉而无力，外祖父的则尖锐而愤怒。

不一会儿，来了个驼背的小老太婆，大嘴巴大得咧到了耳垂下，她的下巴抖动着，嘴张得像条鱼，尖尖的鼻子越过上嘴唇向嘴里张望着。我看不见她的眼睛，她用拐杖探着路，用脚摸索着走路，手里提着的包袱叮当作响。

我突然有一种感觉，这是外祖母的死神到了。我跳到她身边，声嘶力竭地喊道："滚出去！"

外祖父粗暴地一把抓起我来，不容分说就把我送到了阁楼上……

第七章

我很早就明白了，外祖父心中有一个上帝，而外祖母心中则有另一个上帝。

外祖母每天醒来，都长时间地坐在床边用梳子梳理她那令人称奇的长发。她扭着头，紧咬着牙，一绺绺如黑丝般的头发梳落下来。她怕吵醒我，小声地咒骂着："唉，把你们全剪掉！让你们全掉光吧，可恶的东西……"

她把头发梳理顺了之后，动作麻利地编成了两条粗粗的辫子。然后急匆匆地洗了洗脸，气哼哼地擤了擤鼻子，还没等把怨气从那睡得皱巴巴的脸上洗去，就跪到了圣像前。只有在这个时刻才开始了她早晨的真正洗礼，此时她会立刻变得神清气爽。

她挺直了微驼的脊背，仰着头，深情地凝望喀山圣母①那圆圆的脸，专注地画着十字，声音响亮而虔诚地祈祷着："无上光荣的圣母啊，把你的恩惠赐予未来的日子吧，我的圣母！"她深鞠一躬，然后慢慢地直起身来，又更加热烈、更加动情地祷告起来："你是快乐的源泉，你是无上圣洁的女神，是花朵盛开的苹果树！"

① 喀山圣母：俄罗斯东正教的最高圣像，代表着圣母玛利亚。

111

外祖母眼里的上帝是外祖母性格的映射，善良、平等、乐观。

她几乎每天早晨都能找到新的赞美词句，因此，这也吸引我每次都会全神贯注地倾听她的祈祷。

"你是我上天最圣洁的心灵！我的护佑者，我的保护神，你是金色的太阳，我的圣母！至圣的圣母啊，请你摒除邪恶，不要让任何人受到欺侮，也不要让我无缘无故地遭欺凌！"

她黑亮的眼睛里流露出快乐的微笑，突然一下子年轻了许多。她抬起沉重的手，慢慢地画着十字。

"耶稣啊，上帝的儿子，请施恩泽给我这个有罪的女人吧，看在圣母的分儿上……"

她的祈祷永远都是赞美，是真挚而诚恳的颂扬。

早晨她祷告的时间并不长，因为她要煮茶——外祖父已经不雇女佣了，如果她不按时把茶备好，他就会发脾气，会骂上老半天。

外祖父的上帝和他一样，古板、不知变通。

有时候他比外祖母起得早，他爬上阁楼，遇到她在祈祷，就听一会儿她的祷告，轻蔑地撇一撇他那暗黑的薄嘴唇，等到喝茶的时候就唠唠叨叨地说："你这个愚蠢的脑袋，我教过你多少次应该怎么祷告，可你老是念叨你自己的那一套，你这个榆木脑袋！让上帝怎么容忍你！"

"他听得懂，"外祖母很自信地说，"不论跟他说什么，他都会懂的……"

"你这个该死的野蛮人！唉，你们这些人呀……"

外祖母认为世间万物都会受到上帝的保佑，上帝是慈爱平等的。这反映了外祖母的思想，而外祖母信仰着这样的上帝，所以她也用上帝的思想约束自己的行为。

外祖母的上帝成天伴随着她，她甚至会向牲畜念叨上帝。我很清楚，世上万物都服从于她的这个上帝，不论是人，还是狗、禽、蜜蜂、草木，她的上帝对人世间的一切都是一样的慈善，一样的亲切。

酒馆的老板娘养了一只猫，它深受宠爱，爱吃甜食，很机灵乖巧，也很会讨好人，有一对金黄色的眼珠和一身云烟般的毛，院子里的人都非常喜欢它。有一天，这只猫从花园拖出一只八哥，外祖母把这只快被折磨死的鸟儿从猫嘴边给夺下来，开始数落它："你不怕上帝吗，你这个卑鄙无耻的凶手！"

酒馆老板娘和打扫院子的人听了这话都哈哈大笑，但外祖母怒不可遏地呵斥他们："你们以为畜生就不知道上帝吗？任何畜生都知道上帝，一点儿不比你们差，你们这些冷酷无情的人……"

她一边给枣红马沙拉普套着鞍具，一边跟它交谈："为什么无精打采的，你这个上帝的劳工，啊？你是不是觉得自己有点儿老了……"

马摇晃着头，发出叹息声。

不过外祖母念叨上帝的名字并不像外祖父那么频繁。我觉得外祖母的上帝很好理解，也不那么可怕，只是在他面前你不能撒谎，撒谎是可耻的，他让我感到羞愧难当，所以我也从来不对外祖母说半句谎话。对这个慈爱的上帝隐瞒什么简直是不可能的，而且我好像连隐瞒的想法都没有过。

有一次，酒馆的老板娘跟外祖父吵架，她把与他们吵架无关的外祖母也一起骂了，甚至还朝她扔胡萝卜。

"唉，您可真愚蠢呀，太太。"

外祖母说得很心平气和，可是却把我给气坏了，我决心报复一下这个恶婆子。

外祖母的上帝无所不能，神圣严肃但慈爱，有人情味，这潜移默化地影响了阿廖沙，让阿廖沙不禁跟从上帝的脚步，拥有诸如不撒谎之类的美好品格。

我琢磨了好久，研究怎么样才能更解恨地刺痛一下这个红头发、双下巴、细眼睛的胖女人。

根据我的观察，邻居们闹纠纷时彼此报复的方法有：割掉猫的尾巴、毒死狗、打死鸡，或者深夜溜进仇人家的地窖里，把煤油倒进酸白菜和酸黄瓜的缸里，把桶里的格瓦斯倒掉……但这些做法我都不喜欢，我要想出一个更有威力、更厉害的办法来。

我终于想出了个办法：趁酒馆老板娘下地窖的时候，把她地窖的盖子给盖上，上锁，在上面跳了一阵复仇者之舞，把钥匙扔到房顶上，然后一溜烟儿地跑回了厨房。当时外祖母正在做饭，她一时没有明白我为什么这样欣喜若狂，等她明白之后就狠狠地照我屁股打了一巴掌，把我拉到院子里，又把我放到房顶上去找钥匙。她的态度让我很吃惊，但我还是乖乖地找到了钥匙，然后跑到院子的角落里，看着她把那个被囚禁的酒馆老板娘释放出来，她们俩有说有笑地往院子里走。

"等我收拾你。"

酒馆老板娘朝我挥着胖乎乎的拳头，可她那看不见眼睛的脸上却充满了和善的笑意。外祖母扯着我的衣领，把我拉进厨房，问："你为什么要这么做？"

"她朝你扔胡萝卜……"

"这么说你这么做是因为我？原来是这样！看我把你这个捣蛋鬼塞到炉子底下喂老鼠，你就清醒了！充当起保护神来了，不过是个小气泡，一捅就破了！我这就告诉你外祖父，他非扒掉你一层皮不可！快到阁楼上去，去念书……"

她一整天都不跟我说话，到了晚上，在做祷告之前，她坐到了床边，语重心长地向我讲了一席让我永远难忘的话："你听着，阿廖沙，我亲爱的宝贝，你要牢记一点：永远不要参与大人的事情！大人们都中邪了，正在接受上帝的考验，而你还没有，你要按一个孩子的思想去生活，等待着上帝来启迪你的心灵，来指导你该做什么，引导你走什么样的路，懂吗？至于谁犯了什么错误，这不关你的事，上帝一定会来审判和惩罚的，由上帝来管，而不是我们！"

她沉默了一会儿，嗅了几下鼻烟，眯起右眼，又补充说："不过，也许就连上帝自己也不能总是清楚谁犯了什么错……"

"难道上帝也不是什么都知道吗？"我十分吃惊地问。

她语气中含着哀怨，轻声回答道："他要是什么都知道的话，可能很多事情人们就不会去那么做了。看来，他老人家是一直从天上俯视着人间，看着我们大家，甚至有的时候他会放声大哭，哭诉着说：'世人啊，我的生灵，我亲爱的生灵！噢，我是多么地可怜你们！'"

她自己也哭了，擦也不擦脸上的泪水，就去角落里做祷告了。

从那以后，她的上帝在我心里更加亲近，也更好理解了。

外祖父也教诲我说："上帝无所不在，无所不能，无所不见，无论什么事，他都会给人们以善意的帮助。"不过他的祈祷却与外祖母的有所不同。

善良的外祖母用自己的方式在纠正阿廖沙的行为，这也是为什么阿廖沙始终没有被周边这个肮脏的环境所污染的很重要的一个原因。

外祖母眼中的上帝富有七情六欲，慈悲为怀，但并不是无所不能的。

115

对外祖父祷告前一系列详细准备动作的描写,渲染了严肃庄重的氛围,这也预示着,外祖父眼里的上帝是神圣的、遥远的、不可亵渎的,不像外祖母眼里的上帝那么平易近人。

每天早晨,在走向墙角的圣像之前,他要洗漱好长时间,然后穿戴整齐,仔细梳理好棕红色的头发,理理胡子,对着镜子照了又照,拉平整衬衫,把黑色的三角巾掖进坎肩里,最后小心翼翼、蹑手蹑脚地走到圣像前。他总是在那块有马眼睛花纹似的木节的地板上站定,默默地站上一会儿,低着头,两只手像个士兵似的垂直贴在身体的两侧,然后挺直瘦小的身子,庄严地开口:"以圣父、圣子和圣灵的名义!"

我感觉他说过这些话之后,房间里变得特别肃静,就连苍蝇都飞得更加小心翼翼了。

"审判日必将来临,每个人的所为都必然昭然若揭……"

他轻轻地用拳头敲打着自己的胸膛,恳切地请求道:"我只在你一个人面前有罪,请面对我的罪恶背转过身去……"

他一字一顿地诵读《信经》,右腿有节奏地颤着,好像在给他的祈祷无声地打着拍子。他是那么干净、整齐,竭力地向圣像探着身子,个头显得高了许多,整个人变得越来越瘦小、越来越干枯。他祈求说:"给我派一位医生吧,来医治我多年心灵的痛苦!我从内心深处不停地呼唤,发发慈悲吧,圣母!"

他大声呼唤着,绿眼睛里噙满泪水。

"我的上帝啊,我的信仰可以对我的行为负责,请不要怪罪我所做的事情,那些事情完全可以证明我的无辜!"

接下来他一遍遍地画十字,全身痉挛,不停地点头,

对外祖母来说,上帝更像是一个信仰,精神上的支撑力量,但上帝对外祖父来说好像是真实存在的特殊力量,他对上帝是有要求、有所求的。

很像一只正在打架的山羊，嗓子里发出尖厉的呜咽声。我后来到过犹太人的教堂，看过才明白，外祖父是用和犹太人一样的祈祷方式祈祷。

桌上的茶炊早就在冒气了，屋子里飘出奶渣黑麦饼的热烘烘的香味，真想吃！外祖母脸色阴郁，低头瞧着地板，靠在门框上叹气。快乐的阳光从花园照进窗户，树上的露珠像珍珠般在闪烁，早晨的空气中散发着茴香、醋栗和熟透了的苹果的馨香。

外祖父还在摇晃着身子，声音尖细地祈祷着："请熄灭我心中痛苦的火焰吧，因为我又贫穷又罪大恶极！"

我已经记熟了所有的早祷和晚祷的祷告词，所以我全神贯注地听着，听外祖父是不是念错了，是不是漏掉了什么词。

这种事很少发生，可一旦有，就总让我有种幸灾乐祸的感觉。

做完了祈祷，外祖父对我和外祖母说："你们好啊！"

我们向他鞠躬，大家这才围着桌子坐好。这时我对外祖父说："您今天漏了'战胜'这两个字！"

"你是不是在胡说？"他神情紧张又不太自信地问。

"真漏了！应该是'但是我的信仰战胜了一切'，可您没说'战胜'这两个字。"

"真是这样！"他感叹道，愧悔地眨眨眼睛。

过后他准会找碴儿加倍报复我，但是此时此刻，看到他窘迫的样子，我欣喜若狂。

有一次外祖母开玩笑地说："老爷子，大概上帝听腻了你的祷告词了，你的祷告永远是那一套。"

外祖父不能接受被阿廖沙这样一个小孩子挑战自己的权威。

外祖母戳穿了外祖父的谎言，所以他恼羞成怒。

"你说什么？"他拉着长音凶巴巴地说，"你瞎说什么？"

"我是说，你从来没有发自内心地跟上帝说过一句话！"

他涨红了脸，全身颤抖着从椅子上跳起来，抓起一个碟子朝外祖母头上打去，边打还边吱啦吱啦地叫骂着，像锯子在锯玻璃一样："滚，你这个老妖婆！"

他在给我讲上帝的无限威力时，总是首先强调这种威力的残酷无情。人如果犯了罪就会被淹死，再犯罪就会被烧死，他们的城市会被毁灭。上帝用饥饿和瘟疫来惩罚人类。对他来说，上帝是一把高举的宝剑，是一根责打罪人的皮鞭。

"任何人违反了上帝的法规，都会遭受痛苦和灭亡！"他教导我说，还一边用那瘦得只剩下骨头的手指敲着桌子。

这时候，上帝在外祖父的话语里变成了一个可以被利用来巩固自己权威，令阿廖沙屈服于他的工具。

我很难相信上帝的残忍，我怀疑，外祖父故意编造这一切，目的不是让我惧怕上帝，而是要我惧怕他。

于是我直截了当地问他："你说这个，是让我听你的话吧？"

他也直率地回答："那当然啦！你还敢不听吗？"

"那外祖母为什么不这么说？"

这里的"官"指的是特权阶级，他们利用自己的特权藐视法律，破坏规则，外祖父看到了当时社会不公平的地方。

"你不要相信她那个老糊涂虫的话！"他严厉地教训我说，"她从小就愚蠢，不识字，也没有头脑。等我命令她，不准再跟你谈论这些重大的事情！你回答我，天使分多少等级？"

我回答完之后问他："这些官儿都是做什么的？"

"哎哟，你这个糊涂蛋！"他背过脸去咧嘴笑了，咬着嘴唇，很不情愿地解释说，"上帝不管这种事，当官是人间的事！当官的是吃法律的人，他们把法律都吃了。"

"什么是法律？"

"法律嘛？就是习惯，"老头子讲得来了兴致，眼睛里放射出智慧又有几分刻薄的光芒，"大家生活在一起，就相互商量好了，哪些事儿应该怎样解决最好，然后就把这个方法当作习惯，立个规矩，这就是法律！这就好比小孩子们做游戏，先说好怎么玩，照什么规矩玩。好啦，这个规矩就是法律！"

"那当官的是做什么的呢？"

"当官的就像个淘气的孩子，他一来就把所有的法律都破坏了！"

"为什么？"

"得了，这你没法明白！"

他一脸严肃，皱着眉头，又开始教导我说："主宰世间万事的是上帝！人们想的是一样，可他想的又是另一样。世间的一切事情都不可靠，只要上帝吹口气，一切都将灰飞烟灭！"

我对当官的兴趣特别大，所以又开始刨根问底："可是雅科夫舅舅总这么唱：'上帝的官，是光明的天使。人间的官，是撒旦的奴隶！'"

外祖父用手掌微微托起胡子，塞进嘴里，闭上了眼睛。他的腮帮子抖动着，我知道，他这是在偷偷笑呢。

"把你和雅科夫的腿绑在一起扔到河里去算了！"

外祖父认为上帝是随心所欲，没有章法的，所以他畏惧上帝，也不认为上帝真的怀有一颗慈爱之心。

119

他说，"这种歌他不该唱，你也不该听，这是分裂派①的玩笑话，是一些搞分裂的异教徒编造的。"

接着他陷入了沉思，目光越过我的头顶，定定地看着什么地方，声音很轻地拖着长音说："唉，你们这些人呀……"

然而，尽管他把上帝看得高不可攀，但是又像外祖母一样，他也请上帝来帮忙解决他的事情。不仅请上帝，还要请来众多的圣徒，而外祖母除了尼古拉、尤里、弗罗尔和拉夫尔以外，好像对其他的圣徒一无所知。他们也非常和善可亲，走遍乡村和城镇，他们身上具有普通人类的一切特征。外祖父的圣徒几乎都是受难者，他们推翻了偶像，还与罗马教皇争吵，为此他们遭到拷打、焚烧和剥皮。

有时外祖父还憧憬着："要是上帝帮我把这所房子卖掉该有多好，哪怕只卖五百卢布也行，我情愿为圣徒尼古拉做一次感恩的祈祷！"

外祖母以嘲笑的口吻对我说："尼古拉真要替这个老糊涂蛋卖房子的话，那就是尼古拉他老人家再没有什么好事可做了！"

外祖父有一本教历，我曾保留了很久，那上面有他亲手写下的各种各样的字迹。比如，在约阿基姆节和安娜节那一页的背面，用红色的墨水笔和直体字母写有这样一句：大慈大悲的圣主，拯救我于灾难！

我记得这个"灾难"是这样的：为了帮助经营不顺

---

① 分裂派：俄国17世纪中叶曾经发生过反对官方教会的运动，凡是参加这个运动的人，均被称作分裂派。实际上是俄国反封建运动的一面旗帜。

的儿子们，外祖父开始放高利贷，偷偷地接受典当，但有人告发了他。一天夜里，警察突然来搜查，每一个角落都翻找了，却一无所获，最终平安无事。外祖父一直祷告到太阳出来，一大早当着我的面把这句话写在了本子上。

晚饭前，他和我一起读《诗篇》，念祷词，或者读叶夫列姆·西林①的一本很深奥的书。吃过晚饭，他又开始做晚祷，在傍晚的寂静中久久地回荡着他那充满哀怨的忏悔："我该如何来供奉你，如何来报答你，伟大而不朽的上帝……请保佑我不受任何的诱惑……圣明的上帝，请保佑我不受别人的欺负……在我死后请为我流泪，把我铭记……"

可外祖母却常说："哎呀，我今天可累坏了！看样子，做不了祈祷我就得去睡觉了……"

外祖父的祷告总是对上帝有所求，他迫切希望依靠上帝，而不是靠自己，来实现一些不切实际的事情。

外祖父经常带我去教堂，每逢周六去做晚祷，赶上节日时就去做晚弥撒。我甚至能分清楚人们在教堂里都在向哪个上帝祈祷：神父和助祭所念的一切，是对外祖父的上帝祈祷，而唱诗班则是在赞颂外祖母的上帝。

外祖母和外祖父对待上帝态度的不同，更彰显了他们信仰的上帝的差别。

当然，我不过是愚笨地说出两个上帝在孩子们心目中的区别，这样的区别令我不安，撕扯着我的心灵。外祖父的上帝令我恐惧和憎恶：他不爱任何人，总是用严厉的目光注视着一切。他在别人的身上首先寻找和发现的是丑陋、恶毒和罪恶的一面。很明显，他不相信别人，永远期待着人们的忏悔，而且喜欢对别人进行惩罚。

在那些日子里，对上帝的思考和情感是我精神的食

---

① 叶夫列姆·西林：公元4世纪俄国的一位神父，教会著作家。

外祖父看不到那个慈善的上帝，是因为外祖父眼里的上帝是他本人灵魂的映射。

粮，是我生活中唯一美好的东西，其他的一切印象都是残酷、污秽不堪的，令我感到屈辱，激起我的厌恶和愁闷情绪。上帝是我周围一切事物中最美好、最阳光的事物，外祖母的上帝则是一切生物的可爱的朋友。当然，有一个问题始终困扰着我：为什么外祖父就看不见那个慈善的上帝呢？

大人都不允许我到大街上玩，然而大街却让我兴奋不已，它对我极具诱惑力，可以说简直让我痴迷，每一次上街我差不多都要闹出点儿打架事件来。

我没有小伙伴，邻居家的孩子们很敌视我。我不喜欢他们叫我卡希林，他们发现了这一点，就叫得越发凶了："瘦鬼卡希林家的外孙子出来了，快看呀！"

"揍他！"

于是，一场殴斗就此开始了。

跟他们比我年龄不占优势，可我力气大，打起架来很灵活——这一点就连群起攻击我的对手也不得不承认。但毕竟是一群孩子打我，我回到家时总是鼻子被打出血了，嘴唇被打破了，脸上青一块紫一块的，衣服被撕烂了，满身都是泥土。

外祖母和外祖父看见阿廖沙被打，都没有询问阿廖沙原因，他们默认打架是不对的，没有人真正关心阿廖沙心底的想法。

外祖母见了我很是惊慌，心疼地说："怎么啦，小萝卜头，又打架啦？怎么弄成这样啊？我怎么给你清洗呢，把手拿过来……"

她给我洗干净了脸，在青肿的地方敷上湿海绵，贴上几枚铜币，或者涂上醋酸洗剂，劝我说："唉，你为什么总是打架？在家里挺乖的，可到了街上就变了个人！真不听话！我这就去告诉你外祖父，叫他再也不放你出去了……"

外祖父看见我鼻青脸肿的样子，从来不骂，只是干咳几声，像牛一样哼哼地说："又挂彩了？好你个勇敢的武士，不许再往街上跑了，听见没有！"

如果大街上静悄悄的，并不会吸引我。可是，一听到孩子们欢快的吵闹声，我就不顾外祖父的禁令，拔腿就跑出院子。被打得鼻青脸肿我并不在乎，可是大街上那些残忍的恶作剧却令我气愤不已——那些已被我熟知的残暴行为几乎到了疯狂的地步：孩子们挑逗狗咬架、公鸡相斗，虐待猫，追打犹太人的羊，愚弄醉酒的乞丐和外号叫"死鬼装在衣袋里"的傻子伊戈沙。

伊戈沙高高的、瘦瘦的，皮肤黑得像被烟熏过一样，穿一件又厚又重的羊皮袍子，瘦骨嶙峋的脸像生了锈，满脸长着硬硬的毛。他走路弓腰驼背的，很奇怪地摇来晃去，一声不吭，两眼死盯着地面。如生铁般的面孔上有一双细小而忧郁的眼睛，那神态让我油然而生敬畏之情——这个人正忙着做一件意义重大的事，他在寻找着什么，所以不该打搅他。一群男孩子跟在他后面跑，朝他的驼背上抛石子。

他像是一直都没有察觉他们，也没感到疼痛。突然，他站住了，抬起戴着毛绒帽子的脑袋，哆哆嗦嗦地整理了一下帽子，回头看着，好像刚刚睡醒一样。

"伊戈沙，'死鬼装在衣袋里'！伊戈沙，你去哪儿啊？小心点儿，你衣袋里有个死鬼！"孩子们大叫着。

他用手捂着衣袋，赶忙弯下腰，捡拾地上的石子、短木块或土块，笨拙地扬起长长的手臂，嘟嘟囔囔地骂

阿廖沙打架是因为打抱不平，他看不得强者欺负弱者，从这里可以看出，就算一时被环境影响，阿廖沙会做一些恶作剧，但他的本性却与外祖母一脉相承，是善良且富有同情心的。

这些孩子们都没有被大人正确引导，一定程度上反映了在当时的俄国，人们对于教育的迟钝和落后。

123

着。他骂的总是那么两三句脏话，在这方面那些孩子们的脏话可比他丰富多了。

有时候他也跛着腿追赶他们，长长的皮袍子很绊脚，被绊倒后，他双膝跪地，两只黑乎乎的手像枯树枝似的支在地上。孩子们用石子打他的腰和后背，胆子大一点儿的跑到他跟前，往他的头上撒一把土就跑开了。

我对大街的最沉痛的印象是格里戈里·伊凡诺维奇师傅。

与前文相照应，格里戈里师傅一语成谶，他眼睛瞎了之后失去利用价值，真的被米哈伊尔舅舅赶出来乞讨了。这也侧面反映米哈伊尔舅舅的凶狠和冷血。

他完全瞎了，高个子、仪表堂堂的他开始了沿街乞讨。一个身材矮小的灰发老太婆搀扶着他，她站在人家的窗下，眼睛始终朝一边看，拉着尖细的长腔说："请给点儿吧，看在上帝的分儿上，请可怜可怜这个穷瞎子吧……"

而格里戈里·伊凡诺维奇始终不说一句话，戴着黑色眼镜的双眼直视着房屋、窗户和迎面而来的人的脸，他那只被颜料染透了的手小心地捋着蓬松的大胡子，双唇紧闭。我经常看见他，但从来没听到从那紧闭的嘴里发出过任何声音。老人的沉默令我痛心难过，我无法走近他，也从来没有走近他，相反，我一看见他就往家跑去，对外祖母说："格里戈里在街上要饭呢！"

阿廖沙说好要和格里戈里师傅一起去乞讨，但事情真的发生了，阿廖沙却做不到，他不知道怎么面对他，所以愧于见到格里戈里师傅，选择了逃避。同时，格里戈里师傅为这个家做了一辈子工，但失去利用价值之后，外祖父却不善待他，阿廖沙对此感到很失望，也很气愤。

"真的吗？"她惊叫一声，语气中带着不安和怜悯，"拿着，快去，送给他！"

我粗暴又气愤地拒绝了她。于是，外祖母亲自走出了大门，站在人行道上，跟格里戈里聊了许久。他面带微笑，捻着胡须，但很少说话，即使说话也很简短。

有时候外祖母把他叫到厨房里来，请他喝茶、吃东西。有一次他问我在哪儿，外祖母把我叫过去，但是我跑开了，躲到了柴火堆里。我无法靠近他，在他面前我有一种难以忍受的羞愧感。我知道，外祖母也很愧疚。我和外祖母只谈论过一次格里戈里，当时她把他送出大门，默默地走回了院子，低着头哭泣。我走过去，拉住她的手。

"你为什么要躲着他？"她轻声问，"他很喜欢你，他是个好人……"

"外祖父为什么不把他留下来？"我问。

"你外祖父吗？"

她停住了脚步，把我搂进怀里，几乎是耳语似的低声说："记住我的话，为了这个人，上帝一定会惩罚我们的！一定会惩罚的……"

她果然没有说错，十年之后，外祖母过世了，外祖父也开始了沿街乞讨，他变成了个疯子，每天可怜地在人家的窗子下面讨要："好心人啊，给点儿吃的吧，就给一块儿吧！唉，你们这些人呀……"

从前那个他，此时只剩下这么一句辛酸、单调而又令人不安的话了："唉，你们这些人呀……"

除了伊戈沙和格里戈里·伊凡诺维奇以外，让我感到不舒服、一见到就赶紧跑开的人，就是那个淫荡的女人沃罗尼哈了。每到礼拜天的时候，她就会出现在街头，她身材高大，头发蓬乱，总是喝得醉醺醺的。她走路的姿势很特别，就像不是用脚在走，不是脚踏在地面上，而是像云雾一样飘浮着，嘴里还唱着下流的小曲。所有遇到她的人都躲开她，躲到大门后面、墙角处或者店铺

外祖父嘴里的"你们这些人啊"也曾经是冷血无情的他，这何尝不是一种讽刺呢。

125

里——仿佛她把大街上的尘土扫得纷纷扬扬一样。她那铁青色的脸鼓胀着，像个大水泡，一双灰色的眼睛很大，瞪得圆圆的，既可怕又滑稽。有时候她又哭又叫："我的孩子们啊，你们在哪儿啊？"

我问外祖母："这是怎么回事？"

"这不是你该知道的！"她沉着脸回答。

外祖母最终还是简短地给我讲了一下。这个女人原来的丈夫叫沃罗诺夫，是个当官的，他想谋取另一个更高的官职，于是就把自己的妻子卖给了自己的上司。这个上司把她带到别的地方住了两年，等她再回家时，她的一儿一女都死了，丈夫因为赌钱输了公款，进了监狱。由于痛苦伤心，她开始酗酒、寻欢，每到礼拜天的晚上她就会被警察带走……

算了，还是家里比街上好。特别美好的是午饭以后的这段时光：外祖父去雅科夫舅舅的染坊了，外祖母坐在窗户旁给我讲有趣的童话故事，讲我的父亲。

外祖母曾经从猫嘴里救下一只八哥，她把它受伤的翅膀修剪了一下，在它被咬伤的腿上很巧妙地绑上小木片。它的伤治好了以后，外祖母就开始教它说话。有时她会对着挂在门框上的笼子站上一个小时，真像一只善良的大猛兽。这是一只黑得像木炭一样很善于模仿的鸟儿，她用低沉的声音不厌其烦地重复说："喂，快说，给鸟儿吃饭！"

鸟儿用那灵活得如幽默大师般的圆眼睛斜视着她，用绑着木片的腿敲击笼子的底部，伸着脖子学黄鹂叫，还会模仿松鸦和布谷鸟的啼鸣，喵喵地学小猫叫，汪汪

大街上满是悲剧，被恶毒之人欺负的可怜人。阿廖沙在大街上看到了更多的人情冷暖，这也是他成长的一部分。

与家里令人沉默的氛围相比，大街上更加残酷，所以阿廖沙觉得还是家里比大街上好。

126

地学狗吠，可是学人说话却总是学不会。

"可不能惯着你！"外祖母严肃地说，"你说：给鸟儿吃饭！"

这个全身披着黑色羽毛的机灵鬼响亮地发出一声类似于外祖母教的话，老太太高兴得大笑起来，用指头把粟米饭递给鸟儿，说："我就知道你这个小滑头会说，你真调皮，只要你想学，你什么都能学会！"

就这样，她教会八哥说话了，过了不久它就能相当清楚地要食儿吃了，而且远远地看见外祖母，还会扯着嗓子喊："你——好——"

最初鸟儿挂在外祖父屋子里，可没多久外祖父就把它赶到我们阁楼上来了，因为它学会了戏弄外祖父。外祖父发音清晰地念祷词，八哥就把蜡黄的尖嘴伸出笼子外面，带着哨音模仿道："救，救……主……主……"

外祖父认为这是在侮辱他，这一天他停下了祷告，把脚一跺，发疯似的大喊道："快把这个小魔鬼拿走，不然我摔死它！"

在这个家里有许多有趣和好玩的事儿，然而，一种无法排遣的烦闷感压抑得我近乎窒息，我整个的身心像是被浇铸了什么沉重的液体，我长时间地生活在黑暗的深渊里，没有了视觉、听觉和其他所有的感觉，如同一个盲人、一个半死不活的人……

外祖母总是能在无趣的生活中找到无限乐趣，善待生活带来的一切机遇。

阿廖沙见到两极分化的善恶太多，但他年纪太小，小到无法分辨什么是对的，什么是错的，就算外祖母教给他善良，但因为时代和教育的局限性，外祖母忽视了阿廖沙心里的痛苦，也没办法科学合理地引导阿廖沙思考人性。多重原因叠加下，阿廖沙觉得沉重、不解，找不到宣泄的出口，这令他感到无所适从和痛苦。

　　外祖母曾经从猫嘴里救下一只八哥，她把它受伤的翅膀修剪了一下，在它被咬伤的腿上很巧妙地绑上小木片。它的伤治好了以后，外祖母就开始教它说话。

第八章

外祖父突然把房子卖给了酒馆的老板，又在卡那特大街上另买了一幢。这条街没有铺路面，街面上长满了青草，但很整洁、安静，一直通向远处的田野。街道两旁是粉刷成五颜六色的低矮的小房子。

这幢新房子比以前的那幢房子要漂亮，也更让人喜爱。房子的正面是让人感觉温暖、恬静的深红色，房子的三扇窗户和阁楼的单扇窗户的天蓝色护栏板闪着熠熠的光，左侧的屋顶掩映在榆树和椴树浓郁的绿荫中，构成一幅美丽的画面。院子和花园里有许多僻静的角落，像是为玩捉迷藏而专门设计的。花园特别漂亮，虽然不大，但花草茂盛且错落有致，让人赏心悦目。花园的一角有个小浴室，小得就跟个玩具似的。另一个角上是个很深的大坑，坑里杂草丛生，草丛中露出几根烧焦的木桩，这是原来的浴室烧毁后残留下来的。花园的左侧是奥夫相尼科夫上校马厩的围墙，右边是贝特连家的房舍，花园深处与卖牛奶的彼得罗芙娜家的宅院毗邻。彼得罗芙娜是一个脸色红润、声如洪钟的肥婆，她的小屋深陷进地里，阴暗而破旧，上面长满了苔藓，两扇窗户很平和地眺望着远方的原野。原野上沟壑纵横，远处的森林如蓝色的浓雾般绵延不绝。每天都有士兵在原野上练兵跑步，在秋日的斜阳下，刺刀闪着明晃晃的白光。

整个宅院里住满了我以前不曾见过的人。前院住着个鞑靼军人和他的矮小滚圆的妻子，这个女人从早到晚又喊又笑的，手上拨弄着一把华丽考究的吉他，嗓音又高又洪亮，总爱唱一首热情奔放的歌：

> 爱着一个不开心，
> 另寻一个亲又亲。
> 你若设法找到她，
> 一定得到好报答！
> 沿这正道走下去，
> 噢，甜蜜的报答就是她！

鞑靼军人也圆得像个皮球，他坐在窗户边上抽着烟，鼓着发青的脸蛋，瞪着棕黄色的眼睛，一口接一口地抽着烟，他的咳嗽声奇怪得真像狗叫："呜汪呜汪——汪——"

地窖和马厩上面有一间温暖的小屋，里面住着两个运货物的车夫：小个子的白发彼得大叔和他的聋哑侄子斯捷帕。斯捷帕是个肥胖结实的小伙子，脸长得就像个红铜做的大托盘。小屋里住的另一个人是瘦高个子的鞑靼勤务兵瓦列伊。这些人对我来说是完全陌生的，充满了许多未知的东西。

但最吸引我、最让我想探知的是一个被叫作"好事情"的搭伙的房客。他租住的是房子后面挨着厨房的那个房间，房间是细长的，有两扇窗户，分别对着花园和

对"好事情"的外貌描写，说明阿廖沙对"好事情"格外关注，为下文两个人成为朋友埋下伏笔。

院子。

这个人长得清瘦，有点儿驼背，脸色白净，留着两撇小黑胡子，眼镜后面闪着一双和善的眼睛。他不太爱讲话，不怎么引人注意。每次招呼他吃饭或喝茶时，他总是回答："好事情。"

于是外祖母就开始这么叫他，不管是当着他的面还是背后："阿廖沙，去叫'好事情'来喝茶！"

"'好事情'，您怎么吃得这么少？"

他的整个房间堆放着各种各样的箱子，还有许多我看不懂的书。房间里到处都是盛着五颜六色液体的瓶子、铜块、铁块和铅条。他从早到晚地待在房间里，一会儿化铅，一会儿焊接铜器，或用小天平称什么东西。他穿着件皮夹克衫，全身上下沾满五颜六色的颜料，散发出一股刺鼻的味道。他的头发乱蓬蓬的，有点儿笨手笨脚，有时还像牛一样发出哞哞声，要是烫着了手指，他就赶紧用嘴去吹。他摇摇晃晃地走到挂在墙上的图纸前，擦干净眼镜，就又去闻图纸，那又尖又直、白得出奇的鼻子几乎触到了图纸上。有时候他会突然在房间的中央或窗口停下来，闭着眼睛抬起头来，一声不响，像根木头似的长时间地呆立在那。

我爬到板棚顶上，隔着院子观察窗内的他。我看见了桌子上酒精灯的蓝色火苗和他的黑色身影，看见他在一个破旧的本子上写着什么。他的眼镜像两片薄冰，发出两道寒冷的青光。这个人像是在变魔术，激起了我强烈的好奇心，让我在房顶上一待就是几个小时。

有时他背着手站在窗口，呆呆地直盯着房顶，就像

131

　　我看见了桌子上酒精灯的蓝色火苗和他的黑色身影，看见他在一个破旧的本子上写着什么。他的眼镜像两片薄冰，发出两道寒冷的青光。

镶在木框里似的，但却好像根本没看见我一样，这让我不免有些生气。有时，他会突然跳到桌子前，深深地弯下腰来在上面翻找什么。

我想，如果他是个有钱人，穿得考究的话，也许我会怕他的，可他很穷。他的夹克衫的领子上面露出了皱巴巴、脏乎乎的衬衣领子，裤子上满是污迹和补丁，光脚穿着一双破旧的布鞋。穷人一点儿都不可怕，也没有什么危险。外祖母对他们的怜悯以及外祖父对他们的蔑视，都让我在不知不觉中证实了这一点。

这座房子里没有人喜欢"好事情"，大家谈起他都带着嘲笑的口吻。那个整天开开心心的军人妻子叫他"石灰鼻子"，彼得大叔叫他"药剂师""巫术师"，外祖父则叫他"魔术师""共济会分子"。

"他到底是干什么的？"我问外祖母。

外祖母严厉地回答道："不关你的事，别多嘴多舌的……"

一天，我鼓足了勇气，走到他的窗前，强压着自己的心跳，问他："你在做什么？"

他惊得打了个冷战，从眼镜上方打量了我半天，向我伸过来满是伤口和疤痕的手，说："爬进来吧！"

他让我不要走门而是从窗户爬进去，这让他在我眼里的形象更高大了。他坐到了箱子上，把我抱到他眼前，一会儿推开我，一会儿又拉近，最后小声问我："你是从哪儿来的？"

真奇怪，我可是一天四次在厨房里和他同桌吃饭喝茶呀！我答道："我是这家的外孙……"

生活环境的影响对阿廖沙的成长可见一斑。阿廖沙潜意识里产生这种想法，说明这种影响是潜移默化的，受到外祖母和外祖父的双重影响。外祖母的善良和外祖父的偏见构成了阿廖沙认识世界的基石，使他开始认识到人们的不同阶层，并对不同阶层的人们产生不同的情感。

侧面描写，说明"好事情"沉浸在自己的世界里，对外界的事情毫不在意，是一个奇怪却有着高度专注力的人。

133

"啊，对。"他仔细看着自己的手指说，马上又不作声了。

当时我觉得很有必要向他解释一下："我不姓卡希林，我姓彼什科夫……"

"彼什科夫？"他不太相信似的重复了一句，"好事情。"

他把我推到一边，站起身来，走到桌旁说："好吧，你乖乖地坐着……"

我坐了很长时间，仔细地看着他用锉刀锉一块用钳子夹着的铜块。金光闪闪的铜末儿掉落到钳子下面的硬纸板上，他把铜末儿收集到一起，放到一个厚厚的杯子里，又往里面加了点儿装在罐子里的像盐似的白色物质，把一个黑瓶子里的东西浇了进去，杯子里立刻发出咝咝的响声，冒出一股呛人的白烟，难闻的气味直冲我的鼻子，熏得我咳嗽起来，不住地摇头，可他这位魔术师却自鸣得意地问："难闻吧？"

"是的！"

"这就对了！小朋友，这真是太好了！"

"这有什么好炫耀的！"我暗自想着，于是我很严肃地说："既然难闻，那就不好……"

"怎么？"他对我使个眼色，感叹道，"可是，小朋友，不总是这样的！你会玩羊趾骨吗？"

"你是说羊拐子游戏吗？"

"对，羊拐子！"

"会玩。"

"想不想我给你用铅浇灌一个羊拐子？我浇得可好

"好事情"主动提出给阿廖沙做灌铅的羊拐子，让阿廖沙感到很惊喜，以为"好事情"十分平易近人，但没想到原来他是想支开阿廖沙，让阿廖沙不再来打扰他，从这件事情上可以看出"好事情"的性格古怪且孤僻，与前文院子里的租客都不喜欢"好事情"相呼应。

134

啦！"

"想，那你就给我浇一个吧。"

他走到我面前，手里拿着那只冒烟的杯子，一只眼睛朝里面看着说："我给你做一个铅的羊拐子，你以后就别上我这里来了，好不好？"

这可真把我给气坏了。

"你就是不给我，我也再不会来了……"

我憋了一肚子的气走进院子里，外祖父正在那里忙着给苹果树施肥。已经是秋天了，果树早已开始落叶了。

"过来，给树莓剪剪枝。"外祖父说着递给我一把剪刀。

我问他："'好事情'在做什么？"

"他在破坏房子，"他气哼哼地说，"把地板给烧坏了，墙纸也被弄脏了、撕破了，我这就让他搬走！"

"应该！"我马上表示赞同，然后开始修剪树莓的枯枝。

但是我这话是一时气急说的。

每到秋雨绵绵的夜晚，如果外祖父不在家，外祖母就会在厨房里举办非常有趣的聚会。她把房客都邀请来，有两个车夫、勤务兵、泼辣的彼得罗芙娜，还有那个活泼好动的女房客。"好事情"总是坐在墙角的炉子旁，一动不动，一声不响。聋哑人斯捷帕和鞑靼勤务兵瓦列伊在那玩纸牌。瓦列伊一边用纸牌拍打斯捷帕的大宽鼻子一边说："魔鬼！"

彼得大叔带来一大块白面包和一大瓦罐种子牌的树莓果酱。他把面包切成片，抹上厚厚的一层果酱，然后

作者非常擅长刻画人物，总是能用一两句话让每个人物独特的形象跃然纸上。

135

把涂着果酱的美味面包片托在手上，深鞠一躬分别送给大家："请赏脸，吃一块儿吧！"他殷勤地请求着。

别人接过面包片后，他总是要仔细看看自己黑黑的手掌，如果看到上面残留着一点儿果酱，就用舌头去舔。

彼得罗芙娜带来了一瓶甜樱桃酒，快乐女人带来了核桃和糖果。丰盛的晚宴开始了，这是外祖母最喜爱的娱乐。

在那次"好事情"贿赂我叫我不要再去他那里之后不久，外祖母举办了这样一个晚会。

窗外阴雨连绵，黑云笼罩的环境和屋内的温馨热闹、其乐融融形成鲜明的反差，更加突出了聚会的融洽美好。这是阿廖沙童年生活里为数不多的温馨时刻。

连绵的秋雨淅淅沥沥犹如哭泣，秋风瑟瑟似在诉说哀愁，树枝拍打着墙壁发出簌簌的声响。厨房内暖融融的，让人感到舒适，大家紧挨着坐在一起，人人都显得特别和蔼可亲。外祖母很少像今天这样有兴致，一个接一个地讲那么多好听的童话故事。

她坐在灶炉边上，脚踏在台阶上，俯下身来望着被一只小洋铁灯照亮的人们。讲到高潮时，她总是坐到灶台上去，跟大家解释说："我要在最高处讲，在高处讲得更好！"

我坐到她脚边宽阔的台阶上，刚好在"好事情"的头顶上。外祖母开始讲述关于勇士伊凡和隐士米朗的美丽传说，那些绘声绘色、娓娓动听的语句如一股涓涓细流缓缓地流淌。

从这一段对"好事情"的神态刻画和动作刻画可以看出外祖母讲故事十分动听，引人入胜，也能够看出"好事情"内心丰富，情感充实，有着强烈的共情能力。

外祖母刚开始讲这个故事的时候我就发现"好事情"有点儿躁动不安，他显得很奇怪，两手神经质地乱摸乱动，眼镜一会儿摘下来一会儿又戴上，还拿在手上随着故事的节奏和谐地打着拍子。他不住地点头，用手指按压眼睛，手掌快速地抹一下额头和脸颊，就像是出了满头大汗似的。一旦有人发出什么响声，咳嗽一声或脚蹭了一下地板，这位房客就会竖起一根食指来，向他发出严厉的小声警告："嘘——"

外祖母刚讲完，他噌地一下站起来，挥动着双手，很不自然地转着圈，嘴里嘟嘟囔囔地说："知道吗？这太奇妙了！应该把这故事记下来，一定要记下来！这个故事实在太真实感人了，我们的……"

现在能清楚地看到他在哭——他眼里满含泪水，上下涌动，眼睛好似沐浴在泪水之中，让人感觉又奇怪又可怜。

他在厨房里奔走，很滑稽又笨手笨脚地蹦跳，手拿着眼镜在鼻子前面晃动，想把它戴上，可就是怎么也挂不到耳朵上。彼得大叔看着他发笑，大家都忍俊不禁，外祖母赶忙说："好啊，您就记吧，这也不是什么坏事情。我还有好多类似的故事呢……"

"不，就要这个！只有这个是地地道道的俄罗斯传统英雄故事！"这位房客情绪激动地喊道。突然，他呆立在厨房中央，开始高声演讲起来，右手在空中比画着，左手拿着眼镜直发抖。他慷慨激昂地讲了好一会儿，声音尖细，不停地跺着脚，不停地重复着那一句："绝不能让别人牵着你的鼻子走，是的，是的！"

突然，不知为什么，他的话戛然而止。他怔怔地看了看大家，像做了什么错事似的悄悄走了。大家很不自然地笑了，彼此都面面相觑。外祖母往灶炉上边的暗影处挪动了一下身子，长长地叹了口气。

"好事情"表面上是在说故事里的人物不能屈从于恶人，实际上是在表达自己的感受。"好事情"有坚定的信念，不为外物所扰，因此即使受到旁人的白眼也视若无睹。但这种不被理解也会令他感到孤独，他引吭高歌，希望像故事里的人物一样把命运掌握在自己手里，也是鼓励自己砥砺前行。

137

彼得罗芙娜用手掌擦了一下红红的厚嘴唇，问："他好像生气了吧？"

"不是，"彼得大叔答道，"他就是这样的人……"

外祖母走下灶台，默默地加热茶壶。

彼得大叔不慌不忙地说："这些先生们啊，喜怒无常！"

瓦列伊也阴沉着脸说："独身男人永远都是古怪脾气！"

大家都哈哈大笑，而彼得大叔慢条斯理地说："他竟然还哭了，看来以前的日子过得殷实，如今过得不如意呀……"

我开始感觉到心绪不宁，莫名其妙的忧郁让我心里烦闷。"好事情"让我很好奇，我也很可怜他——他那双泪如泉涌的眼睛深深地留在了我的记忆中。

那天晚上他没有在家过夜，第二天午后他才回来。他一副倦容，又局促不安。

"昨天我吵到您了，"他像个孩子似的满含歉意地对外祖母说，"您不会生我的气吧？"

"生什么气呀？"

"我多嘴多舌的，胡乱说了一通！"

"没人生您的气……"

我感觉外祖母像是有点儿怕他，她不去看他的脸，和他说话的声音特别低，跟平时大不一样。

他靠近外祖母，非常坦诚地说："您看见了吧，我非常孤独，一个亲人也没有！整天沉默，只有沉默……可内心深处会突然迸发、决口……有时都想跟石头、树

外祖母的亲切好客打开了"好事情"封闭的心门，他被孤立得太久了，所以一旦感受到热情就无法克制自己的激动，他想把自己的想法一股脑儿地倾诉给外祖母，但他之前莫名其妙的行为和哭嚷让外祖母没办法再亲近他，这令"好事情"更加感到孤独和无可奈何，他愁眉苦脸地走开了，再一次失败地走进自己落寞的天地。

138

木说说话……"

外祖母躲开了他。

"那您就结婚好了……"

"唉!"他皱起眉来,叹了口气,手一摆就走了。

外祖母望着他的背影,闻了闻鼻烟,然后严肃地对我说:"你可小心点儿,别总在他身边转,天知道他是个什么人……"

可是我重又被他深深地吸引着。

我发现,在说"非常孤独"时,他的脸在急剧地变化、扭曲,这几个字的含义我完全能理解,也深深地触动了我的心灵,于是我又去找他了。

我站在院子里透过窗户向他的房间里望去,他不在房间里。这房间很像一个储藏室,胡乱地堆放着各种各样乱七八糟的杂物。我向花园走去,在一个土坑里看见了他,他正弯着腰,胳膊肘支着膝盖,双手抱着头,很不舒服地坐在一根烧焦的梁木上。木头上面满是泥土,从一片枯萎的蒿子、荨麻和牛蒡丛中露出来,烧焦的那一端闪着黑亮的光泽。他那很不舒服的坐姿,反而加深了我对他的好感。

他好长时间都没有发觉我,睁着那双像猫头鹰一样的眼睛在凝神发呆。过了一会儿,他突然好像很懊恼地问我:"来找我?"

"不。"

"那做什么?"

"不做什么。"

他摘下眼镜,用一条满是红黑污渍的手帕擦了擦,

139

说："好的，那你爬过来吧！"

我在他旁边坐下，他紧紧地搂住我的肩。

"坐会儿吧……我们就坐着不说话，好不好？嗯，就这样……你挺固执的吧？"

"是。"

"好极了！"

我们默默地坐了许久。暮色宁静而温和，这是一个忧郁的夏末的傍晚，四周的花草树木五彩缤纷，斑斓的色彩每时每刻都在消退，变得苍白，大地耗尽了它殷实的夏日气息，开始散发出寒冷的潮气。空气出奇地清新，在粉红色的苍穹下，时而有几只寒鸦匆匆掠过，勾起人纷乱的思绪。周围的一切悄无声息，每一个声响——乌鸦拍翅、落叶飘荡——都让人感觉是那么响亮，让人不禁一阵战栗，而战栗过后，又归于沉寂，这沉寂拥抱着整个大地，溢满你的心胸。

在这样的时刻，往往会让人产生特别纯洁、特别轻松的思想，这些思想像蛛网那么纤细而清透，简直用语言难以描述，又像天上的流星转瞬即逝。莫名的忧伤烧灼人的心灵，给心灵以慰藉，又令人徒生惊悸。顷刻间你的心灵会沸腾、融化，浇铸成终身不变的形态，由此塑造出一个富有个性的自己。

我依偎在这位房客温暖的怀里，透过苹果树黑色的枝杈，仰望着布满红霞的天空，注视着忙碌的朱顶雀飞翔，看见几只金翅雀撕咬开干枯的牛蒡花的果实，开始啄食里面酸涩的种子。从田野上空飘来灰蓝色的云朵，蓬蓬松松的云朵镶嵌在紫红色的花边中，下面

安静的氛围和广阔的大自然会让人感到无比平和，从而进行思维的发散。阿廖沙把思绪比作"蛛网"来表达人类思维的纷乱和复杂，正是在这样无休止的沉思中，人们思考人生和现实，回顾过往和畅想未来，慰藉和忧愁让人们的情感交错，于是思考让生活变得更有意义。

"好事情"是能和阿廖沙一起享受孤独的人，他们欣赏大自然，感受风吹，瞭望远方，感到心胸无比开阔。这是因为他们都是对生活有思考的人。

有几只乌鸦振动着沉重的翅膀向墓地的巢穴飞去。一切都那么美好而又不同寻常，让人有种豁然开朗而亲切的感觉。

他偶尔深呼吸一下，问我："感觉到惬意了吗，小朋友？的确好吧？潮不潮？有没有感觉到冷？"

天渐渐地黑了下来，周围的一切模糊起来，笼罩上一层灰蒙蒙的暮霭。他说："好啦，坐够啦！走吧……"

走到花园的篱笆门前，他站住了，小声说："你外祖母人真是太好了。啊，多么美好的大地呀！"

他闭上眼睛，微笑着，声音不高，但很清晰地说道：

"看见吧，对他的惩罚多可怕。

他不该听恶人的话，

他不该代人来受罚！

……

你要记住这些话，牢牢地记住！"

他往前推了推我，问："你会写字吗？"

"不会。"

"要学会写。等你学会了，就把你外祖母讲的记下来，小朋友，这非常有用……"

我们成了朋友。从这一天起，我随时都可以到"好事情"那里去了。我坐在一个装破烂东西的箱子上，无拘无束地看着他熔化铅块、烧铜，将烧红的铁板放在一个小铁砧上，用一把红把儿的小锤轻轻地敲打。他手里不停地变换着工具：木锉、锉刀、砂纸和细绳般的小锯。不管什么东西，他都要放到那个极灵巧的铜质的小天平上称一称。他往厚厚的白色杯子里倒各种各样的液体，

外祖父教阿廖沙认识的是教会使用的斯拉夫文，不是社会上通用的俄语。"好事情"是阿廖沙认识的第一个知识分子，他总是用思考的方式带给阿廖沙很多不一样的认知，比如：故事不只可以被语言讲述，也可以被文字记录。

141

看着它们冒烟，整个屋子里都弥漫着呛人的气味。他凝眉紧锁，查看一本厚厚的书，嘴里含混不清地说着什么，咬着发红的嘴唇，或者拖着长音低声吟诵几句："噢，沙朗的玫瑰……"

"你在干什么？"

"做一件东西，小朋友……"

"什么东西？"

"啊，你看到了，我也不知道怎么说才能让你明白……"

"外祖父说，你是在造假钱……"

"你外祖父？嗯……他总是喜欢乱猜测！小朋友，钱不值得一提……"

"那，你用什么买面包？"

"哦，是的，买面包是需要钱，你说得对……"

"你看是不是？买牛肉也需要钱……"

"嗯，买牛肉也需要钱……"

他轻轻地笑了，笑得特别可爱。他就像对待小狗一样摸我的耳朵，我感觉痒酥酥的。他说："我真争不过你了，你把我给问住了，小朋友，咱们还是不出声吧……"

有的时候他停下手中的活，在我身边坐下来，我们久久地望着窗外，看细雨飘落在房顶上、长满青草的院落里和叶子渐渐凋零的苹果树上。"好事情"很少说话，但他说的都是些必要的话。为了吸引我的注意力，他常常是轻轻地碰我一下，用一只眼睛示意我，朝我递个眼色。

我没有看见院子里有什么特别的，可经他胳膊肘这

世界在不同的人眼里有不同的含义，阿廖沙本就是一个擅长观察世界的孩子，而"好事情"则教会阿廖沙用思考的、多样的视角去看待世界，感受世界。

么一碰和他简单明了的说明，眼前的一切似乎具有了特别的意义，并牢牢地刻在了我的记忆中。一次，一只猫从院子里跑过，停在了一个清澈的水洼旁，它瞅着自己水中的影子，举起一只软绵绵的爪子，似乎要去拍打它。

"好事情"小声说："猫既骄傲又多疑……"

一次，一只叫玛玛依的金黄色羽毛的大公鸡飞到了花园的篱笆上，站稳后拍动两下翅膀，差点儿掉下去，它像是被惹恼了，气哼哼地伸长了脖子咕咕咯咯地直叫。

"这位'大将军'多神气，可却不够聪明……"

还有一次，笨手笨脚的瓦列伊踩着满地的泥泞走过去，动作就像一匹老马。他的颧骨高高隆起，眯起眼睛望着天空，一道秋日的阳光直射到他的胸前，上衣的铜扣子金光闪闪。这个鞑靼人站立在那里，用弯曲的手指抚摩着铜扣。

"他就像获得了一枚奖章似的，自己在欣赏呢……"

我很快就对"好事情"产生了深深的依恋感，无论是在那些充满痛苦和屈辱的日子里，还是在欢乐的时刻，他都成为我生活中不可或缺的人。沉默寡言的他从不禁止我讲我头脑中所想的一切，可外祖父却总是以严厉的呵斥打断我："住嘴，叽叽喳喳跟个麻雀似的！"

外祖母则醉心于自己的内心世界，很少听别人讲话，也不过问别人的事。

"好事情"则不同，他永远都是聚精会神地听我天马行空的想法，他常常笑着对我说："嗨，小朋友，不会是这样的，这是你瞎胡编的……"

他简短扼要的见解总是那么及时且必要，他好像能

"好事情"对于日常事物的童话式观察让阿廖沙对一切事物都更加充满了想象力，外祖母讲述的虚幻的故事走进现实，打开了阿廖沙关于故事幻想的大门。

"好事情"对阿廖沙来说亦师亦友，他耐心倾听阿廖沙不休不止的话，纠正阿廖沙思考里的错误，但他却不严肃死板，更多的是在引导阿廖沙，让阿廖沙变成一个更好的思考者。

143

够洞悉我内心和头脑中深藏的思想，我刚一开口他就能够识破所有不真实的废话，很温和地用三言两语就制止住我："你又在乱说了，小朋友！"

我时常特意来验证他这种神奇的本领，就常编造一些事情讲给他听，就像自己经历过一样，可是，他刚听了一会儿，摇着头给予了否定："咳，又胡说了吧，小朋友？"

"你怎么知道的？"

"我呀，小朋友，我看得出来……"

外祖母常带我去辛那亚广场挑水。有一回，我们看见五个城里人正在殴打一个乡下人，他们把他按倒在地上，像一群狗一样撕扯他。外祖母扔下扁担上的水桶，挥着扁担就冲了过去，同时向我高声喊着："快躲开！"

我吓坏了，跟着她一起跑过去，捡起石块扔向那几个城里人。外祖母勇敢地用扁担捅他们，敲打他们的肩膀和脑袋。后来又有一些人加入进来打抱不平，那几个城里人就逃跑了。外祖母开始给那位被打得遍体鳞伤的乡下人擦洗伤口。他被打得鼻青脸肿，直到如今，我的眼前一浮现出他当时的样子，仍然感到一阵恶心：他用一根脏污的手指按着流血不止的鼻孔，发出一声声哀号，不住地咳嗽。鲜血从他的手指下喷射而出，溅了外祖母满脸和整个前胸，她也高声喊叫，气得全身发抖。

我回到家，立刻就跑去找"好事情"，向他讲述起来。他放下手里的工作，站到我面前，举起一把像马鞭一样的长锉刀，从眼镜下方严厉地注视着我，而后突然打断了我，非常庄严地说："太棒了，一切就该这样！

阿廖沙身边充斥着很多矛盾，他把这些事情"倒豆子"一样说给"好事情"听，"好事情"教会他辨别哪些事情是好的，哪些事情是不好的，教会他在这样混乱的环境里汲取好的回忆，端正阿廖沙的人生信条。

太好了！"

我仍沉浸在刚才的经历和感受中，也顾不得对他的话表示吃惊，继续说着。可他一下把我抱起来，跌跌撞撞地在房间里走来走去，开口说道："好了，不用再说了！小朋友，你已经把该说的都说了，明白吗？到此为止！"

我感觉有点儿委屈，但再也不说了。可仔细想想，我便惊愕地明白了，他对我的制止很及时，我确实是把一切都讲清楚了！

"小朋友，你不要总是复述这类事情，记住：这种事情没什么好处！"他说。

有时他会说出一些让人意想不到的话来，这些话从此永远地伴随我一生。我跟他讲了我的死对头克留什尼科夫，他是个敦实的大脑袋男孩，新街上的打架能手，我怎么都打不过他，他也打不赢我。"好事情"听完我的不幸遭遇，说："这是不值得一提的小事儿，这样的力量不是什么力量！真正的力量在于出手要快，速度越快，力量越大，明白吗？"

到了下一个星期天，我试着快速地出拳，果然很轻松地就击败了克留什尼科夫。这让我更加相信这位房客的话了。

"拿任何东西都要用技巧，懂吗？但能做到使用技巧拿东西——这一点很困难！"

虽然我没有明白，但是这句话以及类似的话语，我不由得会牢记在心。之所以牢记，是因为这些简单的话语里蕴含着某种让人感到神秘而又让人纠结的东西，要知道拿石头、面包、茶杯和锤子，是不需要任何技巧的啊！

"好事情"点拨阿廖沙总是点到即止，不会详尽地去解释每句话的含义，而是让阿廖沙自己去思考、领悟、践行。

145

在这幢房子里，大家越来越不喜欢"好事情"，甚至连快乐女房客的那只温顺的猫也不往他的膝盖上跳，不管他怎么温柔地召唤它，而别人的膝盖它都要往上跳。我因此打过这只猫，扯它的耳朵，我几乎是哭着劝说它不要怕他这个人。

　　"可能是我身上有硫酸味，所以猫不喜欢靠近我。"他解释说。但是我知道，所有的人，包括外祖母在内，对此却有另外一种解释，都对"好事情"抱着敌视的态度，让人感到不公正甚至是屈辱。

　　"你为什么总是待在他那里？"外祖母生气地问我，"小心点儿，他会教你学坏的……"

　　而外祖父呢，每次我去"好事情"那里，只要被他这个红头发的吝啬鬼知道了，就一定会狠狠地揍我一顿。我当然没有告诉"好事情"家里人禁止我跟他交往，但是很坦诚地告诉了他大家对他的看法："外祖母害怕你，她说你是个巫师，外祖父也说你是上帝和大家的危险敌人……"

　　他像驱赶苍蝇似的把头一甩，粉白的脸颊上绽放出灿烂的笑容，这笑容让我的心一阵痉挛，眼前一阵昏黑。

　　"小朋友，这我早看出来了！"他平静地说，"这件事够伤脑筋的，是吧？"

　　"是的！"

　　"伤脑筋，小朋友……"

　　他最终被迫搬走了。

　　一天喝过早茶，我跑去他那里，看见他坐在地板上往箱子里收拾东西，嘴里轻轻哼唱《沙朗的玫瑰》。

"好啦，小朋友，告个别吧，我要走了……"

"为什么？"

他定睛看了看我，说："你难道不知道吗？这房子要腾给你母亲住……"

"谁说的？"

"你外祖父。"

"他胡说！"

"好事情"牵过我的手把我拉到身边，我刚坐到地板上，他便悄声地说："别生气！小朋友，我还以为你知道却不告诉我呢！这可不好，错怪你了……"

我心里很为他伤心难过。

"你听着，"他微笑着，几乎是耳语般地对我说，"你还记得我对你说过不要到我这里来吗？"

我点点头。

"你当时生我的气了，是不是？"

"是……"

"我可没想惹你生气。现在你看到了吧，我知道，若是你跟我交朋友，你的家里人一定会骂你的，是这样吧？你明白我为什么跟你讲这个了吗？"

他说话的口气就像一个与我同龄的孩子似的，他的话让我欣喜万分，我感觉我当时早就明白了他的用意，于是我说："这一点我早就明白了！"

"噢，那太好了！应该这样，小朋友。就应该这样，亲爱的……"

我的心里十分难过。

"为什么他们都不喜欢你呢？"

与上文"好事情"用羊拐子贿赂阿廖沙不要来找自己玩前后呼应，也解释了"好事情"对阿廖沙态度如此冷淡的原因。

从文章开篇到现在，阿廖沙始终在经历着离别，而"好事情"是第一个和阿廖沙好好告别的人。这场告别刷新了阿廖沙对于离别的认知，他目送着"好事情"的离去，感受到了离别的钝痛。

他抱住我，让我紧紧靠着他，冲我眨了眨眼睛回答说："我是个外人，你明白吗？还有，我不是他们那种人……"

我拉着他的袖子，不知道说什么好，也不知道怎么说。

"别难过，"他几乎是耳语般地贴在我的耳朵上一遍遍地说着，然后又补充道，"也不要哭……"

可他自己的眼泪却从眼镜下面滚落下来。

接着，我们像往常一样，长时间默默无语地坐着，间或交换些只言片语。

晚上，他走了。他亲热地和大家告了别，紧紧地拥抱了我。我走出大门外，看见他在一辆马车上颠簸，车轮在已经开始冻结的泥泞中滚动。

他刚走，外祖母就动手打扫那个脏房间，我故意从一个角落走到另一个角落，干扰她干活。

"躲开！"她撞到了我就冲我喊。

"你们为什么把他赶走？"

"那你说呢？"

"你们都是混蛋！"我说。

她用湿抹布拍打我，喊道："你疯了，淘气鬼！"

"我没说你，其他所有人都是傻瓜。"我更正说，但这并没有让她消气。

吃晚饭时外祖母说："噢，谢天谢地！不然我一看见他，就像刀子捅在心窝上一样。唉，就应该把他撵走！"

我恨恨地把勺子折断了，为此又挨了一顿揍。

就这样，我和祖国无数特殊却优秀的人员中的第一个人的友谊结束了……

148

第九章

小时候，我常把自己想象成一个蜂房，各色各样的普通而又平庸的人，都像蜜蜂一样，把他们的蜜——生活的知识和思想，送进我这个蜂房，又各尽所能，慷慨大度地充实我的心灵。但这种蜜往往是肮脏、苦涩的。然而，只要是知识，它都是蜜，虽苦犹甜。

自从"好事情"走了以后，我又和彼得大叔成了好朋友。他长得很像外祖父，干瘦、整洁，收拾得干干净净，就是个头儿比外祖父矮，比他更小巧，很像滑稽剧里扮作老头的大孩子。

他那张脸就像细条编成的筛子，由细细的皮筋把一根根细条编结在一起。在这些细条中间，一双泛黄的眼睛滑稽又机灵，活像两只小雀似的在笼子里跳跃。他那灰白色的头发卷曲着，胡子也拧成了一个个小圆圈。他抽烟斗时，喷出来的烟雾跟他的头发一个颜色，也是一样地盘旋卷曲着。他讲起话来似乎也带着卷儿①，满口的俏皮话。他说话时要绕很多有趣的弯子，感觉像是很

---

① 带着卷儿：直义——卷发的，卷曲的；转义——辞藻华丽的，花言巧语的。此处是俄语的双关语用法。

这句话是高尔基关于知识的一句名言。他把自己比作容纳蜂蜜的蜂房，把各色各样的人比作蜂蜜，无论这些人是怎么样的，只要出现在他的生活里，就能让他从这些人身上学到东西。也正是这样的态度，让阿廖沙悲惨的童年始终有一丝隐隐约约的阳光牵引着阿廖沙向善向好。这同时也反映了高尔基本人对知识的尊重和敬畏。

亲切，但我总觉得他是在揶揄人。

"最初那几年，伯爵夫人塔季扬·列克谢芙娜——一个上流人物，她吩咐我说：'你去当铁匠吧！'可过了一阵子，她又命令我说：'你去给园丁帮忙吧！'好吧，我倒没什么，反正天生的穷人命，到哪儿不是给人卖命。可还没干出名堂来，她又对我说：'彼得鲁什卡，你应该去捕鱼！'对我来说做什么都一样，于是我就去捕鱼了。可是我刚刚爱上这一行，我就得跟鱼儿说再见了，因为她又叫我进城了，叫我去赶马车、收租子。好吧，赶马车就赶马车吧，不然又能怎样？再后来，伯爵夫人还没来得及再让我改行，农奴就解放了，我身边就只剩下了这匹马，它现在就是我的'伯爵夫人'。"

这是一匹老马，它本来是匹白马，可却像是被一个喝醉酒的油漆工胡乱地涂抹上了各种颜色，而且好像没有涂完似的。马的腿都已经脱臼了，全身上下都像是用破布片缝制的，一对眼睛混浊而呆滞，枯瘦的头忧伤地低垂着。一副已经老化、磨破的皮囊，松松垮垮地披在青筋暴突的身躯上。彼得大叔很善待它，从不打它，并且给它起名叫"塔娜娅"。

一次外祖父问他："为什么给牲口起个教名啊？"

"没有啊，尊敬的瓦西里，绝对没有！教名里可没有塔娜娅！"

彼得大叔也是识字的，而且熟读《圣经》。他经常和外祖父争论神里面哪一位更神圣，他们讨论起古代的罪人来一个比一个刻薄，尤其是谈到押沙龙的时候。有时他们的争论纯粹属于语法问题，外祖父认为"作恶""欺骗""犯法"这三个词的词尾应该是"霍姆",而彼得大叔却一口咬定是"瓦沙"。

"我说的是一回事,你说的是另一回事!"外祖父暴跳如雷,脸涨得通红,学着他的腔调说,"让你的'瓦沙'见鬼去吧!"

彼得大叔喷吐着烟雾挖苦他说,"那你的那些'霍姆'又好在哪儿?上帝一点儿都不喜欢!也许,上帝一边听你的祷告一边在想:你愿意怎么祷告就怎么祷告好了,反正你一钱不值!"

"滚,阿列克谢!"外祖父愤怒地叫喊着,两只眼睛直冒绿光。

彼得大叔很爱整洁,喜欢一切都井然有序。他走在院子里,总要把碎石块、碎瓦片和骨头之类的东西用力地踢到一旁,一边踢还一边骂道:"没用的东西,碍事!"

他很爱说话,看上去是个热心肠,是个快乐的人。可有时他的眼睛里布满血丝,目光混浊,像死人似的呆滞不动。他常常坐在某个黑暗的角落里,蜷缩成一团,阴沉着脸,像他那个聋哑侄子似的不说一句话。

"你怎么啦,彼得大叔?"

"一边待着去!"他粗暴而严厉地说。

我们那条街上搬来了一个老爷,额头上长着个瘤子。他有一个怪毛病:每逢节日他就坐在窗口用猎枪射击狗、猫、鸡或者乌鸦,甚至有时还向他不喜欢的行人开枪。

有一回,他用霰弹射中了"好事情"的腰,幸好霰弹没有穿透"好事情"身上的皮夹克,但是有几粒落进了夹克的口袋里。我还记得,他当时扶正眼镜仔细地看

彼得大叔似乎不像看上去那么简单,为下文彼得大叔的真实身份埋下伏笔。

151

了又看那几粒发蓝的霰弹。外祖父建议他去告状，可他把子弹往厨房的角落里一扔，说："不值得！"

还有一次，这位枪手打中了外祖父的腿，外祖父气坏了，向法官递交了诉状，还把街上所有受害者和目击者都召集起来，可那位老爷却突然离奇消失了。

从此以后，每一次听到大街上响起枪声，如果彼得大叔在家里，他总是赶忙把那顶只在节日时才戴的褪了色的宽檐帽子往花白的脑袋上一扣，急急忙忙地跑出大门去。

有一次，他挺着肚子，两手藏在身后的长袍下，把袍子撑得高高的，就像公鸡的尾巴，耀武扬威地在枪手窗前的人行道上走过来走过去。我们整个房子的人都站在大门口瞧热闹，那位枪手发青的脸孔从窗口向外望着，他头上是他妻子顶着淡黄色头发的脑袋。贝特连家的院子里也出来几个人，只有奥夫相尼科夫上校家那死气沉沉的灰房子里没有出来人。

彼得大叔在街上走了一圈却一无所获，看来，枪手并不认为他是值得射杀的"野味"。不过，他那双筒猎枪有时候也会突然开火：

"砰——砰！"

彼得大叔不慌不忙地走到我们面前，很得意地说："只打到下摆！"

一次，霰弹打中了他的肩膀和脖子，外祖母一边用针给他往外拨霰弹，一边责备他说："你为什么招惹他这个野兽？小心他打瞎你的眼睛！"

"不，不会的，阿库琳娜·伊凡诺芙娜！"他一脸轻蔑地拉着长音说，"他算哪门子枪手……"

"那你为什么任由他胡闹？"

"我这样做了吗？我只是想逗弄一下这位老爷罢了……"

他把拔出来的小子弹放在手掌心，摆弄着说："他根本不会打枪！伯爵夫人塔季扬·列克谢芙娜，她更换丈夫就像更换仆人一样频繁。有位临时丈夫，叫马蒙特·伊里奇，是位军人，嗬，那枪法才叫准！老太太，他只用真子弹射击，不用别的！马蒙特·伊里奇让傻子伊格那什站在远处，大约四十几步开外，在他腰上系了一个小瓶子，瓶子就悬在他的两腿之间。伊格那什叉开双腿，傻笑着。马蒙特·伊里奇举起手枪，啪！瓶子碎了。只有过那么一次例外，不知是什么小东西咬了伊格那什一口，他一动，子弹打中了他的膝盖！伯爵夫人马上让人叫来了大夫，当即把那条腿锯掉了，这事就算过去了。最后那条腿被埋了……"

"傻子后来怎么样了？"

"他，没事儿。傻子不需要脚，也不需要手，凭着他的呆傻就能吃饱饭。俗话说：只要当官就会管人，只要是傻子就不欺负人……"

这类故事一点儿也不会使外祖母感到吃惊，因为她知道得更多。可我却有点儿害怕，我问彼得大叔："会打死人吗？"

"怎么不会？当然会。甚至他们还相互残杀呢！有一天，来了一个枪骑兵，他和马蒙特吵了起来，双方都掏出了手枪。他们去了公园，在一个水塘边的小路上，

在农奴时代，人命只是贵族们用来玩乐的工具。

153

废除农奴制是一件好事情，但社会的发展仍旧是黑暗的、不公平的，并没有给人们带来真正的平等。

枪骑兵啪的一枪射中了马蒙特的心脏！这一枪把马蒙特送进了坟墓，把枪骑兵送去了高加索，一切都玩完了！这是他们自己人打自己人，要是打死农民或其他什么人，那就没什么可说的了！现如今，他们大概更不怜惜人命了，因为已经不是他们的财产了，而以前不管怎么说还怜惜一点儿，毕竟是自己的财产嘛！"

"唉，那时候也不怎么怜惜。"外祖母说。

彼得大叔表示赞同："是这样，虽然是自己的财产，可不值钱啊……"

引发读者的阅读思考：彼得大叔对阿廖沙很好，可阿廖沙为什么不喜欢他呢？

他对我很和蔼，跟我说话比跟大人说话要和气，也从不躲闪目光，可他身上有一种我不喜欢的东西。他在请大家吃自己喜爱的果酱时，给我那片面包上抹的果酱总是厚一些，还经常从城里给我带回麦芽糖饼和罂粟籽饼，跟我说话时总是一本正经的，声音压得很低。

"将来想做什么呀？去当兵还是去当官？"

"当兵。"

"这很好。现在当兵也不那么苦了。去当神父也好，自言自语地念叨几句'上帝保佑'就算完事了！当神父比当兵轻松点儿，最轻松的是当渔夫，什么学问都不需要，只要习惯了就行！"

最有趣的是他模仿鱼儿围着诱饵游动的样子，表演着鲈鱼、鲭鱼和鳊鱼咬钩以后不同的挣扎姿态，样子十分滑稽。

"你外祖父打你，你一定生气，"他宽慰我说，"好孩子，生气无论如何是不应该的，打你是为了教训你，这种打是管教孩子的打法！可我的那位女主人塔季扬·列克谢芙娜，她呀，打人是出了名的！她养了个专门打人的家伙，叫赫里斯托福尔，他在打人这方面称得上是能手了，甚至邻近庄园的地主们都向伯爵夫人借他：'塔季扬·列克谢芙娜伯爵夫人，把你的赫里斯托福尔借给我管教我的家奴吧！'她果然借给了人家。"

他的讲述中不含丝毫的恨意：伯爵夫人穿一袭白色的薄纱裙，围着轻盈的天蓝色纱巾，坐在房檐下的红色安乐椅里，赫里斯托福尔在她前面鞭打那些农夫和农妇。

"好孩子，这个赫里斯托福尔虽然是个梁赞人，可他长得很像吉卜赛人或是乌克兰人。他唇上的胡子长到了耳根，那张丑脸有点儿紫青，下巴剃得光光的。也不知道他是真傻，还是为了避免不必要的麻烦而装傻，他常常坐在厨房里，倒上一杯水，然后捉了苍蝇、蟑螂或者甲壳虫什么的，用小树枝把它们往水里按，直到把它们淹死为止。有时候，他从自己的领子上捉到虱子也放到杯子里淹死……"

类似这样的故事我已经知道很多了，光从外祖母和外祖父的口中就听到过许多。故事千奇百怪，可却是惊人的相似，每个故事里都是折磨人、欺负人和压迫人！我听腻了这些，不想再听了，于是我请求彼得大叔："讲点儿别的吧！"

他把所有的皱纹都聚拢到嘴角，然后再到眼角，最后同意了："好吧，贪婪的小东西，讲点儿别的。从前我们那里有个厨子……"

"哪里？"

这些故事反映了当时的历史，当时的俄国社会是压迫人的、没有人权的社会，所以充斥着暴力、血腥，大人们经历了很多这样的事情，因此变得麻木，习惯了被压迫，也不觉得这是不对的。但在阿廖沙听来，这些故事无不是社会的残酷，无不是人性的扭曲。

155

"塔季扬·列克谢芙娜伯爵夫人家。"

"你为什么要叫她塔季扬？难道她是男人[1]？"

他声音尖尖地笑了："当然是女人喽，她是夫人嘛！不过她长着黑黑的小胡子，她是黑皮肤的德国血统，一个类似黑人的种族。就说这个厨师吧，小少爷，这是个很好笑的故事……"

好笑的故事结局是这样的：厨师做坏了一张大饼，主人就逼着他全部吃下去，他全吃了，结果得了一场病。

我生气了，说："一点儿都不好笑！"

"那什么才算好笑？你说！"

"我也不知道……"

"那你就闭嘴！"

说完，他又编造了个无聊的故事。

到过节的时候，两个萨沙表哥就会来做客，米哈伊尔舅舅家的表哥萨沙性格忧郁且懒惰，而雅科夫舅舅家的萨沙整洁且聪明。有一天，我们三个爬到房顶玩，看见贝特连家的院子里有个穿绿色毛皮礼服的老爷，他坐在墙边的柴堆上，逗弄几只小狗，谢了顶的黄色小脑袋裸露着。

一个表哥建议去偷他的一只狗，于是我们精心制订了一个周密的偷窃计划：两个表哥跑到大街上贝特连家的大门前，由我来吓唬这个老爷，等他吓得跑开后，他们就闯进院子里去抱小狗。

"怎么吓唬呢？"

阿廖沙的正义和善良让他不会以别人的苦难为乐。

---

[1] 俄语中女人的名字应该是塔季扬娜，彼得大叔省略了女性的词尾，把这个名字念得像个男人的名字。

一个表哥出主意说："往他的秃头上吐口水！"

往一个人头上吐口水这还算什么大罪过吗？我不止一次听到也亲眼见过比这坏得多的行为，所以，我很尽职尽责地执行了我承担的任务。

然而，这作为一个轰动事件，掀起了轩然大波。贝特连家一大群男男女女来到我们家，领头的是一位年轻英俊的军官。由于两个表哥在我犯罪的时候正在大街上乖乖地玩耍等待时机，对于我的恶行全然不知，所以外祖父只痛打了我一个人，这让贝特连的家人非常满意。

挨过痛打的我正躺在厨房里的板床上，彼得大叔身着节日的服装兴高采烈地来看我了。"你的做法太让人痛快了，好孩子！"他对我小声说，"对他就该如此，这只老山羊，就该这样对待他，就该啐他！还应该用石头砸他那个发霉的脑壳儿！"

我的眼前又浮现出穿绿色礼服的老爷那张圆圆的、没有胡须的像小孩子一样的脸，他像只小狗崽子似的低声可怜地尖叫，用两只小手擦着黄色脑瓜子上的秃顶——想到这儿，我真是羞愧难当。我恨死了两个表哥，可当我瞧了瞧马车夫那皱纹纵横的脸，顿时把一切都忘记了：这张脸抖动着，可憎又可恶，像极了外祖父打我时的那张嘴脸。

"你走开！"我大叫，用手推他，用脚蹬他。

他嬉皮笑脸地眨巴着眼睛，爬下了板床。从此我再也不愿意跟他说话了，我开始躲着他，开始用怀疑的目光注视这个马车夫，同时不安地预感到会有什么事情发生。

157

吐口水事件之后没过多久，又发生了一件事。

奥夫相尼科夫家安静的房子早就吸引着我，我总是觉得，这所灰色房子里的人过的是很特别又很神秘的童话般的生活。

贝特连家却充满了喧嚣、热闹的气氛，他们家进进出出的是些美貌的小姐、军官和大学生，从房子里总是传出来笑声、喊叫声，以及歌声和音乐声。就连房子本身也是喜气洋洋的，玻璃窗明亮耀眼，窗内的花草绿影婆娑。

外祖父不喜欢这一家人。

"一帮异教徒、不信神的家伙！"他这样谈论这家人，还用极其污秽的字眼儿来称呼那些女人。彼得大叔有一次向我解释了那些词的含义，他的用词也是那么污秽下流，而且颇有幸灾乐祸的意味。

但奥夫相尼科夫家肃穆而沉静的房子却让外祖父肃然起敬。

这是幢只有一层的平房，但房子却很高，挺立在铺满草坪的院落深处。院子整洁而僻静，中央有一口井，井的上方是两根柱子支撑的棚子。像是要躲开大街似的，房子深深地缩进了院子里。三扇窄条的拱形窗户离地面很高，窗上的玻璃朦朦胧胧，在阳光的辉映下宛若一道美丽的彩虹。

大门的右侧有个库房，从外观上看，库房和正房一样，也有三扇高高的窗户，但却是假的，窗框嵌在灰色的墙上，里面用白色的油漆画出一道道窗格子。这些不透光的窗户给人的感觉很不舒服，整个库房也像是给人以暗示：这家人想躲起来，过一种不为人知的生活。整个宅院、空空的马厩和开有一扇大门的空板棚，一切都给人以静谧而隐忍或恬静而孤傲的感觉。

偶尔能看见一个高个子的老头儿瘸着腿在院子里走来走去，他头剃得光溜溜的，雪白的小胡子像一根根松针似的翘立着。有时还有另一个老头儿从马厩里牵出一匹灰色的马来，这老头儿有着短络腮胡子，鼻子有点儿歪。那匹马的头长长的，肚子瘪瘪的，腿很细，它往院子里走的时候，向周围所有的东西都不停地点头，真像个谦卑的修女。瘸腿老头儿响亮地拍了马一巴掌，吹了声口哨，长吁了一口气，就把马儿重又牵回到昏暗的马厩里去了。我觉得，这个老头儿似乎很想骑马离开这个院子，可他却办不到，他像是被施了魔法一样。

院子里几乎每天都有三个男孩子在玩耍，从中午一直玩到傍晚。他们都穿着一样的灰色上衣和灰色裤子，戴着一样的帽子，都是圆脸、灰眼睛，彼此长得很相像，我只能从个子的高矮来区分他们。

我透过篱笆墙的缝隙看着他们，他们却看不见我，我真希望他们能看见我。我喜欢看他们，他们玩着一些我所不熟悉的游戏，玩得那么尽兴、开心、融洽。我还喜欢他们的衣服，喜欢他们彼此之间温暖的关爱，特别是两个哥哥对他们滑稽又机灵的小不点儿弟弟的爱护。如果他摔倒了，他们也会像笑话别人那样笑他，可却不是幸灾乐祸的笑，他们会马上把他扶起来；他若是弄脏了手和膝盖，他们就用牛蒡叶子或手帕给他擦手或裤子，老二还很疼爱地说："瞧你笨的呀！"

静谧而隐忍和恬静而孤傲都是形容人的，这里却用来形容房子，是想利用拟人的手法突出房子的特点，也让这座房子和主人的性格互相照应。

三兄弟玩耍的氛围是和谐愉快的，这是阿廖沙所不曾拥有的童年，所以他感到很羡慕。

他们之间从来不骂人，彼此也不欺骗。三个人动作都很敏捷、有力气，也不知道疲倦。

有一次，我爬到树上向他们吹口哨，结果他们一听到口哨声就都站住了，然后慢慢地聚到了一起看着我，开始小声商量着什么。我想他们马上就会向我丢石子了，于是赶紧爬下树，把衣服口袋和怀里装满了石子，然后又重新爬到了树上。可他们却跑到离我很远的院子的另一个角落玩了，看来是把我给忘了，这不免让我心生郁闷。不过，我是不愿意挑起战争的。很快就有人从窗口叫他们了："孩子们，回家啦！"

他们就像三只温顺的小鹅一样，不慌不忙地向家里走去。

有好几次我坐在篱笆上边的大树上，总盼着他们叫我跟他们一起玩，可他们却没有叫过我。不过，我的潜意识中已经在跟他们一起玩了，有时竟玩得那么投入，甚至大笑大叫起来。这时他们就都看着我，小声嘀咕着什么。我感觉很难为情，就从树上爬了下来。

有一天，他们玩起了捉迷藏。轮到老二找时，他跑到仓库后面的角落里，老老实实地站在那里，双手蒙着眼睛，也不偷看，他的两个兄弟跑去躲藏。老大快速而灵巧地钻进了仓库廊檐下的一副宽大的雪橇下，小弟弟却手忙脚乱地绕着井台跑，找不到可以藏身的地方。

"一、二、三……"哥哥数着数。

小弟弟跳到井台上，抓住井绳，把脚放进空空的吊桶里，吊桶哐当哐当地碰着井壁，沉了下去。

我顿时惊呆了，看着缠绕着绳索的辘轳在无声地飞

160

速旋转，我马上就意识到将会发生什么事情，于是果断地跳进了他们家的院子里，高喊："他掉井里了！"

老二和我同时跑到井台边，他伸手抓住了井绳，但由于个子太小，他的身子被拉上了井台，绳子与他的两只手的摩擦声清清楚楚。与此同时，我已经抓住了井绳，老大也跑过来了，他帮我往上拉吊桶，边拉边说："请轻轻地拉！"

我们很快把小弟弟拉了上来，他也被吓坏了，右手的手指划出了血，脸颊上也擦破了一大块皮，腰部以下全湿透了，脸色苍白泛青，可他却还在笑，眼睛睁得大大的，身子直哆嗦，声音在发抖："我……怎么就……掉井里……去了呢……"

"你疯了吗？"二哥说着把他搂在怀里，用手帕为他擦拭脸上的血迹。

大哥皱着眉说："回家吧，反正是瞒不住的……"

"你们会挨打吗？"我问。

他点点头，接着向我伸出一只手来，说："你跑过来得真快！"

我听到夸奖心里很高兴，可还没等我握住他的手，他就又对老二说："走吧，他会着凉的！我们就说他摔倒了，可别说井里的事！"

"对，别说，"小弟弟全身战栗，表示同意，"就说我摔倒在水坑里了，行吗？"

他们走了。

这一切都发生得如此突然，我望了一眼刚才踩着跳进院子里来的那根树杈，它还在那里摇晃着，将一片黄

从这里可以看出阿廖沙善良勇敢，而且机智敏捷。

三兄弟里的大哥彬彬有礼，而且在弟弟犯错时没有指责他，而是关心他的状态，害怕弟弟被责骂还主动帮弟弟隐瞒真相，这和阿廖沙的表哥们形成鲜明的对比，让阿廖沙见识到了不一样的亲情。

161

色的叶子抖落了下来。

　　之后，三兄弟大约有一个星期都没有露面，后来他们再出来时，比以前玩得更加开心了。老大见到树上的我，亲热地喊我："到我们这边来玩吧！"

　　我们爬到仓库廊檐下那个破旧的雪橇上，面对面坐着，聊了许久。

　　"你们挨打了吗？"我问。

　　"挨了。"老大回答。

　　很难相信这些孩子也会像我一样挨打，我为他们难过。

　　"你为什么捉鸟啊？"小弟弟问。

　　"因为它们叫得很好听。"

　　"不，你别捉了，最好让它们自由地去飞……"

　　"好吧，我再也不捉了！"

　　"不过，你再捉一只送给我吧！"

　　"你要什么样的？"

　　"要叫得好听的，能关进笼子里的。"

　　"那就是黄雀了。"

　　"猫会吃掉它的，"老二说，"爸爸也不让养。"

　　老大也说："他不会让的。"

　　"你们有妈妈吗？"

　　"没有。"老大说。

　　但是老二更正他说："有，不过是另外一个，不是我们的，我们的妈妈死了。"

　　"另外一个叫后妈。"我说。

　　老大点点头说："是的。"

三兄弟很善良，富有同情心。

其实三兄弟也有自己的烦恼，不像表面看上去那么快乐。

162

三兄弟有点儿神色黯然，默不作声了。

从外祖母讲的童话故事里，我知道了什么是后妈，所以我非常理解他们突然的沉默。他们就像长得一模一样的小鸡雏似的，相互紧紧地依偎在一起。我想起了童话里用欺骗的手段取代了亲妈位置的巫婆后妈，就安慰他们说："等着吧，亲妈还会回来的！"

老大耸了耸肩："可是她已经死了，怎么能回来呢？"

不能吗？天哪，有多少死而复生的人啊！甚至是被剁成肉块的人，只要洒点儿圣水就活过来了。有很多死亡根本不是真死，死亡不是上帝的旨意，而是中了巫师和巫婆的魔法！

我开始兴致勃勃地给他们讲述外祖母讲过的故事。老大起初只是面带微笑，他轻轻地说："这我们都知道，这只是童话……"

他的两个弟弟一声不响地听着，小弟弟双唇紧闭，鼓着腮帮子，老二用胳膊肘支着膝盖，俯身面向我，一只手钩着小弟弟的脖子。

天色渐晚，绯红的晚霞飘浮在房顶的上空，这时一个白胡子老头悄然出现在我们身边，他穿着一件咖啡色的长衫，很像神父穿的长袍，头上戴一顶毛茸茸的皮帽子。

"这是谁？"他用食指指着我问。

老大站起身来，用头示意了一下我外祖父家的房子。

"他从那里来的……"

"谁叫他来的？"

三个孩子立刻一声不吭地从雪橇上爬下来，往家里

详细的神态和动作描写表现出三兄弟听故事时的认真，也体现了阿廖沙把故事讲述得十分传神，令三兄弟沉迷其中。

"立刻""一声不吭"和"温顺的小鹅"生动形象地写出了三兄弟面对白胡子老头儿时的拘谨，也侧面表现了白胡子老头儿的严肃和令人惧怕。

163

走去。我又感觉他们就像三只温顺的小鹅了。

老头儿紧紧地抓住我的肩膀，拽着我向大门走去。我吓得直想哭，可是他大步流星地走着，还没等我哭出来，就已经到了大街上。他在篱笆门前停下脚步，伸出一根指头吓唬我说："不准再到我这里来了！"

我很生气："我压根儿就不是来找你的，老鬼！"

他又用长长的手臂抓住我，拽着我上了人行道，边走边问我，这简直就像一把重锤敲击着我的头顶："你外祖父在家吗？"

我真是倒霉，外祖父刚好在家。他站在那个凶巴巴的老头儿面前，仰着头，胡子向前伸着，望着老头儿那双珠子一样圆溜溜而又无神的眼睛，慌里慌张地说："他母亲不在家，我又很忙，没人照看他！请您原谅，上校！"

上校冲我们的房子干咳了几声，直挺挺地转过身，像个木桩子似的走了。过了一会儿，我就被扔到了院子里彼得大叔的马车里。

"又闯祸了吧，孩子？"彼得大叔一边卸车一边问我，"为什么挨打呀？"

当我向他讲了我挨打的原因后，他立刻发火了，恶狠狠地说："你为什么要和他们一起玩？他们可是蛇蝎心肠的少爷！看你，为了他们挨了揍！你现在就去揍他们一顿，怕什么！"

他唠叨了好半天，刚开始我因为挨了打，正憋着一肚子的气，他的话让我有了些安慰。可看到他那张皱巴巴的脸不停地抖动着，我心里感觉越来越不舒服，我想到那三个孩子也会挨打的，他们对我并没有犯什么过错。

外祖父在家里十分蛮横，但面对比自己更厉害的外人时却一下子变得胆小甚至懦弱，欺软怕硬、色厉内荏是外祖父的又一缺点。

彼得大叔对富人有天然的仇视，连小孩子也不放过，甚至用"蛇蝎心肠"来形容三兄弟。

164

"不应该打他们，他们是好人，你总是瞎说。"我说。

他看了看我，突然大吼道："滚！"

"你是个混蛋！"我也大喊一声跳到地上。

他满院子追我，却又抓不到我，一边跑还一边歇斯底里地叫喊："我混蛋？我瞎说？我叫你知道我的厉害……"

外祖母走到厨房的台阶上，我向她扑过去，他开始向外祖母诉起苦来："这个小东西让我没法活了！我年纪比他大五倍啊，他竟然骂起我来了，什么都骂啊……骂我是骗子……"

每当有人在我面前撒谎时，总会让我惊讶得目瞪口呆，此时此刻我简直不知所措！外祖母语气坚决地说："唉，你这个彼得，你真会撒谎，他不会骂你那么难听的话的！"

如果是外祖父，他就会相信马车夫的满嘴胡言。

从那一天起，我们之间无声的、充满敌意的战争就爆发了。他总是千方百计地装作不经意的样子撞我，或是拿鞭子抽我，或者放走我的小鸟。有一次，他把我的鸟喂了猫，还找各种借口向外祖父告我的状，添油加醋地编造谎言。我越来越感觉他跟我一样像个顽童，只不过打扮成老头儿的样子罢了。我把他的草鞋给拆了，不露痕迹地解开绑草鞋的绳子，只要他穿到脚上就会松开。有一回我往他的帽子里撒了胡椒粉，使他打了一个小时的喷嚏。总之，我充分运用了自己的体力和智慧，绝不输给他。每到礼拜天，他就一整天地死死盯着我，不止一次抓住我犯规的事，比如跟三兄弟的来往，他一旦抓

阿廖沙和"好事情"学会自我思考之后，提高了自己辨别是非的能力，所以即便生活在一个鱼龙混杂的大染缸里，也不会像外祖父一样被情绪牵引，而是可以冷静下来思考判断，坚守自己的观点。

彼得大叔不仅满口谎言，敌视富人，甚至在被阿廖沙戳穿真相之后还颠倒黑白，诬赖阿廖沙。

外祖母细致英明，也很了解阿廖沙，不会相信别人的挑拨，但外祖父冲动蛮横，不能明辨是非，这形成了鲜明的对比。

彼得大叔只是增长了年龄，却没有增长智慧和品德。

　　我透过篱笆墙的缝隙看着他们，他们却看不见我，我真希望他们能看见我。我喜欢看他们，他们玩着一些我所不熟悉的游戏，玩得那么尽兴、开心、融洽。

到了就立即向外祖父告密。

我仍然保持着和三兄弟的交往，这让我感觉越来越愉快。在外祖父家的围墙和奥夫相尼科夫家的栅栏之间，生长着榆树和茂密的椴树，我在树丛下面的篱笆墙中间剪出一个半圆的洞。三兄弟轮流或者一次两个人到洞里来，我们蹲着或者跪在里面悄悄地说话，他们之中总有一个放哨，以防那位上校发现我们。

他们跟我讲了自己苦闷的生活，我听了后也很难过。他们向我讲述我为他们捉的小鸟，说了许多孩子们之间的趣事，可从来只字不提后妈和父亲，至少我不记得他们曾经说过。

他们经常让我讲童话故事，我就原原本本地把外祖母讲过的童话讲一遍，如果有遗忘的地方，我就让他们等一会儿，跑去问外祖母，外祖母也是满心欢喜。

我给他们讲了很多关于外祖母的事，有一次老大深深地叹了口气说："可能外祖母都是很好的，以前我们也有一个非常好的外祖母……"

他说话总是无限感伤地用"从前""过去"和"曾经"这类词，好像他已经在世上活了一百年了，而不是十一年。

我至今还记得，他的手掌很窄，手指纤细，整个身体也是那么单薄瘦弱，可他的眼睛却很明亮、温和，就像教堂里长明灯的火光一样。两个弟弟也很招人喜爱，让我可以完全信任他们，总是让我很乐意为他们做点儿什么开心的事。当然，我更喜欢他们的大哥。

往往在我们聊得正起劲的时候，没有察觉到彼得大叔已经出现在我们面前，他总是用阴阳怪气的高声叫喊把我们驱散："又——凑到——一起啦？"

我发现，彼得大叔的忧郁症发作得越来越频繁了，我甚至能提前预知他收工回来时的心情是怎样的。一般情况下，他开门是慢慢腾腾的，门环的响声持续时间长，而且听起来懒洋洋的；如果他心情不好，门环就响得短促，就像是由于疼痛"哎哟"叫了一声。

彼得大叔的聋哑侄子到乡下结婚去了，他就一个人住在马厩旁开着一扇小窗的低矮的窝棚里，里面混杂着浓浓的臭皮子、焦油、汗臭和烟草的味道，就因为这气味，我从来不到他的住处去。他现在晚上睡觉也不熄灯，为此外祖父很不高兴："你小心点儿，别烧了我的房子，彼得！"

"不会的，放心吧！我把火烛放在水碗里了。"他边说，眼睛边瞧着旁边。

他现在几乎看什么都是斜着眼睛，也早就不参加外祖母的晚会了，也不再请人吃果酱了，脸上没了光泽，皱纹变得更深了，走路摇摇晃晃地划着脚步，像个病人。

这是一个平常的工作日，早晨起来，我正跟着外祖父在院子里清扫下了一夜的积雪。突然，篱笆门的门闩发出咣当一声巨响，让人不由得一阵战栗，一个警察破门而入，他用肩膀顶上篱笆门，用粗大发灰的手指头一勾，招呼外祖父过去。外祖父走过去，警察把他的大鼻子凑向外祖父，好像要啄食外祖父的脑门似的，他嘀咕着什么，外祖父赶忙说："这儿？什么时候？让我想想……"

彼得大叔肉眼可见的苍老。

168

突然，他很滑稽地一蹦，喊道："真有这么回事吗？"

"小点儿声！"警察严厉地说。

外祖父马上回过头看了我一眼："收起铁锹，回屋去！"

我躲到了墙角，他们向马车夫的住处走去，警察摘下右手上的手套，在左手掌心里拍打着，说："他心里很有数，扔掉了马，自己藏起来了……"

我跑到厨房里，把看到的和听到的都告诉了外祖母，她正在用大盆和着做面包的面团，她摇着沾着面粉的脑袋，平静地说："看来是有人偷了东西……你去玩吧，没你什么事！"

当我重又回到院子里时，外祖父靠着篱笆门站着，摘下帽子，仰望天空，画着十字。他一脸的怒气，胡子也翘立起来了，一条腿在发抖。

"我不是说叫你回屋去吗！"他用力一跺脚，冲我大叫。

随即也跟着我往屋里走，进了厨房便招呼道："过来，老婆子！"

他们去了隔壁的房间，在那里耳语了好半天。当外祖母回到厨房里的时候，我明白是发生可怕的事情了。

"你怎么吓成这样？"我问外祖母。

"住嘴！"她压低声音说。

一整天，家里的气氛都紧张而可怕，外祖父和外祖母时不时神色慌张地相互交换一下眼色，说话声音低而含糊，而且只是简单的几个字，这更加重了恐怖的气氛。

"老婆子，把长明灯都点上！"外祖父一边咳嗽一

奇怪的对话和奇怪的氛围为下文揭开真相埋下伏笔。

169

边吩咐着。

午饭大家吃得都很匆忙，好像在等待谁的到来。外祖父一脸倦态地鼓着腮帮子，边咳嗽边嘟囔："魔鬼比人有力量！表面装得是虔诚的，可你看见了吧，背地里，都干了些什么？"

外祖母直叹气。

这个银装素裹又雾气蒙蒙的冬日，是这样的漫长难熬又让人窒息，家里的气氛越来越让人感到压抑、凝重。

傍晚时，又一个红头发的胖警察来了，他坐在厨房的长凳上打盹儿，打着呼噜，不住地点头。外祖母问他怎么查出来的。

他没有马上回答，过了一会儿，瓮声瓮气地说："我们什么都查得出来，您就放心吧！"

我清楚地记得，当时我坐在窗旁，把一枚古铜币放在嘴里哈热气，然后把那个打败了毒蛇的常胜者格奥尔吉①的头像印在结了冰的玻璃上。

这时，门里响起一阵吵嚷声，房门咣当一声打开了，传来彼得罗芙娜震耳欲聋的大嗓门："快去看看您家花园发生什么了吧！"

她一看见警察，立刻返身向外跑，但是警察一把抓住了她的裙子，也惊慌地大叫："站住，你是什么人？要去看什么？"

她被门槛绊倒，跪在了地上，一边哭一边上气不接

---

① 格奥尔吉：相传是基督教中的一位英雄和殉教者。"常胜者"的外号来自他在贝鲁特附近对付一条大食人蛇取得的胜利，他用长矛刺死毒蛇，解救了英国国王的女儿，后被奉为国家的保护神。在沙皇造的一种硬币上，铸有他手持长矛战胜毒蛇的形象。

下气地高声说："我去挤牛奶，突然看见卡希林家的花园里有像靴子一样的脚印。"

外祖父跺着脚，狂怒地大叫："胡说，你这个蠢货！花园里栅栏那么高，连个缝儿都没有，你什么都看不见，胡说八道！我们家什么都没有！"

"我的天哪！"彼得罗芙娜哭号着，一只手伸向外祖父，另一只手捂着头，"千真万确，老天啊，我绝不撒谎！我走着走着，发现脚印通到你们家的围墙下，有一块雪地被踩踏过了，我伸头往栅栏里看了一眼，看见他躺在那里……"

"是——谁？"

这一声喊叫特别长，叫人一时不解其意。但是，大家马上都像疯了似的，相互推搡着跑出了厨房，一窝蜂似的涌向花园——彼得大叔正半躺在铺着松软的雪被的坑里，他背靠一根烧焦的圆木，头低垂在胸前。他的右耳下边有一条深深的伤口，红红的，像一张嘴，里面露出青紫块，就像长了牙齿一样。我吓得闭上眼睛，透过眼睫毛，我看见彼得大叔的膝盖处有一把我熟悉的马具刀，刀的旁边是他那干瘪发黑的右手，左手向外张开，埋在了雪里。他身下的雪已经融化，瘦小的身体深深地陷进亮晶晶的雪绒被子里，使他显得越发像个孩子了。他右边的雪地上，有一个像小鸟一样奇怪的红色图案，左侧没人踩过，平平整整的，闪着耀眼的光。他的头温顺地低垂着，下巴抵在胸前，弄乱了浓密卷曲的胡子。在裸露的前胸，一个很大的铜质十字架浸在已经凝固了的暗红色血迹中。嘈杂的人声吵得人的头都要爆炸了，

外祖父害怕警察来查的这件事情和自己扯上什么关系，影响房子的出租或售卖，所以彼得罗芙娜大叫着后院有脚印时他情绪激动地否认。

揭开谜底，原来家里的氛围那么沉重是因为彼得大叔去世了。

彼得罗芙娜不停地在喊叫，警察也在喊着瓦列伊，要他去什么地方。

外祖父大叫："不要踩到脚印！"

可他又忽然皱起眉来，望着自己的脚下，威严地对警察说："老总，你就算叫破嗓子也没用！这是上帝的事情，得由上帝来管，你们这些人呀，一个劲儿地瞎折腾！"

大家都不作声了，注视着死者，叹息着在胸前画十字。

人命如草芥，人们对一个逝去的生命更多抱着无所谓的看热闹的心态。

一些人从院子里向花园跑来，他们翻过彼得罗芙娜家的栅栏，跳到地上，嘴里叫着嚷着，直到外祖父环顾了一下四周，发出一声绝望的喊叫，一切才归于平静："街坊四邻们，你们为什么糟蹋我的浆果树！你们怎么不讲点儿良心啊！"

外祖母哽咽着，拉着我的手往家里走去。

"他做了什么？"我问。

"你不是都看见了……"她抽泣着回答。

直至深夜，厨房和隔壁的房间里都挤满了陌生人，他们喊叫着，警察指挥着。一个像是教堂助祭的人在用笔写着什么，像鸭子叫一样地问着话："怎么？怎么？"

外祖母在厨房里请所有的人喝茶。一个圆圆胖胖的人在桌旁坐着，满脸麻子，蓄着八字胡，声音沙哑地讲述着："真实的姓名还不清楚，只知道他是耶拉吉马人。哑巴一点儿不哑，他都招了。另一个人也招了，他们一共三个人。他们早就开始抢劫教堂了，这是他们的主业……"

彼得大叔和他的同伙一直在伪装身份，目的是抢劫教堂。

"噢，天哪！"彼得罗芙娜叹着气，脸红红的，流着泪。

我躺在吊床上，从上往下看，感觉所有的人都变得那么小、那么胖、那么可怕……

阿廖沙再一次面对死亡，虽然这次死亡的是他讨厌的彼得大叔，但也是一条逝去的活生生的生命，这令阿廖沙重又被死亡的恐惧包围。

　　在外祖父家的围墙和奥夫相尼科夫家的栅栏之间，
生长着榆树和茂密的椴树，我在树丛下面的篱笆墙中
间剪出一个半圆的洞。三兄弟轮流或者一次两个人到
洞里来，我们蹲着或者跪在里面悄悄地说话，他们之
中总有一个放哨，以防那位上校发现我们。

第 十 章

这是一个星期六的清晨，我到彼得罗芙娜家的菜园子里捉灰雀，捉了好半天，那些长着红肚子的傲慢的鸟儿们就是不往网里钻。它们卖弄着自己的身姿，一会儿在结满冰晶的雪地上欢快地跳跃，一会儿又飞向身着厚厚的雪衣的灌木丛枝，像朵朵娇艳的鲜花在枝头摇曳绽放，撒落下一片片银灰色晶莹的雪屑，这一切是那么地美妙。捕鸟的失败并不使我懊恼，我并不是个痴迷的猎手，享受捕鸟的过程比结果更让我陶醉，我喜欢欣赏鸟儿们活蹦乱跳的样子，喜欢观察和思考它们的生活。

独自坐在积雪覆盖的原野边缘，这是一件多么惬意的事！我倾听着冬日晶莹、静谧的世界里小鸟的啼鸣，远处传来三套车那悦耳的铃铛声，铃铛声随即又慢慢地飘向远方……

我在雪地上冻得直发抖，感觉耳朵也冻僵了，就收起了网和笼子，翻过栅栏回到外祖父家的花园，向家里走去。大门敞开着，一个身材高大的男人赶着一辆三套马车从院子里走出来，三匹马呼呼地喷着热气，马车夫

"好事情"离开之后，阿廖沙虽然有了其他朋友，但没有人像"好事情"一样能够和他产生共鸣，于是，阿廖沙开始孤独地生活，孤独地思考。

快乐地吹着口哨，我的心里一震，问他："你送谁来了？"

他扭过头，手搭凉棚看了看我，跳上马车，说："一位神父！"

哦，这跟我没关系。要是位神父，也许是来找哪个房客的。

"嘿，我的马儿们！驾！"马车夫亮开嗓门，吹着口哨，用鞭子赶着马，寂静的氛围中顿时充满了欢乐。三匹马步调一致地向原野飞奔而去，我目送着它们，掩上了大门。当我走进空无一人的厨房时，从隔壁的房间里传来了母亲那清晰、有力的声音："现在怎么办吧，要打死我吗？"

阿廖沙听到母亲的声音，还没来得及感受到与母亲重逢的喜悦，就先感受到了母亲狰狞的痛苦。

我顾不上脱外衣，扔下鸟笼子，便往过道跑去，正好撞在外祖父身上。他抓住我的肩膀，眼神古怪地盯着我的脸，最后吃力地咽了口口水，声音嘶哑地说："你妈妈来了，去吧！"

"等等。"他用力摇晃了我一下，我勉强才站稳，他把我推向房间的门口，"去吧，去吧……"

近乡情怯，阿廖沙在即将和母亲重逢的时候又激动又害怕。

我站在钉着毡子和漆布的门旁，由于寒冷和激动，两只手颤抖着，好半天才摸索到门把手。我茫然地站在门口。

"这是他吗？"母亲说，"天哪，都这么高了！怎么，不认识我了吗？你们怎么给他穿成那样？哎呀……看他的耳朵都冻坏了！妈妈，快拿鹅油来……"

她站在房间中央，俯下身来给我脱外衣，把我当成皮球似的转来转去。她高大的身躯裹着一件又厚又软的红外套，肥大得像乡下人穿的长袍，一排黑色的大扣子

176

从肩膀斜着一直钉到下摆，我以前从来没见过这种衣服。

她的脸好像比以前小了，眼睛却变得更大更深了，头发也更黄了。她给我脱下衣服后把它扔到了门口，那深红色的嘴唇厌恶地撇着，始终是一副命令的口吻："你怎么不说话？高兴吗？啧啧，多脏的衣服……"

她用鹅油给我涂抹了耳朵，有点儿疼，但她身上散发出让人振奋又好闻的香气来，减轻了我的疼痛。我依偎着她，看着她的眼睛，激动得许久说不出话来。在她说话的同时，外祖母也在不高兴地低声诉说："他可顽皮啦，一点儿也不听话了，连他外祖父也不怕了……哎呀，瓦里娅……"

不是母亲的香气减轻了疼痛，而是母亲的关爱让阿廖沙忽视了这些疼痛。

"行啦，别诉苦了，妈妈，会好的！"

跟母亲相比，周围的一切都变得更渺小、可怜，而且更衰老了，我也觉得自己变得像外祖父一样老了。她用膝盖紧紧地夹着我，用一只有力又温暖的手抚弄着我的头发，说："该剪头发了，也该上学了。你想念书吗？"

"我已经会念书了。"

"还得多念点儿。瞧瞧，你长得多结实啊！"

她逗弄着我，笑了，笑得很欣慰、很温暖。

外祖父走进来，阴沉着脸，怒发竖立，两眼通红。她一把把我推开，大声问道："怎么，爸爸，赶我走吗？"

他站到窗口，用指甲划着窗户上的冰花，半天不说话。周围的气氛变得紧张起来，让人感觉很可怕。往常这种紧张的时刻，我的全身都会长出眼睛和耳朵来，胸膛也奇怪地膨胀，真想大声疾呼。

阿廖沙的敏感让他预感到一场争吵一触即发，而他的身体更早地做出了应激反应。

"阿列克谢，滚出去！"他瓮声瓮气地说。

母亲在阿廖沙心中温柔且美好，像一朵红色的云，但云是飘浮着的，也暗示着在阿廖沙的心目中，母亲遥远且缥缈。

"为什么？"母亲问，重又把我拉到身边，"你哪儿也别去，我不许……"

母亲站起来，像一朵红云在房间里飘起来，站到外祖父的背后。

"爸爸，您听我说……"

他转过身面对她，尖叫着说："你闭嘴！"

"好吧，可我不允许您对我喊叫。"母亲轻声抗议。

外祖母从沙发上站起来，用食指指着她说："瓦尔瓦拉！"

外祖父坐到椅子上，咕哝着说："等等，我是谁呀？啊？怎么会这样？"

可他突然又变换了声音，吼叫道："你丢了我的脸，瓦里娅！"

"你出去！"外祖母命令我。

我心情郁闷地去了厨房，爬到炕炉上，听了很久。隔壁房间里，大家时而一起开口，争执不休，时而又都沉默不语，仿佛突然都睡着了一样。他们在谈论着母亲生的一个孩子，她把他给送人了，但是我没听懂外祖父为什么生气，是母亲没征得他的同意生了孩子，还是她没把孩子给他带回来呢？

后来外祖父走进了厨房，头发乱蓬蓬的，面红耳赤，一副倦态。他身后跟着外祖母，她用衣襟抹去脸颊上的泪水。外祖父坐到长凳上，用两只手支撑着，弯着腰，身子在哆嗦，咬着毫无血色的嘴唇。外祖母在外祖父面前跪下来，声音不高但却很恳切地说："老爷子，看在上帝的分儿上，你就饶过她吧！发生这种事的不只是我

178

们一家，就是那些贵族、富人家里不也有这种事吗？她一个女人，你看她又那么漂亮！好啦，就原谅她吧，谁都难免有过错……"

外祖父仰靠在墙上，望着她的脸，撇着嘴一阵冷笑，声音呜咽着说："是的，当然！不然又能怎样？你没原谅过谁啊？你谁都原谅了，原谅吧，你们这些人啊……"

外祖父对母亲始终是有感情的，他对母亲的过往感到无比痛心，但最终还是选择了接受。

他俯下身来，抓住她的肩膀，用力摇着，快速得像念咒语似的说："可是上帝不会饶恕每件事，是不是？我们眼看要入土了，可他还在惩罚我们。我们的日子已经到最后了，可还是既没有安宁，也没有快乐！也不可能有了！你记住我的话！我们的下场是会去当乞丐，去讨饭！"

外祖母抓住他的手，坐到他身边，低声而轻松地笑了："这也没什么大不了的！怕什么，讨饭就讨饭吧！你尽管待在家里好了，我去讨，会有人给我们的！我们不会挨饿的！你就别胡思乱想了！"

他一下子咧嘴笑了，像个老山羊似的搂住外祖母的脖颈，紧紧依靠在她身上，显得那么弱小、那么憔悴，他抽噎着说："唉，傻瓜，你这个快乐的傻瓜，我最亲的人！你这个傻瓜对什么都不吝惜，可你又什么都不懂！你想想，难道咱俩不是为他们辛苦地操劳，难道我不是为他们造孽吗？唉，哪怕现在，哪怕有那么一点儿……"

外祖父和外祖母少有的温情时刻。

我再也忍不住了，哭了起来，我跳下炕炉，扑到他们的怀里。我哭，是因为我很高兴，他们从来没有谈得这么亲密而融洽过；我哭，是因为我也为他们感到悲哀；

这个不和谐的家庭有了一阵短暂的温情，令阿廖沙短暂地体会到了家庭的温暖。

179

我哭，是因为母亲的突然到来；我哭，是因为此刻他们平和地接受了我，让我与他们一起哭。他们俩紧紧搂着我、拥着我，泪水不住地滴落。外祖父望着我的耳朵和眼睛低声说："唉，你这个小机灵鬼，你也在这里啊！你看，你妈妈来了，你现在可以和她在一起了，你外祖父这个老魔鬼、恶老头，这回该滚远儿点了，是不是？你外祖母就只知道放纵、娇惯你，也该让她靠边了吧？唉，你们这些人呀……"

他两手一摊，把我和外祖母一推，唰地一下站了起来，气呼呼地大声说："人人都要走，总想着离开，一家人就这样四分五裂了……去，把她叫来！快点儿……"

外祖母走出厨房，他低垂着头，冲着墙角说："最仁慈的上帝啊，唉，您都看见了吧！"

他用拳头咚咚地敲打着自己的胸膛，这让我很不喜欢。我不喜欢他跟上帝说话的这种方式，总要吹嘘一番。

母亲来了，弯腰坐在桌旁的长凳上，红色的衣服把厨房映衬得亮堂堂的。外祖父和外祖母分别坐在她的两旁，她那宽大的衣袖搭在他俩的肩上。她低声又严肃地讲着什么，他俩默默地听着，也不打断她，眼下好像他们变成了孩子，她是他们的母亲。

我由于兴奋过度慢慢感到了倦意，在吊床上沉沉地进入了梦乡。

傍晚，两位老人穿上节日的服装去做晚祷，外祖母看着外祖父的打扮，冲他开心地眨巴一下眼睛：他穿上了行会会长的制服——浣熊皮大衣，下身穿上了一条宽腿裤子。她又给母亲使了个眼色，说："你看你爸爸的

母亲回来这件事让外祖母和外祖父很开心。就算外祖父一开始凶狠地要把母亲赶走，但内心深处却是对家庭团圆的向往。

打扮，多像一只爱臭美的小山羊！"

母亲开心地笑了。

家里只剩下了我和她，她坐到沙发上，蜷起腿来，拍了拍她身边的地方，说："到我这儿来！你过得怎么样？不好，是吧？"

我过得怎么样？

"我不知道。"

"外祖父打你吗？"

"现在不怎么打了！"

"是吗？随便给我讲点儿什么，好不好？"

我不想讲外祖父，我讲到了那个曾经在这个房子里住过的可爱的人，但是大家都不喜欢他，外祖父把他赶走了。看得出来，母亲对这个故事似乎不感兴趣。她说："说吧，还有什么？"

我又讲了三兄弟的事，讲了上校把我从院子里轰出来的事。她紧紧搂着我，说："这人可真够可恶的！"

她不再说话了，微微皱着眉头，眼睛望着地板，直摇头。

"外祖父为什么生你的气？"我问。

"我对不起他！"

"你应该把小孩给他带回来……"

她的身子一震，蹙起眉头，咬着嘴唇，然后搂紧我，哈哈大笑起来。

"哎呀，你这个小傻瓜！你别再提这件事了，听见没有？别再说了，想都别去想！"

她小声而严肃地讲了许多话，可我没有听懂。后来

"现在不怎么打了"，说明阿廖沙以前是经常挨打的。

阿廖沙给母亲讲自己生活中印象深刻的事情，但母亲却不感兴趣，她不想走进阿廖沙的内心世界，这与前文母亲对阿廖沙热切的关心形成反差。

181

她站起身来，在房间里走来走去，用手指敲打着下巴，浓密的眉毛在不停地动。

桌上的蜡烛滴落下一滴滴烛泪，火光映照在空空的镜子里。脏污的黑影在地板上爬行，墙角的圣像前的长明灯发着微微的光亮，结满冰晶的玻璃窗被月光染成了银白色。母亲左瞧右看，好像在光秃秃的墙壁和天花板上寻找着什么。

"你什么时候睡觉？"

"再过一会儿。"

"对，你白天睡过了。"她想起来了，叹了一口气。

"你要走吗？"我问。

"去哪儿？"她吃惊地问，把我的头向上抬起，对着我的脸看了又看，我的眼泪从眼里涌了出来。

"你怎么啦？"

"脖子疼。"

心也在疼，我一下子感觉到她不会在这个家里生活下去的，她肯定还要走的。

"你将来会像你的父亲，"她说着，把擦脚垫踢到了一边，"你外祖母跟你讲过他吗？"

"讲过。"

"她很喜欢马克西姆，非常喜欢！他也喜欢她……"

"我知道。"

母亲看了一眼蜡烛，皱起眉头，把它熄灭了，说："这样更好！"

是的，这样更清新、更洁净一些，漆黑脏污的影子不再游移了，地板上洒下斑驳的月光，幽蓝而明亮，玻

阿廖沙的早熟让阿廖沙敏感地感觉到了母亲在这个家庭尴尬的处境，他知道母亲没有办法真正地待在这个家里，却不舍得母亲再次离开。他心中无比挣扎，既想依偎在母亲身边感受母爱，又想母亲能够脱离这里，获得幸福。

璃窗上金光灿灿。

"你以前都住过哪些地方啊？"

她仿佛是在回忆很久远的事情，说了几个城市的名字。她像一只鹞鹰，在房间里无声地盘旋。

"你的衣服是从哪儿买来的？"

"我自己缝的，我什么都自己做。"

令人高兴的是她谁也不像，可叫人忧心的是她说话很少，如果不问她，她就一句也不说。

她又挨着我在沙发上坐下来，我们默默地坐着，靠得很近，一直坐到两位老人回来。他们身上散发出蜡烛和香烛的味道，一副庄重肃静又慈祥可亲的神态。

吃晚饭时一家人其乐融融的，彼此都彬彬有礼，但却很少说话，都很谨慎，像是怕惊扰了谁的梦境。

没过多久，母亲就开始饶有兴致地教我认世俗体的文字。她买了几本书，其中有一本《国语》，通过学这本书，我在几天之内就掌握了阅读世俗体印刷的书籍的本领。可是母亲又马上让我背诵诗，从这以后，我们之间的不愉快就开始了。

有这样一首诗：

　　　大路啊，你笔直而宽广，

　　　那是上帝赋予你的广阔胸膛。

　　　镐头和铁锹不能铲平你的身躯，

　　　急劲马蹄践踏下的你坦荡绵软灰尘飞扬。

我总把"宽广"读成"平常"，把"铲"读成"砍"，还把"马蹄"的第三格错读成第二格。

"喂，你想想，"母亲启发我说，"为什么读成"平常"？真是个小笨蛋！是"宽广"，明白吗？"

我明白，可是一张嘴又读成了"平常"，我自己也觉得奇怪。

阿廖沙很聪明，学习也很认真，但他想在母亲面前表现出自己更好的一面，因此不可避免地紧张，紧张总让阿廖沙发挥失常。

她生气了，说我愚笨又固执，我听了觉得很委屈。我很用心地在心里背诵那些可恶的诗句，在心里默念时一点儿错也没有，可是一出口肯定就出错。我开始憎恶起这些捉摸不透的诗句，一生气就有意读错，常常荒谬地把一些发音相似的词排成一行，我很喜欢那些没有任何意义的像被施了魔法似的诗句。

然而，对这种文字游戏的喜好最终给了我一个教训。这一天，在顺利地完成了功课之后，母亲问我是否背会了那首诗，我就不由自主地脱口而出："一条路，两个角，奶渣子，便宜货，马蹄下，神文倒，洗衣盆……"

待我明白过来时已经晚了，母亲两手支着桌子，唰地一下站了起来，一字一顿地问："这——是——些——什——么？"

"我不知道。"我一下子傻了。

"不，你知道，到底是什么？"

"就是这个。"

"这个是什么？"

"好玩。"

"站到墙角去！"

长久的分离让阿廖沙和母亲互相之间并不了解，而母亲急切地想让阿廖沙接受正式的教育，这让他们之间产生了隔阂。

"为什么？"我明知故问。

她声音很低，但很威严，又重复了一遍："站到墙角去！"

"哪个墙角？"

她没理我，直盯着我的脸，我顿时慌了神，不明白她要做什么。供神像的那个墙角有一张圆桌子，上面摆着一个装有干枯花草的花瓶；另一个墙角里放着一只箱子，上面铺着一块地毯；还有一个墙角放着一张床；而第四个墙角是不存在的，因为门框紧贴着墙。

"我不知道你要做什么。"我说，始终没明白她的用意。

她坐下来，沉默了一会儿，抹了一把前额和脸颊，问道："你外祖父让你站过墙角吗？"

"什么时候？"

"随便什么时候！"她拍了两下桌子，叫道。

"没有，我不记得有过。"

"你知道站墙角是一种惩罚吗？"

"不知道。为什么要惩罚我？"

她叹了口气："唉！过来！"

我走过去，问她："你为什么要对我喊叫？"

"那你为什么要故意把诗念错？"

我尽力向她解释，说我一闭上眼睛就很清楚地记得那些诗句，跟印在书上的一模一样，可是一读出来，就读错了。

"你是不是故意这样做的？"

我回答说不是，但我也吃不准，想道：或许我是假装的？于是我不慌不忙地把那段诗背诵了一遍，竟然一字不差！这让我自己也感到惊讶，也更让我羞愧。

我感觉我的脸一下子肿胀起来，耳朵充血，有一种热辣辣的感觉，脑袋在嗡嗡响，别提有多难受了。我站

阿廖沙不理解"站墙角"是一种惩罚，因为外祖父的惩罚从来都是暴力和打骂，这让母亲窥视到阿廖沙过往的生活，所以母亲无奈又伤心，没办法再对阿廖沙生气。

在母亲面前，羞愧得满脸通红，透过泪水我看见她的脸黯淡下来，现出了悲伤的神色，她双唇紧闭，两道眉也紧蹙到一起。

"这是怎么回事？"母亲问，声音都变了调，"就是说，你是故意的了？"

"我也不知道，我本不想……"

"你还挺难管的，"母亲说着低下头，"你走吧！"

她开始要求我背越来越多的诗，可我的记忆却越来越糟，很难接受这些规规矩矩的诗句。我产生了一个强烈的愿望，而且这个愿望越来越难以克制，那就是：我总想改写这些诗句，让它们变换一种语句，给它们配上新的词汇。这一点我很容易就办得到，一些不必要的字眼总是蜂拥而来，很快就跟书上那些必须要记住的诗句混淆了。常有这样的情形，整整一行诗在我眼前一掠而过，我却视而不见，无论我怎么努力，可就是抓不住它们，不给我的记忆留下任何痕迹。有一首哀怨的诗，好像是维亚捷姆斯基①公爵写的，给我带来了许多烦恼：

> 不管是清晨还是夜晚，
>
> 不管是老人还是寡母孤儿，
>
> 挎着讨饭篮站在窗前，
>
> 以基督的名义向人讨饭。

而我却把第三句给忘得一干二净。

母亲气愤地把我的"事迹"讲给外祖父听，他恨恨地说："他就是被惯的！他的记性好着呢，祈祷词记得比我都牢。他在骗你呢，他的记忆力像石头一样，一旦

① 维亚捷姆斯基（1792—1878）：俄国诗人、评论家，是普希金青年时代的朋友。

刻上去就再也抹不掉了！你狠抽他一顿！"

外祖母也揭发我："童话能背下来，歌词也能背下来，那歌词不也是诗歌吗？"

这话确实有道理。我感觉自己做错了什么事，可刚一开始背诗，另外一些词就会不知从什么地方冒出来，像一只只蟑螂排着队爬出来。

> 在我家的门前，
>
> 有许多老人和没娘的孩儿，
>
> 走啊，求啊，给个面包吧，
>
> 把要来的交给彼得罗芙娜，
>
> 卖给她后去买牛，
>
> 到山沟里去喝酒。

夜里，我和外祖母躺在吊床上，我不厌其烦地把我从书里学来的、我自己编的诗念给她听，她偶尔哈哈大笑，但更多的时候是在责备我："你这不是什么都知道，什么都会嘛！可是，千万不要嘲笑乞丐，上帝保佑他们！耶稣当过乞丐，所有的圣人都当过乞丐……"

我继续念叨着：

> 乞丐我不爱，
>
> 外祖父亦非我所爱，
>
> 这可该咋办？
>
> 上帝别怪我！
>
> 是外祖父总来找我的碴儿，
>
> 找到我就要挨顿打……

"你在胡说什么，烂掉你的舌头！"外祖母生气了，"你外祖父听见了这些话，可有你好瞧的！"

阿廖沙把外祖父的暴力行为编成诗歌，表现出阿廖沙的聪明才智和在诗歌创作上的敏锐和细腻。

"那就让他听见好了！"

"你总是淘气，总惹你妈妈生气！你不气她，她就已经够难过了。"外祖母忧心忡忡又和蔼可亲地劝说我。

"那她为什么难过？"

"不许你多问！你不懂……"

"我知道，因为外祖父……"

"我叫你闭嘴！"

我的生活一团糟，我有一种近乎绝望的感觉，可不知道为什么，我想掩饰这一点，于是便装作满不在乎，依旧我行我素。

母亲教我的功课越来越多，也越来越难懂。我数学学得很快，可却没有耐心写字，对语法几乎一窍不通。最令我苦恼的是：我看到并感觉到，母亲在外祖父家生活得很不开心，她整天愁眉不展，总是用异样的目光看着所有人，常常一个人在朝向花园的窗前呆呆地站上半天，整个人都无精打采的。刚来的那几天，她动作那么轻快，充满了朝气。可是现在，她的眼睛下面出现了黑眼圈，一连好几天也不梳头，衣服皱巴巴的，扣子也不系，这破坏了她的形象，也让我感到难过，她应该永远漂亮、端庄，永远衣着整洁清新，应该比所有人都美！

给我上课的时候，她怅然若失地越过我的头顶，望着墙壁或窗户，用疲倦的声音提问我功课，常常忘记我的回答。她越来越爱发脾气，爱喊叫，这也让我难过，母亲应该比任何人都公正，像童话中讲的那样。

有时我问她："你和我们在一起不开心吗？"

她很生气地说："做你自己的事吧！"

用对比的手法写出了母亲在外祖父家度日艰难，不修边幅和毫无精神的母亲让阿廖沙由衷地心疼和难过。

母亲在阿廖沙成长过程中的缺失，让阿廖沙在童话故事里寻找安慰，他也因此把母亲幻想成一个更厉害、更慈爱的人，但母亲深陷生活的囹圄，自顾不暇，无法给予阿廖沙所有的包容和爱。

我还发现，外祖父在谋划着一件什么事，这件事让外祖母和母亲很担惊受怕。他常到母亲的房间里去，关紧了房门，对母亲大声咆哮，嗓音尖尖的，就跟那个驼背的牧羊人尼卡诺尔的竹笛声一样刺耳。有一次他们争吵的时候，母亲高声喊了一句，甚至整个房子里的人都能听到："绝不可能，门儿都没有！"

她砰的一声关上门就出去了，外祖父在她身后哭号起来。

这件事发生在晚上，当时外祖母坐在桌旁给外祖父缝衣服，一边自言自语地说着什么。关门声传来，她仔细听了听，说："老天爷，她到房客家去了。"

外祖父突然闯进厨房里来，直奔外祖母，挥手照她的头就是一巴掌，然后甩着打疼了的手，恶狠狠地骂着："臭婆娘，不该说的不要瞎说！"

"你这个老糊涂蛋，"外祖母整了整被打歪的帽子，心平气和地说，"想让我不说出来，不可能！只要我知道了你的鬼主意，我就都告诉她……"

他向她猛扑过去，抡起雨点儿般的拳头击打外祖母的头，外祖母不躲闪也不反抗，她说："好啊，你打吧，打吧，傻瓜！给你打吧！"

我从吊床上向他们扔枕头、被子，又把皮靴扔过去，可是暴怒的外祖父并没有注意到我扔东西。外祖母摔倒在地上，他用脚踢外祖母的头，后来他被绊了一下摔倒了，撞翻了水桶。他跳起来，不停地吐着口水，呼哧呼哧喘着粗气，恶狠狠地回头望了一眼，跑到自己的阁楼上去了。外祖母哼哼呀呀地站起身，坐到板凳上，慢慢

无论母亲是不是童话故事里那个正直理性的人，阿廖沙都发自内心地关心母亲的情绪，他希望母亲能够幸福。

母亲的处境更加艰难，而外祖父在母亲刚回来时展现出来的宽容和包容的父爱，也不过是昙花一现，这预示着母亲终将走向悲剧的结局。

地整理凌乱的头发。我从吊床上跳下来,她气呼呼地对我说:"把枕头什么的都捡起来放到炕炉上!你真想得出来,还扔枕头!这是你该管的事吗?那个老魔鬼疯了,混蛋!"

突然,她"哎哟哎哟"地叫起来,紧皱着眉头,低下头来招呼我:"快给我看看,这个地方怎么这么疼呢?"

这样的场景让阿廖沙害怕得失去知觉,但对外祖母和母亲的爱让阿廖沙变得勇敢,他克服了自己的恐惧。

我把她浓密的头发扒开,原来一根发卡深深地扎进了她的头皮里,我用力把它拔出来,可又发现了一根,我的手指不听使唤。

"最好去叫我妈妈,我害怕!"

她摆摆手,说:"你要做什么?我看你敢叫!没让她听见看见就谢天谢地了,现在你还要去叫!到一边儿去!"

她那织花边儿的纤柔的手指在浓密油黑的头发里摸索着,我只好鼓足了勇气,又帮她从皮肉里拔出两个变弯了的粗发卡。

"疼吗?"

"没事儿,明天洗个热水澡,把伤口冲冲就好了。"

外祖母一味地委曲求全,情愿自己默默地忍受痛苦。

她柔声细语地请求我:"宝贝,你别告诉你妈妈他打我了啊,听见没?就算没这件事,他们俩的仇恨已经够深的了。你不会告诉她吧?"

"不告诉。"

"好,记住啊!咱们把东西收拾收拾。我的脸没破吧?没有?那就好,这样就能瞒过去了……"

她开始擦地板,我由衷地说:"你真是圣人,别人折磨你，让你受罪，你却满不在乎！"

"你说什么蠢话？圣人……你可真想得出来！"

她唠唠叨叨地说了半天，在地上来来回回地擦着地板。我坐在炕炉台阶上，想着怎么才能替外祖母报仇。

这是他第一次在我面前如此可憎又残暴地殴打外祖母。昏暗中，我的眼前浮现出他那张通红的脸，红头发向上飘扬着，我心中的屈辱感像火烧一般地沸腾着，我为自己想不出个报仇的好办法而懊恼。

两天以后，我为了什么事到阁楼上找他，看见他坐在地板上，面前放着一只打开的箱子，他正在整理里边的文件。椅子上放着他的宝贝教堂日历——十二张灰色的厚纸，每一张纸上按照一个月的天数分成若干个小方格，每一个方格里都画着那一天要纪念的圣徒的头像。外祖父十分珍爱这本教堂日历，他很少让我看，只是在他对我特别满意的时候才给我看。每次我都是怀着一种特殊的情感，仔细地欣赏这些紧密地排列在一起的灰色人物画像，它们又小又可爱。

我对其中几个圣徒的经历是有所了解的：基里可、乌莉塔、受苦受难的瓦尔瓦拉、潘苔雷蒙及许多其他人物。我尤其喜欢神人阿列克谢的富有悲剧色彩的经历和赞美他的美妙诗句，外祖母曾多次动情地给我朗读过。当你看着这数百个人物的画像时，你心中会感到些许的安慰：原来世上受苦的人这么多啊！

但是现在，我决定剪碎这本教堂日历。趁外祖父走到窗口看一张印有双鹰的蓝色文件时，我抓起几张飞快地跑下阁楼，从外祖母的桌子里抽出一把剪刀，爬到吊

阿廖沙见过外祖父打别人，也被外祖父毒打过，但都没有亲眼看到外祖父毒打外祖母感到气愤，他在无比愤怒的情绪下产生了报仇的想法，为下文阿廖沙的"报仇行为"埋下伏笔。

床上，把几个圣像的脑袋剪了下来。我刚剪了一排，忽然觉得有点儿可惜，于是我开始沿着边框一格一格地剪，可是还没等我剪完第二排，外祖父就出现了，他站到台阶上问："谁叫你拿走教堂日历的？"

他看见撒满木床的一张张方块纸片，用手抓起来，举到眼前细看看，扔掉了又抓起来，气得下巴都歪了，胡子一跳一跳地，呼呼地喘着粗气，将纸片吹落了一地。

"你做了什么？"他叫喊着，最后抓住我的一只脚把我往下拉，我腾空翻了下来，外祖母伸手接住了我。外祖父挥着拳头打了她又打我，尖声叫着说："我打死你们！"

母亲跑过来，我躲到墙角的炕炉边，她护着我，一把抓住在她眼前挥舞的外祖父的胳膊，将他推开了，说："胡闹什么？清醒点儿吧！"

外祖父瘫坐在窗边的板凳上，干号起来："你们打死我吧！都来跟我作对，啊……"

"您不害臊吗？"母亲的声音沉厚有力，"您为什么总是这样暴力？"

外祖父叫喊着，用脚猛踹板凳，胡子很滑稽地向天棚翘着。他闭着两只眼睛，我觉得他是因为在母亲面前感到羞愧，所以就把眼睛闭上了。

母亲看了看那些剪下来的纸片，说："我把这些贴到白布上，那样会更好看，更结实，"她看着那些剪下来的纸片和书页说，"您瞧，都揉坏了，压出了褶子，撒得到处都是……"

她跟他说话的口气，就像是在跟上课时听不懂课的

阿廖沙第一次被外祖父毒打的时候母亲逃避了，但现在母亲却勇敢地站在阿廖沙的面前，坚定地保护阿廖沙，这样的变化，说明母亲在外的生活一定是困难且痛苦的，这使她生出了更多的力量和勇气。

年老的外祖父面对强大的母亲不敢继续对阿廖沙动手，为了保留自己的面子，他选择撒泼打滚。

我说话一样。外祖父一下子站了起来，一本正经地整了整衬衣和坎肩，咳了一声，说："今天就得贴！明天我再把剩下的给你。"

他向房门走去，走到门口又回过身来，用弯曲的手指指着我："应该揍你一顿！"

"该揍！"母亲赞同地说，俯下身来问我，"你为什么要这样做？"

"我是故意的。让他别再打我外祖母了，不然我连他的胡子也剪掉……"

外祖母脱下撕破的上衣，摇着头责备地说："你不是答应不说了吗？"

她说完朝地板吐了一口："烂掉你的舌头，烂得你动也动不了，卷也卷不上去！"

母亲看了她一眼，在厨房里踱起步来，走到我面前问我："他什么时候打她的？"

"你呀，瓦尔瓦拉，你怎么好意思问他这个，这关你什么事？"外祖母生气地说。

母亲抱住她："哎呀，妈妈，你真是我的好妈妈……"
"什么好妈妈！去吧……"

她们相互对视了一下，沉默下来，各自走开了，因为外祖父在过道里。

母亲刚来不久，就和那位女房客——军人的妻子——交上了朋友，她几乎每天晚上都到她的房间去，贝特连家的漂亮小姐和军官也常去。对此，外祖父很不高兴，在吃晚饭的时候，他不止一次像要打人似的挥着羹匙，气呼呼地说："该死的东西，又凑一起去了！这

外祖父融入不进别人的热闹，因此心生嫉妒，要把这一切都破坏掉。

193

回到天亮你都别想睡觉。"

没多久他就要求房客腾房子，等他们搬走了以后，他不知从哪里运来了两大车各式各样的家具，摆到了前边的房间里，又用一把大锁把门锁上了。

"咱们不需要房客，从现在起，我自己来请客！"

果然，一到节日家里就会来许多客人。常来的有外祖母的妹妹莫特里娅·伊凡诺芙娜，她是个吵吵嚷嚷的洗衣妇，长着一只大鼻子，爱穿一件带条纹的丝绸连衣裙，戴一顶金黄色的帽子。跟她一起来的还有她的两个儿子：瓦西里和维克托。瓦西里是个绘图员，留着长发，人很善良，也很活泼。维克托的衣着花花绿绿的，脑袋长得跟马头一样，长长的大脸上满是雀斑，刚进门脱鞋的时候，就像个彼得鲁什卡①似的哼哼唧唧地开始唱："安德烈爸爸，安德烈爸爸……"

这让我既惊讶又害怕。

雅科夫舅舅常带着吉他来，还领来一个独眼秃头的钟表匠。这个钟表匠穿着件黑色的礼服，沉静得像个老僧侣。他总是笑眯眯地坐在角落里，他的样子很古怪，脑袋低低地歪着，一根手指支着剃得光光的双下巴将脑袋托住。他脸色阴郁，那只独眼看人时显得特别专注，他很少说话，老爱重复这样的话："别费心了，无所谓的……"

第一次见到他，让我突然想起了很久以前的一件事。那时我们还住在新街，大门外传来响亮而令人不安的敲鼓声。大街上，一辆高高的黑色大马车被士兵和行人簇

① 彼得鲁什卡：俄罗斯木偶剧中的丑角。

194

拥着，从监狱向广场的方向行进，一个子不高的人坐在马车上的一个板凳上，头上戴顶圆毡帽，手脚戴着镣铐，胸前挂着一块写着很大的白字的黑牌子。那个人低着头，好像在读牌子上的字，镣铐随着身体的摇晃叮当作响。这时，我听到母亲对钟表匠说"这是我的儿子"，我一惊，吓得连连后退，把手背到了身后。

钟表匠奇怪的长相和神态让阿廖沙对他产生了强烈的兴趣。

"别费心了，"他说，整个嘴巴很吓人地向右耳朵歪了过去，他将我拦腰抱起来，快速而轻盈地转了一圈，然后把我放下，称赞说："不错，这孩子挺结实……"

我爬到角落里的一张皮沙发椅上，椅子很大，能躺得下一个人，外祖父常炫耀说，这是格鲁吉亚公爵的宝座。我爬了上去，看着大人们如何消遣娱乐，看着钟表匠的面孔怎样古怪而又让人百思不得其解地变化。他脸上的表情不断变换，浓如油脂，淡如清水，在溶解，在流淌。他笑的时候，厚厚的嘴唇就咧到右侧脸颊上去了，小小的鼻子也像盘子里的饺子似的滑到一边。奇怪的是，他那两只肥大的招风耳，时而和那只能看见的眼睛连同眉毛一起忽上忽下地乱动，时而又贴向两颊的颧骨，让人感觉到，如果他愿意的话，他可以把这两只耳朵当作两个手掌将鼻子捂住。有时他做个深呼吸，那个像捣槌一样的发黑的圆舌头就伸出来了，灵活地向两只耳朵画个圆圈儿，一下下地舔舐油腻腻的肥厚的嘴唇。这一切其实并不好玩，只是让我感到吃惊罢了，让我禁不住想去观察他。

大家喝着掺了甜酒的茶，这种茶有一股干炒过的葱叶子的味道，喝的酒是外祖母自酿的：黄的像金子，黑

195

的如焦油，还有绿色的。吃着味道浓郁的酸奶和带罂粟籽的奶油蜜糖饼，一个个满头大汗，鼓着腮帮子，对外祖母赞不绝口。酒足饭饱之后，大家脸上泛着红光，肚子都滚圆了，彬彬有礼地靠在椅子里，懒洋洋地请雅科夫舅舅弹奏曲子。

舅舅俯下身来开始拨弄琴弦，伴随着琴声他开始唱起来，唱得很低沉，让人听了很不舒服：

　　　　哎嗨哟，开心享乐了一夜夜，

　　　　闹了个满城风雪，

　　　　再把这一切快乐，

　　　　向喀山女郎来细说……

我觉得这是一首词曲低沉忧伤的歌。外祖母说："雅科夫，换个别的曲子吧，振奋点儿的，好不好？莫特里娅，你还记得从前唱的歌吗？"

洗衣妇整理了一下沙沙作响的衣裙，一本正经地说："老太太，如今不流行了……"

舅舅眯着眼睛看着外祖母，好像她离他很遥远一样，他仍然不厌其烦地弹奏着悲凉的曲子，唱着令人生厌的歌。

外祖父神秘地跟钟表匠交谈着，用手指向他比画着，而钟表匠扬着眉毛直往母亲那边看，还不住地点头，那张脸上的表情如难以捕捉的水一样开始流淌了。

母亲坐在谢尔盖耶夫兄弟[①]中间，和瓦西里低声又严肃地谈着什么，瓦西里深呼一口气，说："好的，好的，应该考虑一下……"

从外祖父和钟表匠对母亲的打量中可以看出，母亲是他们谈话的核心，为下文外祖父想把母亲许配给钟表匠埋下伏笔。

① 谢尔盖耶夫兄弟：指外祖母的妹妹、洗衣妇的两个儿子瓦西里和维克托。

196

而维克托一脸的兴奋，在地板上不停地搓着脚，突然又哼哼唧唧地唱起来："安德烈爸爸，安德烈爸爸……"

大家很吃惊，不声不响地看着他。洗衣妇郑重地解释说："这是他从剧院里学来的，那里都是这样唱的……"

这种沉闷无聊的晚会开了两三次以后，在一个星期日的下午，我们刚刚做完午祷，那个钟表匠就来了。当时我坐在母亲的房间里，正帮她从破旧的刺绣上往下拆小玻璃珠，门突然一下子被打开了，外祖母那惊慌不安的脸孔探了进来又即刻消失了，只大声说了一句："瓦里娅，他来了！"

母亲坐在那里纹丝未动。门又开了，外祖父站在门口，很严厉地说："穿好衣服，瓦尔瓦拉，走！"

母亲没有起身，也不看他，问道："去哪儿？"

"听从上帝的召唤！你别再固执了，他人很踏实，在本行里也是个能手，对阿列克谢来说也是个好父亲……"

外祖父说得很郑重，还不停地用手掌摩挲腰的两侧，可是弯向身后的两个胳膊肘在不停地抖动，似乎他的两只手要往前伸，而他在竭力地按住它们。

母亲平静地打断他："我跟您说了，这办不到……"

外祖父向她面前跨了一步，伸出两只手，像个瞎子似的向前躬着腰，毛发都竖立起来，声音嘶哑地叫道："走！不然我揪住你的头发，拖也要把你拖去……"

"您要拖我？"母亲起身问道，她脸色苍白，眼睛可怕地眯成一条缝，开始快速地脱掉外衣和裙子，身上只剩了一件衬衣，她走到外祖父面前，"拖吧！"

外祖父强调钟表匠是个好人，以此来劝说母亲嫁给他，但从前文作者多次对钟表匠油腻恶心的外貌描写和阿廖沙对钟表匠的直觉反感来看，钟表匠并不像外祖父说的那么好。

外祖父的潜意识动作出卖了他，他掐着腰，按捺着自己想把母亲拖出去的冲动，说明这件事让外祖父很心虚，背后一定藏着很大的阴谋。

"拖"字凸显出了外祖父的专横、蛮力，以及他对母亲的强行逼婚。

197

他龇着牙，举起拳头来威胁她说："瓦尔瓦拉，穿上！"

母亲用一只手撞开他，抓住门把手说："好，走吧！"

"我诅咒你！"外祖父小声说。

"我不怕！你又能怎样？"

她打开房门，外祖父抓住她衬衣的衣襟，屈着膝盖，哀求道："瓦尔瓦拉，你这个魔鬼，你这是在毁掉你自己啊！你别去丢人……"

他又低声可怜地哭诉起来："老婆子，老婆子……"

外祖母已经挡住了母亲的去路，向她挥着手，就像轰赶一只母鸡一样把她赶回了房间，从牙缝里挤出话来："瓦里娅，傻丫头，你这是做什么？回去，注意下自己的形象！"

外祖母把她推进屋后，插上了房门，她向外祖父俯下身来，一只手往上扶着他，另一只手指着他说："喂！你这个老东西，简直昏了头！"

她把他放到沙发上，他像个破布娃娃似的瘫软在一边，抽动着嘴，不住地摇头。外祖母对母亲喊道："快穿上衣服，你！"

母亲拾起地板上的衣服，说："我不去见他，听见了吗？"

外祖母把我从沙发上拉下来，说："去取点儿水来，快去！"

她说的声音很低，像是耳语一样，但平和中又带着威严。我跑到过道，从前屋里传来均匀而有力的脚步声。母亲在她的房间里高声喊道："我明天就走！"

我进了厨房，坐到窗旁，感觉像在梦中。

外祖父在呻吟啜泣，外祖母在埋怨唠叨。后来，门哐当一声关上了，一切变得寂静可怕。我突然想起到厨房来的目的，我用一个铜质的长柄勺取了点儿水，走进过道里，那个钟表匠从前屋走出来，低着头，用手抚摩着皮帽子，干咳了两声。外祖母两手相合贴在肚子上，向他深鞠一躬，轻柔地说："您是知道的，感情是勉强不来的……"

他被台阶前的门槛绊了一下，一个趔趄冲到院子里。外祖母赶紧画十字，全身打战，不知是在默默地哭，还是在偷偷地笑。

"你怎么啦？"我跑过去问。

她从我手里夺过铜勺，水洒在我脚上，大声喊道："你去哪儿舀水了？把门关上！"

她进了母亲的房间，我又回到厨房里，听她们在隔壁叹气、呻吟、唠叨，就像在挪动什么力不从心的重物。

这是一个晴朗的日子，冬天的斜阳从结着冰霜的窗子射进来，饭桌上已经摆好了午餐，锡制的餐具发出暗淡的光，上面有两只长颈的玻璃瓶，一只盛着棕红色的格瓦斯，另一只装着外祖父的伏特加酒，酒里浸泡着郭公草和金丝桃。从冰霜融化了的窗玻璃上，可以看见外面房顶上耀眼的白雪，篱笆墙的柱子顶端和八哥窝，就像扣着银色的帽子一样，在阳光下熠熠生辉。阳光照进窗框上挂着的鸟笼里，我的鸟儿们在笼子里嬉戏：欢蹦乱跳的小黄雀在啁啾，红肚子的灰雀叫声吱吱，红额的金翅雀引吭高歌。然而，这样一个银白、鸟儿欢唱的晴

用比喻的方式写出外祖母和母亲之间对话时的语气沉重、气氛压抑。

大量的细节环境描写突出了周围环境的美好，好像一切都在往好的方向发展，但实际上这个家庭却被阴沉的氛围笼罩，这样的对比形成鲜明的反差，为下文母亲和阿廖沙一起离开这个令人窒息的环境埋下伏笔。

朗日子却让人高兴不起来，似乎它完全是多余的，一切都是多余的。我突然想把鸟儿放飞，于是就开始摘鸟笼。

这时外祖母跑进来，两只手拍着腰，奔向灶台，骂道：“哎呀，你们这些该死的玩意儿，你们真该死！哎，阿库琳娜，你这个老糊涂蛋……”

她从灶炉里掏出一块大馅饼，用手指头敲了敲，狠狠地“呸”了一口。

“看，烤煳了！看你烤的！哎呀，你们这些鬼东西，把你们都撕烂了吧！你为什么像个猫头鹰似的瞪着大眼珠子看着我？把你们当成破罐子捣烂了算了！”

她哭了起来，噘着嘴，翻来覆去地看着那块烤焦了的馅饼，用手指敲着烤干了的表皮，大滴的泪珠滴落在上面。

外祖父和母亲走进厨房，外祖母把馅饼往桌子上用力一扔，把盘子都震得跳了起来。

“看看吧，都是因为你们，让你们倒一辈子霉！”

母亲笑嘻嘻的，心情很平和，上前抱住外祖母，劝她别伤心。外祖父衣衫不整，又有点儿疲惫地坐到桌旁，把餐巾掖在衣领上，被太阳晃得眯缝起眼睛来，他开口说道：“行啦，有什么大不了的！好的馅饼咱也吃过了。上帝是吝啬的，他用几分钟的时间就算清了几年的账……他可不承认什么利息！你坐下，瓦里娅……凑合着吃吧！”

他就像个疯子似的，这一顿饭他一直在谈论上帝，谈论那个不信神的亚哈，谈论当一个父亲的艰难。外祖母气呼呼地打断了他：“你还是吃饭吧！”

坚强的外祖母为一块烤焦的馅饼哭泣，既说明了外祖母的节俭，也从侧面反映了当时人们生活的困苦。但一向积极乐观的外祖母是不会因为这点小事情崩溃的，烤糊的馅饼更像是压垮骆驼的最后一根稻草，外祖母在母亲和外祖父之间进退两难，她知道，好不容易回来的女儿一定快要下定决心离开这里了，这才是外祖母真正伤心的原因。

母亲闪动着明亮的眼睛，说笑着。

"怎么，你刚才吓坏了吧？"她碰了我一下问。

不，刚才我并不怎么害怕，可是现在倒觉得有点儿别扭，有点儿困惑。他们像过节一样吃了很长时间，吃得也特别多，就好像半小时前相互吵骂、扭打、涕泪横流、号啕不止的那些人不是他们似的，已经很难再相信他们做这些事是认真的，也很难相信他们是不轻易落泪的。眼泪、叫喊以及所有那些相互的折磨，都是经常地爆发，又很快就熄灭，这一切都已经让我习以为常了，已经不能再刺激我，越来越打动不了我的心了。

很久之后我才明白，由于贫穷和饥饿，俄罗斯人似乎都喜欢用痛苦来消愁解闷，像孩子似的与痛苦嬉闹玩耍，而且很少为自己的不幸而感到羞愧。

在无尽的岁月中，不幸就是节日，火灾就是狂欢，在没有表情的面孔上，伤痕也成了点缀……

大人吵架来得快去得也快，像是无聊生活中的一味调剂，但孩子们所生活的世界和感知都是大人带来的，他们无法理解大人们瞬息万变的情绪，却在一日一日的惊恐中越来越不安。

　　母亲教我的功课越来越多，也越来越难懂。我

数学学得很快，可却没有耐心写字，对语法几乎一窍

不通。

第十一章

自此以后，母亲突然变得强大起来，她在这个家里昂首挺胸，俨然成了一家之主。而外祖父却变得缩头缩脑了，整天愁眉苦脸、一言不发，与原先的他判若两人。

他几乎不再出门了，成天一个人待在阁楼里，读一本神秘的书——《我父亲的札记》。这本书藏在一个上了锁的箱子里，我不止一次见到过，他每次取出来之前都要先洗手。书的内容很简短但很厚，包着棕褐色的皮质封面，淡蓝色的扉页上写有一行花体字：赠予尊敬的瓦西里·卡希林以表感激之情，惠存。落款是个很奇怪的名字，最后一个字母像一只飞翔的小鸟。外祖父小心翼翼地打开厚厚的书皮，戴上银框眼镜，端详着那行题词。他为了戴好眼镜，皱了半天鼻梁。我不止一次问过他："这是本什么书？"

他总是庄重地说："这你现在不需要知道！等我死了，我会赠给你的，还有我的浣熊皮衣也给你。"

他跟母亲说话温和多了，但是也少多了，他总是专注地听她说话，眼睛像彼得大叔一样闪着亮光，之后还

母亲强烈而有力的反抗挑战了外祖父的权威，同时外祖父因为年纪的增长也不再像以前那样独断，种种原因导致了他们家庭地位的变化。

通过对外祖父一系列细节描写，可以看出外祖父对这本书的珍视。

不时地喃喃自语："嗯，好吧！你喜欢怎样就怎样吧……"

他那几只大箱子里，放着许多贵重的衣物：花缎的裙子，缎面的女式坎肩，真丝的无袖长衫，银线织成的镶嵌着珍珠的头饰，色彩艳丽的帽子和头巾，沉甸甸的莫尔多瓦项链，还有各种宝石项链。他把这些都抱到母亲的房间里，摆在椅子上、桌子上。母亲欣赏着，外祖父说："我们那个时候，衣服要比现在的漂亮、华贵多了！衣服多，而且生活简单也好过。那个时代过去了，一去不返喽！来，你穿上试一试……"

有一天，母亲去了隔壁房间，回来时穿上了一件金线缝制的天蓝色无袖长衫，头上戴着镶珍珠的双角帽。她向外祖父深鞠一躬，问道："好看吗，父亲大人？"

外祖父干咳了两声，整个人精神抖擞起来，他围着她转了一圈，摊开双手，舞动着手指，像说梦话似的含混不清地说："唉，瓦里娅，如果你是位富家小姐，如果你身边的都是些好人，将是何等的风光啊……"

现在，母亲住前面的两个房间，她那里常有客人出入，其中最常来的是马克西莫夫兄弟：一个叫彼得，是一位身材魁梧又英俊的军官，留着金黄色的大胡子，有一双深蓝的眼睛。那次我吐了老贵族一口口水，外祖父就是在他面前揍了我。另一个叫叶夫根尼，个子也很高，腿很细，面孔苍白，留着黑黑的尖胡子。他的眼睛大得像两个铜铃，穿着件浅绿色的制服，纽扣金光闪闪的，窄窄的双肩印着交织在一起的金色字母。他经常很利落地甩头，把带着波浪的长发从又高又光亮的前额甩向脑后，脸上挂着宽厚的微笑，他说话的声音很浑厚，他一贯用婉转的愉悦人心的话语说话："您看，我是这样想的……"

母亲微闭着眼睛听他讲话，笑着打断他说："你还只是个孩子，叶夫根尼·瓦西里耶维奇，请你别生气……"

军官哥哥用宽大的手掌一拍膝盖，说："他就是个孩子……"

圣诞节过得非常热闹，母亲那里几乎每天晚上都有一些穿着漂亮的人进进出出，她自己也衣着华丽，永远都比别人漂亮，她也常跟客人们一起出去。

每次她随着那些穿戴花花绿绿的人走了以后，这座房子就像沉入了地下一样，到处都变得静悄悄的，令人不安又寂寞。外祖母像只老母鸡似的挨个房间转，整理着屋子里的一切，而外祖父背靠在温暖的壁炉的石砖上，自言自语道："嗯，好吧，很好……咱们走着瞧吧，看能掀起什么风浪来……"

圣诞节过后，母亲送我和米哈伊尔舅舅的儿子萨沙上学了。舅舅又娶了老婆，萨沙的后妈从一开始就不喜欢萨沙，还打他。在外祖母的坚持下，外祖父把他接了过来。转眼我们上了一个月的学了，学校里教授的一切，我只记住了该如何来回答"你姓什么"的问题，就是你不能简单回答说"彼什科夫"，而要说"我姓彼什科夫"，甚至不能对老师说"哥们儿，你不要喊，我不怕你……"

我很快厌倦了学校。开始几天，表哥倒是对学校挺满意，很容易就找到了伙伴。可是，有一天他在上课的时候睡着了，在梦中突然很可怕地大喊起来："我再也不了……"

阿廖沙不能理解学校里为什么要有那么多规矩。

205

他被叫醒后，请假走出了教室。因为这件事，他被大家狠狠地嘲笑了一番。第二天，我们一起去上学，刚走到辛那亚广场上的洼地处，他便停下脚步，说："你去吧，我不去了，我还是去玩会儿吧。"

他蹲下身来，细心地把书包埋到雪里就走了。此时正是晴朗的一月天，明媚的银色阳光普照着万物，我真是羡慕表哥，可还是一个人去了学校，我不想让母亲伤心。萨沙埋在雪里的书包如愿以偿地丢了，第二天他就有了正当理由不去上学了，第三天他的行为就被告知了外祖父。

我们两个被带到"法庭"——厨房里，外祖父、外祖母和母亲坐在桌旁，我们接受着审问。我还记得萨沙是如何可笑地回答外祖父的问题的。

"你为什么不去上学？"

萨沙用温和的眼神盯着外祖父的脸，不慌不忙地回答："忘了学校在哪儿了！"

"忘了？"

"是的，找了半天……"

"那你跟着阿列克谢走啊，他记得！"

"我把他给丢了？"

"把阿列克谢丢了？"

"是的。"

"怎么丢的？"

萨沙想了想，叹口气说："刮起了暴风雪，什么也看不见了。"

大家都笑了，因为那天没有风，是个晴天，萨沙也拘谨地笑了一下。外祖父龇着牙，尖酸地问他："那你不会拉着他的手，或者抓住他的腰带吗？"

"我是拉着的，可风给吹开了。"萨沙解释说。

他说话时，一副懒洋洋、萎靡不振的模样，听着他的这些废话和谎话，我感觉很不自在，我甚至对他拙劣的撒谎有些害臊。

我俩被打了一顿，之后外祖父给我们雇了一个专门护送的人——一个以前当过消防队员、断了一只胳膊的小老头儿，他的任务是监视萨沙上学时不要开小差。可这也没起什么作用，第二天走到洼地时，萨沙突然蹲下身来，脱下一只毡靴扔到远处，又脱下另一只扔到另一个方向，然后他自己只穿着一双袜子顺着广场逃走了。小老头儿"啊呀啊呀"地大叫着去捡鞋，而后战战兢兢地领着我回家了。

整整一天，外祖父、外祖母和母亲走遍了全城，找这个逃跑的孩子。直到晚上，才在修道院旁边的奇尔科夫酒馆里找到萨沙，他正在那里为客人跳舞助兴呢。他被带回了家，甚至没有挨打，大家都对这个孩子的无声的倔强感到无计可施。他同我一起躺在吊床上，他向上跷着两腿，脚掌磨蹭着天花板，悄悄地对我说："后妈不爱我，父亲不疼我，爷爷也不喜欢我，我为什么要跟他们一起生活？我去问问奶奶，强盗在哪里，我去投奔他们，到时候你们谁也不会知道我在哪儿，让他们一个个都难过得要死……咱俩一起跑吧？"

我不能和他一起跑，我那时有了自己的任务——我决心当一个留着金黄色大胡子的军官，为了这个理想必

萨沙也还是一个小朋友，状况不比阿廖沙好，对生活和未来有很多怀疑。

阿廖沙有自己的目标，并且开始为目标制定计划，这是很好的，表明阿廖沙对未来是有希望和期待的。

虽然萨沙和阿廖沙在时代的影响下有些早熟，但终归还是小孩子，他们的想法可爱又纯真。

须要上学。当我向表哥讲了我的计划后，他想了想，表示同意："这样也好，将来你当军官，我当强盗首领，你要抓我，不知道谁会打死谁，或者谁会当俘虏。不过，我不会杀死你的。"

"我也不会杀死你的。"

我们就这样商定了。

外祖母来了，她爬到炕炉上，看了看我们，开口说："怎么样，小老鼠们？哎呀，两个孤儿，一对碎瓦片！"

她安抚了我们几句，开口骂萨沙的继母——那个胖大嫂娜杰日达，一个酒馆老板的女儿。后来她差不多把天下所有的继母和继父都骂了个遍，还讲了聪明的隐士约纳的故事。

在医疗手段不发达的年代，天花是一种死亡率很高的疾病，但外祖母却没有因此放弃阿廖沙，反而冒着被传染的风险来照顾阿廖沙，更凸显了外祖母对阿廖沙浓郁深厚的爱意。

早晨醒来时，我全身长满了红斑点，出天花了。我被安置在后屋的顶楼上，在那黑黑的小屋里躺了好长时间，手脚都被宽宽的带子绑着。只有外祖母常来看我，像喂小孩似的用羹匙喂我吃饭，给我讲一些没完没了，但永远都新鲜的童话故事。我做了许多怪梦，其中有一个噩梦差点儿要了我的命：那天傍晚，当时我已经快好了，我被解开了绑绳，躺在床上。为了防止我抓破脸，外祖母在手上给我缠了绷带，就像戴着一副无指手套。不知为什么，这天外祖母比平常来得要晚，这让我有点儿不安。忽然间，我看见了她，她躺在阁楼门外布满灰尘的台架子上，脸朝下，双手伸开，脖子被割开了一半，就像彼得大叔的脖子一样。灰土般的暮色中，一只大猫贪婪地瞪着一双绿绿的眼睛，正从墙角处一步步地向她逼近。

我从床上跳起来，拼命用脚踹，用肩膀撞，打破了两扇窗玻璃，跳到了院子里的雪堆上。那天晚上母亲那里来了好多客人，谁也没听见我打破玻璃、弄坏窗框的声音，我不得不在雪地上躺了很久。我哪儿都没有摔伤，只是胳膊脱臼了，身上被玻璃重重地划伤，可我的两条腿却失去了知觉，完全不听使唤了，在床上躺了三个月。我躺在床上，听着这栋房子里越来越嘈杂的人声，楼下经常有开关门的声音，有很多人进进出出。

暴风雪敲击着屋顶，发出沙沙的响声，让人感到烦闷，阁楼的门外狂风呼啸，烟囱呜咽着像是葬礼的哀乐，风口发出一阵阵爆裂声。白天有乌鸦的啼叫，宁静的夜晚从田野上传来狼的哀嚎——我的心灵就伴随着这样的音乐在成长。后来，胆怯的春天怯生生、静悄悄地来到我的窗口，太阳探进一只笑眼，春天变得越来越和蔼了。在屋顶和阁楼上，猫儿也开始叫春。春天的声音从墙壁传来，晶莹的冰柱发出清脆的断裂声，融雪在房檐下滴答不停，马车的铃铛声也比冬天更多、更清晰了。

外祖母还是常常来看我。但是她说话时嘴里散发出越来越浓的酒气，后来她总是带来一只大白茶壶，把它藏到我的床下，挤着眼睛对我说："宝贝，别告诉你外祖父那个老家伙啊！"

"你为什么要喝酒呢？"

"你别多问！长大了你就明白了……"

她从壶嘴吸了一口酒，用袖子抹干嘴唇，甜甜地笑着，问我："噢，我的小少爷，昨天我讲什么来着？"

"讲我的父亲了。"

209

"讲到什么地方了？"

我给了她提示，于是，她那娓娓动听的语言就像涓涓的小溪一样流淌起来。

她是主动向我讲我的父亲的，那天她没喝酒，心情有点儿忧郁，又显得很疲惫。她讲道："我梦见你的父亲了，好像是他走在旷野上，手里拿着根核桃木的棍子，吹着口哨，他身后跟着一只花狗，狗吐着舌头。不知道为什么，我总是能梦见马克西姆·萨瓦捷耶维奇，看来他的灵魂得不到安宁，在四处漂泊……"

她连续几个晚上讲我父亲的故事，这个故事像她讲的其他故事一样有趣。

我的祖父是个士兵出身的军官，因为虐待部下而被流放到了西伯利亚，我的父亲就是在西伯利亚出生的。他生活得很艰苦，从小就经常离家出走。有一次，祖父带着几只狗，像找兔子似的在林子里找他。还有一次，祖父把他找回来后，狠狠地揍了他，是邻居把他救走并藏了起来。

人们习以为常的暴力教育反映了当时社会的教育现状——忽视儿童的人权和心理教育。

"小孩总要挨打吗？"我问。

"那是。"外祖母平静地回答。

我的祖母很早就去世了，父亲九岁那年，祖父也去世了。他的教父——一位木匠收养了他，帮他申请加入了彼尔姆市的木工行会，开始教他木工手艺。但是父亲又跑掉了，靠在市场上给盲人领路为生。十六岁那年，他来到了尼日尼，在一个包工头科尔钦的船上当木工，二十岁的时候，他已经成了一个手艺精湛的细木工、裱糊工和装饰匠了。他做工的作坊在柯瓦里赫，与外祖父

阿廖沙的父亲命运悲惨，但他凭借自己的努力成了一个好木匠，从中可以看出阿廖沙的父亲是一个聪明勤奋的人。

210

的房子相邻。

"篱笆不高，胆子不小，"外祖母笑着说，"这一天我和瓦里娅正在园子里采摘树莓，突然，他，你的父亲，一下子翻进了篱笆，把我吓了一大跳。他从苹果树中间走出来，身穿白衬衫，天鹅绒的裤子，可却光着脚板，长长的头发用一根皮筋勒着，也没戴帽子。他这是求婚来了！我以前常看见他从窗前走过，每次看见他我都想：这小伙子真好！等他走过来时，我问他：'小伙子，你为什么不走正门？'他扑通一声跪下了，说：'阿库琳娜·伊凡诺芙娜，我的整个肉体和灵魂都在您的面前，瓦里娅也在这里，请帮帮我们吧，看在上帝的分儿上！我们要结婚！'我一下子愣住了，舌头都不好使了。我回头一看，你母亲这个小骗子，脸涨得通红，就像红红的树莓，她躲到了苹果树的后面，还不停地给他打着手势，满眼的泪水。我说：'好啊，你们这两个鬼东西，亏你们想得出来！瓦尔瓦拉，你疯了吗？还有你，年轻人，你想想看，你配摘这朵花吗？'那时候你外祖父还很有钱，孩子们还没有分家，有四处房产呢。他既有钱也有名望，还当了九年的行会会长，为此行会还发给他一顶金银绦带的帽子和一套制服，当时他神气着呢！我把该说的都说了，其实我自己也吓得直发抖，可心里又可怜他们俩：两个孩子脸色都变了。你父亲说：'我知道，瓦西里是不愿意把瓦里娅嫁给我的，所以我要偷偷地娶她，现在就求你帮助我们！'还想要我帮他们！我甚至给了他一巴掌，可他闪都不闪，说：'你就是用石头砸，我也要请你帮忙，我是不会放弃的。'这时候瓦尔瓦拉

🖋 阿廖沙的父母是自由恋爱，他们勇敢地追求自由和幸福，即使身份和地位上的差距令他们的爱情不为世俗所接纳。

211

走了过来，把一只手搭在他的肩上，说：'我们早在五月份就结婚了，我们只是需要举行个婚礼罢了。'这话像当头一棒，我差一点儿晕了过去！"

外祖母笑了起来，兴奋地晃动着身子，又闻了闻鼻烟，擦掉泪花，心情畅快地舒了口气，又接着讲了下去："你现在还不明白结婚和婚礼是怎么回事，要是一个姑娘没有举行婚礼就生了孩子，那可是灾祸临头了！你要记住，等你长大了，可千万别对姑娘做这种事情啊，你这样可是作孽呀，这对姑娘来说是不幸的，生的孩子也不合法——你一定要记住，要当心！你要善待女人，要疼爱她们，不要只图一时的快乐，这可是我的金玉良言！"

她在椅子里摇晃着身体，陷入了沉思。过了一会儿，她猛地精神一振，又讲了起来："可是，又有什么办法呢？我敲着马克西姆的脑门儿，揪扯瓦尔瓦拉的辫子。他很坚决地说：'就是打我也动摇不了我的决心！'她也说：'您还是想想怎么办吧，以后再打也不迟！'我问他：'你有钱吗？'他说：'有一些，我给瓦里娅买了戒指。''你只剩三卢布了吗？''不止，还有一百多卢布呢。'当时的钱很值钱，东西也便宜。我看着他们俩——你的父亲和母亲，心里在想，真是两个傻孩子啊！你母亲说：'我把戒指藏在地板下面了，怕你们看见，可以把它卖掉！'唉，完全是两个天真的孩子啊！事已至此又能怎么办，我们最后商定，他俩一星期后就举行婚礼，神父的事由我来安排。我都吓哭了，心怦怦跳个不停，真怕你外祖父知道了，瓦里娅也害怕。最后，总

外祖母一直在往好的方向引导阿廖沙，给阿廖沙灌输尊重女性、爱护女性的思想。外祖母出生在那样的时代，她的思想是闪光的。

算一切都安排妥当了！

"谁知你父亲有一个仇人，他是个工匠，一个阴险狡诈的家伙，他窥探到了我们的计划，暗中监视着我们。到了那一天，我给我唯一的宝贝女儿穿上了最好的衣服，领着她出了大门。街道拐角处一辆三套马车正在那里等着，她坐了上去，马克西姆吹了声口哨，他们就出发了！我边哭边往家里走，突然，那个人迎面走来，这个下流货说：'我是个好人，我不会去妨碍别人的好事的，不过，阿库琳娜·伊凡诺芙娜，为此你得给我五十卢布！'可我没有钱，我不喜欢钱，从没攒过钱。于是，我一时糊涂，立即对他说：'我没有钱，不会给你的！'他说：'你可以答应欠我的！''怎么答应欠你的，我到哪儿去弄钱？'他又说：'从有钱的丈夫那里偷点儿钱不难吧？'我真该跟他周旋一下拖住他，可我只是朝他那张丑陋的脸上啐了一口就走开了！他跑到我前面进了院子，接着就是一场混乱！"

她闭上眼睛，脸上露出微笑，继续说："甚至现在想起这些大胆的举动都还有点儿心惊肉跳的！你的外祖父当时简直成了一头发疯的野兽，对他来说这件事无疑是一个晴天霹雳，他经常看着瓦尔瓦拉，夸口说：'我一定要把瓦尔瓦拉嫁给个贵族，嫁个老爷！可竟然是这样的贵族、老爷！'至圣的圣母比我们都更清楚，谁和谁有缘分。你外祖父简直就像热锅上的蚂蚁，在院子里奔来窜去，他把雅科夫和米哈伊尔都叫了出来，还有那个麻脸的工匠和马车夫克里姆。我看见他拿上链锤，把大铁锤掖在了皮带上，米哈伊尔手里握着火枪。我们的

外祖父一定想要女儿嫁给一个贵族老爷，一是因为希望女儿有一个好的归宿，作为贵族妇人，女儿不会像普通百姓一样被压迫；二是通过女儿的婚姻获得更多的经济利益和社会地位，如果有一个贵族女婿，外祖父也会很有面子。

马可都是良种的烈性马，四轮马车很轻便，跑起来飞快，他们一定会追上的！就在这千钧一发之际，瓦尔瓦拉的守护神提醒了我，我拿来一把小刀，把车辕的皮带割了一个口子，不用说，肯定会翻车的！果不其然，车辕在半路上翻车了，还差点儿把你外祖父、米哈伊尔和克里姆摔死。他们在半路上耽搁了，等他们把车修好赶到教堂时，瓦里娅和马克西姆站在教堂的台阶上，婚礼已经举行完了，真谢天谢地！

"他们几个一拥而上要打马克西姆，可他膀大腰圆的，力大无比！他随手一扔就把米哈伊尔从台阶上扔出去好远，米哈伊尔摔断了一只胳膊，克里姆也受伤了，你外祖父、雅科夫和那个工匠都被他给镇住了。他也很生气，但并没有失去理智，他对你外祖父说：'扔掉你手中的链锤吧，不要冲我比画那玩意儿，我是个安分守己的人，我拿的是上帝赐给我的那一份，谁也别想夺走，我也不会再多向你要任何一样东西！'他们都退缩了。你外祖父坐到马车上，喊道：'永别了，瓦尔瓦拉，你不再是我的女儿，我再也不想见到你了，你活着也好，饿死也罢，都由着你去了！'回到家以后，他对我不是打就是骂，我只是哼哼几声，一句话也不说，该来的总会来的，任何苦难都是有定数的！后来他对我说：'阿库琳娜，你听着，你永远再没有这个女儿了，你给我记住！'我心里只想着一件事：你说错了，你这个红头发老鬼，怨恨是块冰，见热就融化！"

我聚精会神又贪婪地听着，在她的故事里有些东西让我感到奇怪，外祖父向我描述的母亲的婚礼完全不是

（左侧批注）

外祖母信奉的教条让她一向不敢反抗外祖父，就算被外祖父毒打、威胁生命也只是默默忍受，但外祖母这时为了成全女儿，勇敢地破坏了外祖父的马车，这更加能够看出外祖母对女儿深厚的母爱。这件事和之前外祖母默默忍受外祖父的毒打形成了对比。

外祖母是了解外祖父的，虽然在众人面前，外祖父一直都是粗暴无畏的样子，为了利益和面子可以不顾一切，但外祖母总是能轻易看透外祖父的伪装，看到他内心的懦弱和温情，并且毫不嫌弃地包容和体谅。另一方面，这也体现了外祖母的善良和智慧，她虽然没读过书，却比很多知识分子都要通透和明白事理。

这样的。他当初反对这门婚事，婚礼之后他不让母亲进门，但据他讲，母亲的婚礼是公开举行的，不是秘密的，他也去参加了。

我不想问外祖母他们俩谁说得对，因为外祖母的故事更美，更让我喜欢。她讲的时候，身子一直在摇晃，就像坐在一只小船上。当讲到悲伤或者可怕的事情时，她晃得更厉害，她会向前伸出一只手，好像要在空中扶住什么东西似的。她经常微微闭上眼睛，于是，那满是皱纹的脸颊上便露出如盲人一样慈祥的笑容，浓密的双眉微微颤动。我时常被她的这种宽容一切的善良深深地感动着，有时真想她能说点儿什么严厉的话，或是大声呵斥一声也行。

"在开始的两个星期，我还不知道瓦里娅和马克西姆住在哪里，后来瓦里娅打发一个机灵的小家伙来给我送了信。我等来了星期六，我装作去做晚祷，其实是去看他们！他们住的地方很远，在杂院坡街道一个小屋里，整个院子住的都是手艺人，到处是垃圾，又脏又吵，可他们俩满不在乎，像一对快乐的小猫，整天喵喵地叫着闹着。我给他们带去了茶、糖、杂粮、果酱、面粉、干蘑菇，还有一点儿钱，我也不记得是多少，是从你外祖父那偷来的——只要不是为了自己，偷点儿是可以的！你的父亲说什么都不要，他屈辱地说：'这样我们不就成乞丐了吗？'瓦尔瓦拉也说：'哎呀，妈妈，你这是做什么？'我责备了他们一顿：'一对儿大傻瓜，我是什么人？我可是你的亲岳母，还有你这个傻丫头，我是你的亲妈！难道要惹我生气吗？你们可知道，母亲在地

外祖母的善良乐观深刻地影响了阿廖沙的性格，使得阿廖沙始终内心正直，不与他所接触的黑暗世界同流合污，但因为接触了太多成人的世界，所以阿廖沙的性格里也有一些尖锐的棱角，这些棱角是外祖母没有的，因此，当阿廖沙看到外祖母被欺负的时候，也希望外祖母能够奋起反抗，不要再逆来顺受。

上受气，圣母就在天上伤心哭泣！'听到我这样说，马克西姆一下把我抱起来，满屋子转，一边转一边跳，那力气大得真像只大狗熊！瓦尔瓦拉这丫头，就像只孔雀一样跟着转，不停地夸赞自己的丈夫，就像夸赞新买来的布娃娃一样。她瞪大了眼睛，一本正经地谈着家务，活像个管家婆，那样子看着真可笑！喝茶的时候，她把点心端了出来，嗨，狼牙都能被硌掉，奶渣也做得像一盘沙子！

"就这样过了很长时间，你很快就要出生了，可你的外祖父始终不妥协，他很固执，像个老顽固！我偷偷去看他们，其实他也知道，却装作不知道。他禁止家里人谈起瓦里娅，大家也不提，我也不作声，可我心里有数，做父亲的心不会永远冰封不化的。那个盼望已久的时刻终于来到了。那是一个夜晚，暴风雪在呼啸，窗口上仿佛趴着几只大狗熊，烟囱呜呜地叫着，就像小鬼挣脱了链条跑出来了似的。我和你外祖父躺在床上，谁也睡不着，我说：'这样的夜晚，穷人不好过，有心事的人更难熬！'你外祖父突然问：'他们过得怎么样？'我说：'不错，过得很好。'他说：'我问的是谁呀？''问我们的女儿瓦尔瓦拉，问我们的女婿马克西姆呗。''你怎么猜到我问的是他们？'我说：'得了吧，老爷子，别装了，别再玩这样的把戏了，这样玩谁会开心呢？'他叹口气说：'唉，你们这些鬼东西，你们这些见不得天日的魔鬼！'接着，他开始询问：'那个傻大个儿，'是说你的父亲，'他是真的傻吗？'我说：'不想干活靠别人养活的人才真傻，你看看雅科夫和米哈伊尔，他

阿廖沙的父亲和母亲都十分乐观开朗，所以即便日子贫穷，他们也能在贫瘠的日子里找到生活的乐趣。

216

们是不是活得跟两个傻子似的？在这个家里谁在干活，又是谁在挣钱？都是你。可他们又帮你多少呢？'他又开始骂我了，骂我是笨蛋，骂我下贱，还有我说不出口的脏话！我一声不吭。他说：'你根本不知道他从哪儿来，也不知道他是个什么样的人，你怎么能被他给迷惑住呢？'我仍然一言不发，等他说累了，我开口说：'你去看看他们生活得怎么样吧，他们生活得好着呢。'他说：'那也太给他们脸面了，让他们自己回来吧。'我高兴得一下子哭了，他把我的头发垂下来，他以前很喜欢摆弄我的头发。他嘀嘀咕咕地说：'别哭了，傻瓜，难道我没长心吗？'咱们的这位老爷子从前确实是个好人，可自从他意识到没有人比他更聪明，他开始动不动就发脾气，人也变得愚蠢了。

　　"你父亲和母亲终于回来了，那是一个圣日，四旬斋前的最后一个礼拜日，高高大大的两个人，清爽整洁。马克西姆站在你外祖父面前，你的外祖父个头刚到他的肩膀。他说：'看在上帝的分儿上，瓦西里，不要以为我是来向你要嫁妆的，不，我是来看望我妻子的父亲的。'这让老头子很高兴，他笑着说：'唉，你这个傻大个儿，强盗！别说傻话了，跟我们一起住吧！'马克西姆皱着眉说：'这要看瓦尔瓦拉的意思了，我倒无所谓！'但刚住到一起他们就开始互不相让，无论什么事都意见不合！不管我怎么给你父亲递眼色，在桌子底下拿脚踢他，可他还是坚持己见！你父亲有一双漂亮的眼睛，既活泼又纯洁，两道眉毛黑黑的，只要他一皱眉，眼睛就深深地凹陷下去，那张脸像石头一样有棱角又坚定。他除了

也许外祖父从前的性格挺好的，后来生活的重担和两个不成器的儿子压得外祖父喘不过来气，他就渐渐变得暴躁和专横。

217

阿廖沙的父母感情很好，也曾经有过一段很热闹开心的日子，联想到父亲去世后母亲的失魂落魄，更令人感叹唏嘘。

我，谁的话都不听，我爱他胜似自己的亲儿子，他很清楚这一点，他也爱戴我！他常常依偎着我，拥抱我，还常把我抱起来在屋子里转圈，他说：'你是我真正的母亲，是养育我的土地，我爱你胜过爱瓦尔瓦拉！'那时你的母亲是个非常快乐的小顽皮鬼，她一下子向他扑了过来，大声喊道：'你竟敢说这样的话，你这个咸耳朵彼尔姆家伙①！'我们三个就这样在一起闹着、玩着，宝贝，我们那时活得真开心哪！他的舞跳得也是没人能比，会唱很多歌，都是跟瞎子学的，瞎子可都是最好的歌手！

"他俩住在花园里的一间小屋里，你就是在那里出生的。那天中午，你父亲回家吃午饭，你正好迎接了他的归来。他高兴得简直发疯了一样，这个傻小子，你母亲被折腾得筋疲力尽，他哪里知道生孩子是多么艰难的事啊！他把我背起来，穿过整个院子去给你外祖父报喜：又一个孙子出生了。你的外祖父也乐得合不拢嘴：'真有你的，马克西姆！'

"可你的两个舅舅不喜欢他，因为他不喝酒，又很会说话，鬼主意又多，他的这些主意也叫他吃尽了苦头！有一天，是一个大斋期，外面刮着狂风。突然，整个房子都呜呜地响了起来，响声很恐怖，大家都吓呆了：这是什么魔力？你外祖父也吓得不得了，吩咐人把灯都点上，满屋子跑着叫着：'赶紧祷告！'一会儿又没动静了，大家却更害怕了。雅科夫猜到了：'这可能是马克西姆

---

① 彼尔姆是俄罗斯彼尔姆边疆区首府，位于卡马河畔、乌拉尔山西麓，以产盐著称。古时候彼尔姆的运盐工人肩上背着盐袋子，耳朵都被盐浸泡得又大又红。

干的！'后来他自己也承认了，他把大大小小的瓶子挂在天窗上，风吹进瓶口就发出各种不同的声音来。你外祖父吓唬他说：'马克西姆，你再开这样的玩笑就把你再送回西伯利亚去！'

"有一年冬天，天特别冷，旷野里的狼往城里跑，不是吃了人家的狗，就是惊吓了人家的马，还把喝醉酒的巡夜人给吃了，闹得人心惶惶的！夜里，你父亲常拿上猎枪，套上滑板到野外去，只要出去他准会拖着一两只狼回来。他把狼皮剥下来，把脑袋掏空，装上玻璃眼珠，就像活的一样！有一天，你的米哈伊尔舅舅去过道里上厕所，突然掉头就往回跑，头发都竖起来了，眼睛瞪得溜圆，上气不接下气的，一句话也说不出来，最后裤子掉下来把他给绊倒了，他声音很低地说：'狼！'大家拿起东西就冲了出去，借着灯光看清了——一只狼从箱子里伸出头来！大家砸它，用枪射它，可它全不在乎！走近了一看，原来是一只空脑壳的狼皮，两条前腿被钉子钉在箱子上！你外祖父当即对马克西姆大发雷霆。还有，雅科夫也跟着瞎胡闹。马克西姆用硬纸壳做了个狼头，给它安上了鼻子、眼睛和嘴，再粘上些麻线当毛发，然后和雅科夫一起走到大街上，把这副鬼脸放到别人家的窗口，街坊邻居当然被吓得大喊大叫。一次夜里，他们蒙上床单出去吓唬神父，那神父就往岗亭跑，岗警也被吓得半死，直喊救命。这样的恶作剧很多，怎么也管不了他们。我也劝他，别再干这种事了，瓦里娅也说他，但没用，他照样做！马克西姆还笑着说：'看着那些人为一点儿小事就吓得抱头鼠窜的样子真过瘾，真好玩！'

阿廖沙的父亲总是做一些吓唬人的恶作剧，这令米哈伊尔舅舅很讨厌他，为下文米哈伊尔舅舅设法害死父亲埋下伏笔。

唉！他是不可能听话的……

"这样的闹剧也差点儿要了他的命。你的米哈伊尔舅舅太像你的外祖父了，心胸狭隘又记仇，他想陷害你父亲。那是刚入冬的一天，他们做完客往家走，一共四个人，马克西姆、你的两个舅舅和一个教堂的执事——他因为打死了一个马车夫被开除了教籍。他们从驿站大街往回走，把马克西姆骗到了久科夫池塘，装出要去滑会儿冰的样子，就是像那些男孩子们一样用脚滑，可一到了那儿就把他推进了冰窟窿里，这件事我跟你讲过了……"

"舅舅们为什么这么狠心？"

"他们不是狠心，"外祖母嗅着鼻烟，心平气和地说，"他们不过是愚蠢而已！米哈伊尔奸诈、愚蠢，雅科夫还算行，有点儿傻里傻气的……他们把马克西姆推到水里，他露出头来，手抓着冰窟窿的边沿，可他们又踢他的手，用鞋跟踩他的手指。幸亏只有他没喝酒，他们几个都喝醉了。他像是有神力的帮助似的，从冰底下又探出头来，在冰窟窿中间向上仰着头，喘息着，他们够不着他，朝他的头砸了几下冰块就走了，他们竟然还说：'让他自己沉下去吧！'后来，他爬了出来，一口气跑到警察局，你知道，警察局就在广场上。那个警察认识马克西姆和我们全家，他问：'这是怎么回事？'"

外祖母画着十字，无限感激地说："上帝啊，让马克西姆·萨瓦捷耶维奇和你的圣徒们安息吧，他配得上！你知道吗？他向警察隐瞒了实情！他说：'是我自己喝醉了走到池塘边，掉进冰窟窿里了。'警察说：'不对，你没喝酒！'过了好长时间，在警察局里，人家用酒给

舅舅们不顾自己的亲妹妹和亲外甥，竟然打算害死亲妹夫，他们的恶毒可见一斑。

舅舅们差点儿害死了父亲，父亲却保守了这个秘密，为他们开脱。也许是因为父亲考虑到了母亲和外祖母的心情，这说明父亲是一个十分宽容善良且考虑周到、通情达理的人。

220

他擦身子，给他换上干爽的衣服，裹上一件大皮袄，把他送回了家，那个警察还带着两个警察来了。雅科夫和米哈伊尔还没回来，还在酒馆里鬼混，在说他们老爹老娘的坏话呢。我和你母亲仔细看了看马克西姆，他整个人都面目全非了，浑身通红，手指都破了，直流血，鬓角上结了冰，把鬓角都染白了！

"瓦尔瓦拉高声大叫：'他们对你做了什么？'警察对所有人都闻了闻，问了问。我心里预感到：哎呀，不妙！我让瓦尔瓦拉陪着警察，我偷偷地问马克西姆：'这是怎么回事？'他低声说：'您先快去接应一下雅科夫和米哈伊尔，让他们说他们和我是在驿站大街分手的，他们自己去了圣母街教堂，我拐进了纺织胡同。千万别说错了，不然警察会找麻烦的！'我跑去对你外祖父说：'快去，跟警察说说话拖延住他，我去大门口等两个儿子。'我告诉他出了什么乱子。他赶紧穿衣服，身子直哆嗦，叨咕着：'我就知道会是这样，我早就预料到了！'他真会撒谎，他什么也不知道！

"我用巴掌迎接了那两个鬼孩子，米沙一下子吓醒了。雅科夫这个活宝，醉得舌头都不听使唤了，可还咕哝着说：'我什么都不知道，这一切都是米哈伊尔干的，他是老大！'我们费尽口舌，总算瞒住了警察，他是个好好先生，他说：'你们要好好看着，要是再出什么事，我会查清是谁的过错！'说完就走了。你外祖父走到马克西姆眼前，说：'真谢谢你，孩子，换了别人处在你的位置，是不会这样做的，这我很明白！也谢谢你，我的女儿，你给父亲带回来一个好人。'你的外祖父在关对母亲来说，两个哥哥差点儿把自己的丈夫害死，但外祖母和外祖父都选择了包庇，母亲一定是痛苦的，这加剧了她想要离开这个家庭的心情。后来父亲去世，母亲不得不带着阿廖沙回来，这对母亲来说更是一种折磨。故事开始，阿廖沙只知道母亲待在这个家里是痛苦的，但现在他知道了更多的事情，也许更能理解母亲的心情了吧。

母亲离开的时候，外祖母心里一定是不舍的，但她知道离开对女儿来说是更好的选择，所以她其实不是在抱怨，而是在为女儿感到开心。

键时候很会说漂亮话，只是后来由于愚蠢就把心上了锁。当只剩下我们三个人的时候，马克西姆哭了，他像是说梦话一样喃喃自语：'他们为什么这样对我，我做了什么对不起他们的事？妈妈，这是为什么？'他不叫我'妈'，而是像孩子一样叫我'妈妈'，他的性情也确实像个孩子。'为什么？'他又问。我除了放声大哭，还能说什么呢？都是我的孩子，我可怜他们！你的母亲把上衣的纽扣都揪掉了，像刚打过架一样，衣衫不整地坐在那里，她吼叫道：'我们离开吧，马克西姆！两个哥哥容不下咱们，咱们惹不起还躲得起吧！'我斥责她说：'你别火上浇油啦！家里已经够乱的了！'这时候你的外祖父打发两个傻瓜来道歉，她走到米哈伊尔面前，给了他一个耳光——这就是原谅！你的父亲责备说：'兄弟们怎么会这样？你们会把我弄残废的，没有了手我还当什么工匠？'不过，总算是和解了。你的父亲大病了一场，他卧床躺了七八个星期，时不时地说：'哎呀，妈妈，跟我们到别的城市去吧，在这里太委屈了！'很快，他就要去阿斯特拉罕了，那里夏天准备迎接沙皇，你的父亲被指派建造一座凯旋门。春天一到，他们乘坐首次通航的轮船走了，我很伤心地跟他们告了别，他也很伤心，一直在安慰我，劝我也去阿斯特拉罕。瓦尔瓦拉倒是高高兴兴的，她甚至不想掩饰自己的兴奋心情，这个不知道害羞的丫头……他们就这样走了，这就是全部……"

她喝了一口酒，闻了闻鼻烟，若有所思地仰望着灰蓝色的天空，说："是的，你的父亲不是我的亲骨肉，可我们的心是相通的……"

在她讲述的时候，外祖父有时候会进来，仰着他那黄鼠狼般的瘦脸，用他那只尖尖的鼻子嗅嗅空气，听着她的讲述，用怀疑的目光瞧着她，嘟嘟囔囔地说："胡说，净胡说……"

然后突然问我："阿列克谢，她刚才喝酒了吧？"

"没有。"

"你在撒谎，看眼神我就知道。"

他磨磨蹭蹭地转身往外走，外祖母冲他的背影向我挤了一下眼睛，说了一句俏皮话："你要来，我不拦；你要走，我不留，只是别让马受惊……"

有一次，他站在屋子中间，望着地板，小声问："老婆子？"

"嗯？"

"你看出点儿什么没有？"

"看出来了。"

"你是怎么想的？"

"都是命中注定的，老爷子！你还记得不，你不是经常说要把她嫁给个贵族吗？"

"是。"

"这不是找到了吗？"

"穷光蛋一个。"

"这是她自己的事。"

外祖父走了。我感觉到了什么不祥之兆，我问外祖母："你们在说什么？"

"你什么都想知道，"她故作责怪地说，还一边给

每次遇到这个家庭的重大变故，作者总是埋下很多伏笔，让读者跟随阿廖沙的视角和好奇慢慢解开谜底，这增加了故事的曲折性和可读性。

223

我按摩腿，"从小什么都打听，到老就再没什么可问的了……"说完她摇着头笑了起来。

"唉，你这个外祖父呀，在上帝的眼里他只不过是一粒小小的灰尘！阿列克谢，你千万别说出去啊！你外祖父就要倾家荡产了！他把好一大笔钱借给了一个老爷，可那个老爷破产了……"

她笑着，又陷入了沉思，久久地沉默着。她那张大脸盘上布满了皱纹，变得那么黯然神伤。

"你在想什么？"

"我在想，给你讲点儿什么呢？"她又振奋起来，"好吧，就给你讲讲叶夫斯季格涅的故事吧，好不好？故事是这样的：

> 从前有个书记官叫叶夫斯季格涅，
> 自以为聪明绝顶无人能比，
> 不论是神父，还是尊贵的老爷，
> 甚至那老狗，他也不放在眼里！
> 他走起路来傲慢神气，
> 把自己比作西林神鸟①，
> 教训起邻里乡亲毫不客气，
> 这也不称他的心，那也不如他的意。
> 瞧瞧教堂——太矮！
> 看看街道——太窄！
> 树上的苹果不够红！
> 早晨太阳又升得太早！
> 只要你向他去请教，

为后文外祖父破产并流落街头变成乞丐作铺垫。

---
① 西林神鸟：俄罗斯古传说中的一只神鸟。

224

他总是说:"

这时候外祖母鼓起腮帮子,瞪大了眼睛,一张原本善良的面孔变得傻气又好笑,她用一副慵懒低沉的腔调讲道:

"'这玩意儿其实我早就会,

我做得要比这好百倍,

只是我没时间在这上面浪费。'"

她顿了顿,又面带微笑,压低了声音:

"一天夜里,一群小鬼来找书记官:

'书记官啊书记官,住在这里多委屈。

请跟我们去地狱,

那里比这里更舒适!'

没等聪明的书记官把帽子戴,

小鬼们伸出爪子把他抬,

他们一路挠着胳肢窝,一路不停号叫着,

还有两个骑在他肩上,

把他扔进了地狱的火焰。

'叶夫斯季格涅,我们这里怎么样,'

他受着煎烤还四下望,

双手叉腰撇撇嘴:

'你们地狱有浓浓的煤气味!'"

她用舒缓、圆润的嗓音讲完了故事,脸上换了一副表情,轻声笑着,向我解释说:"这个叶夫斯季格涅,还不服软呢,还死死守着自己那一套,执迷不悟,就跟咱们家的老爷子一个样!好了,睡吧,到点了……"

母亲难得到阁楼上看我,来了也只待那么一小会儿,急急忙忙地说上几句话就又走了。她变得越来越漂亮，穿戴得也越来越讲究。然而，在她心里，还有外祖母的心里，我隐隐地感觉到了有一种新的、不想让我知道的东西，我感觉着，猜测着。

外祖母的故事越来越引不起我的兴趣，甚至她讲的有关父亲的事，也消除不了我心中隐隐约约、与日俱增的焦虑。

"为什么父亲的灵魂得不到安宁呢？"我问。

"这怎么能知道呢？"她眯着眼睛说，"这是上帝的事，天上的事，咱们凡人就无从知晓了……"

每一个不眠的夜晚，我透过蓝色的窗口，仰望天空上慢慢飘移的繁星，我在心里构思着一个个悲伤的故事，故事里的主人公都是父亲，他总是一个人漫无目的地走着，手里拄着根木棍，身后跟着一只长毛大狗……

　　每一个不眠的夜晚，我透过蓝色的窗口，仰望天空上慢慢飘移的繁星，我在心里构思着一个个悲伤的故事，故事里的主人公都是父亲，他总是一个人漫无目的地走着，手里拄着根木棍，身后跟着一只长毛大狗……

第 十 二 章

阿廖沙先是得了天花，后又从窗户里摔下来把腿摔坏了，但只有外祖母一直在照顾他，母亲却有了新的秘密，也为下文母亲对阿廖沙越来越疏远埋下伏笔。

一天傍晚，我睡着了。当我醒来时，感觉两条腿有了知觉，我把双腿从床上挪下来，可它们又不好使了，但是我已经有了信心，毕竟腿还完好，我还能走路。这感觉太妙了，真叫人心情舒畅！我高兴得大叫起来，把整个身子的重量都压在了腿上，可一下子就瘫倒了。我马上向门口爬去，爬下了楼梯，我想象着那生动的画面，楼下的人看到我时准会又惊又喜！

我不记得我是怎么来到母亲房间，怎么坐到了外祖母的膝盖上的，她面前站着几个陌生人。一个干枯的穿绿色衣服的老太婆很威严地说着话，压倒了所有人的声音："给他喝点儿树莓汤，再用毯子把头包上……"

阿廖沙对这个老妇人的第一印象是恐怖怪诞的，这说明阿廖沙潜意识里不喜欢这个老妇人。

她全身上下都是绿色，绿连衣裙，绿帽子，那张脸也是绿色的，左眼睛下面长着一颗痣，痣中间有一撮绿毛，像草一样。她瞧着我的时候，耷拉着下嘴唇，上嘴唇向上翻起，露出了两排绿牙，用一只手遮着眼睛，手上戴着黑色镶边的无指手套。

在阿廖沙养伤期间，母亲再婚了，与上文母亲的社交越来越多和衣着越来越华贵相照应。

"这是谁？"我怯怯地问。

外祖母快快不快地回答："这是你的新祖母呗。"

母亲笑着把叶夫根尼·马克西莫夫推到我面前，说："这是你未来的父亲……"

她急急忙忙地说了什么，我也没听清楚。马克西莫夫眯着眼睛，俯下身来对我说："我送你一些油彩吧。"

房间里亮堂堂的，屋前角落里的桌子上点着四根蜡烛，都插在银质的烛台上，后面摆着外祖父心爱的圣像《莫对站在棺材旁的圣母哭泣》，圣像中法衣上的珍珠随着烛光明灭闪烁，金色的光轮上红宝石闪着亮光。昏黑的窗口，几张模糊的、像大饼一样的圆脸贴在窗玻璃上，鼻子压得扁扁的。周围的一切都在飘移，那个绿色的老太婆用冰凉的手指摸着我的耳朵，说："一定要，一定要……"

"他晕过去了。"外祖母说完便把我抱走了。

我并没有晕过去，我只是闭上了眼睛而已，她抱我上楼梯时，我问她："你为什么不告诉我这件事？"

"行了，别提了，住嘴吧！"

"你们都是骗子……"

她把我放在床上，就一头扎在枕头底下，失声痛哭起来，整个身子都在颤抖，两个肩膀强烈地抖动着，哭得上气不接下气，嘟囔着说："你也哭吧，哭一哭吧……"

可我不想哭。阁楼上阴暗寒冷，我浑身在哆嗦，床也跟着摇晃，发出吱吱的声响。绿色老太婆始终在我眼前挥之不去。我假装睡着了，后来外祖母就走了。

空虚的日子像一股细流单调地流淌着。母亲订婚以后就搬出去了，家里变得冷冷清清。

一大早，外祖父拿着一把凿子来了，他走到窗前，开始清理窗框中积了一个冬天的灰泥。外祖母端来一盆清水，拿来了抹布。外祖父问她："怎么样啊，老婆子？"

"什么怎么样？"

"你高兴了吧？"

她像上楼梯时回答我一样，答道："行了，别提了，住嘴吧！"

简单的几个词，现在却具有特别的意义，其中隐藏着巨大的悲伤，不需要说明，但人人又都心知肚明。

关于母亲结婚的事情，外祖父和外祖母从前也有过这种似是而非的对话，他们想隐瞒一些事情，但阿廖沙敏感地在个别字句里捕捉到相关信息。

外祖父小心翼翼地卸下窗框，把它放在了一旁。外祖母敞开窗户，花园里的椋鸟叫得正欢，麻雀也叽叽喳喳叫个不停，解冻的土地散发出醉人的气息，溢满了整个房间。炕炉上雪青色的砖羞怯地变白了，看上去让人感觉清冷。我从床上爬到地板上。

"不要光着脚。"外祖母说。

"我到花园里去。"

"那里还没干呢，再等几天吧！"

我不想听她的，甚至看见大人们心里就不舒服。

作者十分擅长描写环境，视觉、听觉互相交错，让人仿佛身临其境。

花园里，小草已经吐出了嫩绿的幼芽，苹果树也鼓出了芽苞。彼得罗芙娜家小屋的房顶上，青苔泛着绿莹莹的光，看上去让人心情很舒畅。鸟儿无处不在，鸣叫声也欢快悦耳。芳香清新的空气令人陶醉，让人有种畅快的晕眩感。

彼得大叔死去的那个土坑里，满是泛黄的杂草，被积雪压得凌乱不堪。看到这个坑，我总有种不舒服的感觉，这里没有一丝春天的气息，一根根烧焦的木头，幽幽地泛着凄凉的黑光。这么个大坑躺在那里是那么多余，又让人心生悲凉。我心里很不舒服，很想拔掉那些荒草，搬走那些砖瓦石块和木头，清理掉一切没用的脏东西，在坑里为自己建造一个清净的住所，夏天就一个人住在这里，躲开所有的大人。我说做就做，这让我在很长一段时间里，避开了家中发生的所有事情。尽管心里还在生气，但我已经渐渐地对它们失去了兴趣。

"你为什么老板着脸？"外祖母和母亲都这样问我。我被她们问得有点儿不自在，因为我并不是生她们的气，只是家里发生的一切让我感觉很陌生罢了。那个绿色老太婆经常坐在那里吃午饭、晚饭和喝晚茶，就像破篱笆上的一块腐烂的木桩子。她的两只眼睛像是用无形的线缝到脸上去的，它们转动得太灵活了，似乎不小心就会从那如骷髅般的眼窝里滚落出来，又什么都能看见，什么都能发现。当她说起上帝时，她就向天花板翻白眼；当聊起家常时，她的眼睛就垂到腮帮子上，两道眉毛很像两条剪纸，像是粘上去的一样。那两排宽宽的光板牙无声地咀嚼着塞到嘴里的一切，一只手弯曲着，还可笑地翘起小拇指来。她耳朵边的两块骨头像两个滚动的圆球，耳朵在动，痣中间的那一小撮绿毛也跟着蠕动，像条虫子一样在那张满是皱纹的泛黄的脸上爬行。她的皮肤白得没有一丝血色，看上去就让人生厌，她的儿子也跟她一样，碰一下会让人有呕吐的感觉。他们刚来的时候，有一次她想把她那死人一般的手伸到我的嘴边让我吻，她手上散发出一股喀山出产的黄肥皂和神香的味道，我扭头跑开了。

她对她儿子说："这孩子你一定得好好调教一下，

外祖母对母亲婚事的隐瞒让阿廖沙对外祖母也不再全然信任了，他在这个家里找不到任何可以相信、可以依靠的人，阿廖沙内心的压抑无从释放，更对这个家庭所有的一切感到无比厌恶，迫切地想逃离这个家庭。

作者用"腐烂的木桩子""像条虫子一样"等一系列连续的比喻句塑造了一个肮脏腐朽的老妇人形象，直白地表现出了阿廖沙对继父母亲的厌恶。

知道吗，叶尼亚？"

他恭顺地低下头，皱着眉，一句话也不说。在这个绿色老太婆面前，他始终皱着眉。我憎恨这个老太婆，还有她的儿子，对他们的仇恨，让我刻骨铭心。这种沉重的感情也为我招来不少痛打。有一次吃午饭的时候，她可怕地瞪着眼睛说："喂，你，阿列克谢，你吃东西为什么这么狼吞虎咽的，那么大块的东西会噎着你的，亲爱的！"

我不耐烦地从嘴里掏出来一块，用叉子叉起来，递给她："你要是心疼就拿去吧……"

母亲把我从桌旁拉走了，我怀着屈辱到了阁楼上。外祖母来了，她捂着嘴哈哈大笑起来，说："哎呀，我的天哪！你可真够顽皮的，上帝保佑你！"

我非常不喜欢她捂住嘴的样子，就躲开她跑到了屋顶上，在烟囱旁坐了很久。是的，我总想捉弄人，总想对所有人说狠话，这种想法很难克制，可又不得不忍住。有一回，我在未来的继父和新祖母的椅子上涂了点儿樱桃树胶，把他们俩给粘上了，当时的情形真是太好玩了！但是，外祖父打了我一顿。母亲到阁楼上来看我，她把我拉到身边，用膝盖夹住我，说："你呀，为什么这么胡闹？你可知道，这么做会让我多难堪！"

她的眼睛里盈满了晶莹的泪水，她把我的头贴在她的脸颊上，这让我更难受，还不如打我一顿好受呢！我保证，以后永远不再得罪马克西莫夫家的人了，只要她不再哭！

"那好，那太好了，"她小声说，"别再淘气了！

继父和继父母亲对待阿廖沙的态度并不慈爱，似乎是有些不满的，从中也能看出他们对母亲的态度，暗示下文母亲的婚姻生活也将是不幸的。

这不是阿廖沙的恶作剧，而是阿廖沙在宣泄自己的不满。

外祖母没有批评阿廖沙的行为，反而感到很痛快，这说明外祖母对那个老妇人也是不喜欢的。

阿廖沙的调皮行为让母亲在新的家庭里更不好过，但她也心疼阿廖沙，没有责骂阿廖沙，使得阿廖沙感到无比愧疚，可是母亲同时也没有真正理解阿廖沙的感受，而是更多地考虑自己未来的生活，似乎也变得冷漠自私了。

我们很快就要结婚了，然后去莫斯科，等我们从那回来后，你就和我们住在一起。叶夫根尼·马克西莫夫人很善良，也很聪明，你会和他相处得很好的。等你念完中学，然后再去上大学，就像他现在一样，然后当个医生，或者……随便你想干什么，只要有了学问想干什么都行。好了，你去玩吧……"

她这一连串的"然后"，在我看来就像一架梯子，这个梯子越来越高，也离她越来越远，伸向黑暗，伸向孤独，所以这梯子并没有让我的心情好起来。我很想对母亲说："你别嫁人，我来养活你！"

但是，这话却没有说出口。母亲总是唤起我对她的亲切思念，可是，这些思念我却从来不敢说出来。

我在花园里的工作进行得很顺利，我用手拔，用镰刀割，清除掉了杂草，在有土滑落的坑边砌上了砖头，还用砖头垒了一个台座，可以躺在上面睡觉。我捡了许多彩色碎玻璃和碎碗片，用黏土将它们贴进了砖缝里，当阳光照进来时，这里就像教堂一样，发出五颜六色的光。

"这主意很妙！"有一天，外祖父欣赏着我的作品说，"不过杂草还是会扎你的，你没有除草根！我帮你用铁锹来把地翻一遍，你去拿把锹来！"

我拿来了铁锹，他往手心里吐了口口水，咳了几声，一脚把铁锹深深地踩进肥沃的土地里。

"把草根捡走！以后我给你种上向日葵和锦葵，会很好看的……"

突然，他拄着铁锹弯下腰来，一声不响地呆立在那

母亲在生活和外祖父的重压和折磨之下选择了一条她从前唾弃的道路，但这些妄念实在太遥远了，遥远得好像是一场梦，阿廖沙潜意识里知道这些事情很难实现，所以他觉得这些想法拖拽着母亲进入了深渊。他想带着母亲逃离，但现在的他还没有能力，所以他说不出口。自己的无能为力让他对母亲感到愧疚，对现实感到绝望，他更加迫切地想要封闭自己，躲藏起来，寻找一个虚幻的乌托邦。

外祖父总是在不合时宜的情况下展现出自己的温情，这让外祖父的形象总是矛盾而复杂，让人怨恨他又可怜他。

233

儿，我仔细看看他，他那双像狗一样小而机警的眼睛里，有几滴泪水滴落到泥土里。

"你怎么啦？"

他晃了一下身子，用手掌抹了把脸，眼神朦胧地看了看我。

"我出汗了！你看，这么多蚯蚓！"

然后他又开始挖地。突然他又说："你这些都白建了！白建了，这栋房子我很快就要卖掉了，大概秋天之前吧，需要钱给你母亲置办嫁妆，就这样，但愿她从此能过上好日子，上帝保佑她……"

外祖父对母亲的怜爱贯穿了全文，从文章开始保留母亲的嫁妆，到现在为了母亲不被看低，准备卖掉房子给母亲凑嫁妆，都表现了外祖父对母亲深沉的父爱。

他扔下铁锹，摆了一下手，走到花园一角的浴室后面，那里有他的温室。我开始挖地，铁锹一下子碰伤了我的脚趾。

这妨碍了我送母亲到教堂举行婚礼，我只能走出大门口，看着她低垂着头，挽着马克西莫夫的手臂，小心地迈着步，走在人行道上的地砖和砖缝里长出来的绿草上，就像走在钉子尖上似的。

母亲走向教堂的道路像走在钉子尖上，暗示着母亲对结婚的不情愿和未来更加艰难的人生道路。

婚礼有点儿冷清，从教堂回来之后，大家都闷闷不乐地喝着茶。母亲马上换了衣服，去自己的卧室整理箱子了。继父坐到我旁边，说：

继父想要讨好阿廖沙，却从不问阿廖沙喜欢什么。

"我答应过送给你一些油彩，可在这个城市里买不到好的，而我自己的又不能送给你，等我从莫斯科给你寄过来吧……"

"我要油彩做什么？"

"你不喜欢画画吗？"

"我不会画。"

"那，我给你寄点儿别的什么吧。"

母亲走过来。

"很快我们就会回来的，等你父亲通过了考试，完成了学业，我们就回来……"

他们跟我谈话像跟大人谈话一样，这让我心里舒服了很多。但是一个长了胡子的人还在上学，这听起来挺奇怪的。我问："你学什么？"

"土地测量……"

我不再想问这到底是一门什么学问。家里寂静得让人烦闷，只能隐约听到一种像是刮擦地毯时发出的沙沙声，我真盼望黑夜快些到来。外祖父背对着炉子站着，皱着眉，看着窗外。绿色老太婆帮着母亲收拾东西，不时地唠叨几句，哼哼两声。外祖母吃中午饭时就喝醉了，家里人都为她感到难为情，就把她送到了阁楼上，把她锁在那里了。

第二天一大早母亲就走了，临别时，她拥抱了我，轻轻地把我从地上抱起来，用一种陌生的目光看着我的眼睛，吻了吻我，说："好了，再见了……"

"你告诉他，让他听我的话。"外祖父抬头望着粉红色的天空，阴郁地说。

"你要听你外祖父的话。"母亲说着，在我身上画了个十字。我本来很期待母亲再说点儿其他的什么，所以我很生外祖父的气，是他打断了她。

他们坐上了四轮双座敞篷马车，母亲连衣裙的下摆被钩住了，她气哼哼地拉了好半天。

"你去帮她一下呀，难道你没看见吗？"外祖父说。

235

我没去帮她，忧伤将我牢牢地捆住了。

马克西莫夫不慌不忙地将穿着瘦瘦的蓝色裤子的两条长腿放在马车上，外祖母塞给他几个包袱，他把它们放在膝盖上，用下巴顶着，慌乱地皱着煞白的脸，拉着长腔说："够了……够了呀……"

绿色老太婆和她的长子——那位军官——坐到了另一辆马车上，她像一幅画似的坐在那里，而她的儿子用军刀的把儿捋着胡子，不停地打着哈欠。

"就是说，您要去打仗了？"外祖父问他。

"肯定的！"

"是件好事，土耳其人该打①……"

他们走了。母亲好几次回过头来，挥着手帕，外祖母一只手扶着墙，另一只手在空中挥舞，她已经是泪流满面了，外祖父也用手指揩着泪，断断续续地嘟囔着："不会有的……好结果，不会有的……"

我坐在石墩子上，看着两辆马车颠簸着驶过了拐角，我的胸中也像有一扇大门关上了，堵死了。

天色还早，家家户户的窗户都还紧紧地关着，街道上一片荒凉，我还从未见到过大街如此死寂空旷，远处传来牧人那让人厌烦的哨音。

"走吧，去喝早茶，"外祖父扶着我的肩膀说，"看来，你命里注定是和我在一起的。你这根火柴，也只有划我这个破盒子了！"

我们俩从早到晚在花园里默默地忙碌。他挖了几个苗坑，把树莓树捆扎起来，刮去苹果树上的苔藓，清除

母亲再一次抛下阿廖沙。作为一个总是待在原地接受离别，被别人抛弃的敏感的孩子，阿廖沙绝望地把心中那扇关于情感和依恋的大门关闭了，他终于不得不接受了自己得不到爱、得不到温暖的事实，他的心彻底变冷了。

① 土耳其人该打：指1877~1878年俄国和土耳其的战争。

毛毛虫。我一直在建造和装扮我的小窝，外祖父把烧焦的木桩顶尖砍掉了，在地上插了几根棍子，我把鸟笼挂在上面，用干枯的杂草编成密实的草帘，在长凳上搭了一个遮蔽阳光和露水的棚盖，我这里的一切都弄得好极了。

外祖父说："你能学着尽量安排好自己的一切，这很有益处。"

我很珍视他的这些经验之谈。他偶尔会躺到我铺平的草垫子上，慢条斯理地教导我，就好像他的话在吃力地往外掏一样："现在，你只是你母亲身上切下来的一块肉，她还会再生孩子，她对他们就比对你要亲了。你外祖母又开始喝酒了。"

他沉默了许久，好像在仔细倾听，接着又闷闷不乐地说出了几句沉重的话："她这是第二次酗酒了。第一次是米哈伊尔被征兵役时，这个老糊涂，硬是让我给他买了个免役证。也许他真去当了兵会变成另一个人的……哎呀，你们这些人啊……我快死了，就是说，就剩下你一个了，无依无靠，得靠自己挣钱养活自己，懂吗？就是这样。你要学会做自己的主宰，不要听任别人的摆布！要活得本分老实，但要顽强！所有人的话都要听，但至于怎么做，要你自己认为好才行……"

整个夏天，当然，除了阴雨天气外，我都是在花园里度过的，甚至在温暖的夜晚，我也是睡在外祖母拿来的一块毯子上。她也常常和我一起在花园里过夜，她抱来干草，铺在我的"小床"旁边，躺下来，长时间地给我讲着什么，偶尔插上这样几句："看，一颗流星！不

阿廖沙很乐于接受别人的真诚且正确的指点，他有着不符合年纪的对于一切的思考，这也是为什么阿廖沙在一个扭曲的家庭里成长，但最后却没有变成像两个舅舅一样道德败坏的人。

外祖父懂得很多大道理，但是他自己没有践行，他到人生的最后阶段，也许对自己的一生进行了反思，所以他没有让阿廖沙重蹈覆辙，而是给了阿廖沙正确的引导，希望阿廖沙拥有一个新的人生。

237

知道是谁纯洁的灵魂思念大地母亲了！就是说，现在有一个地方降生了一个好人！"

又或者指着天空让我看："又一颗新星升起来了，快看！多亮啊！哦，美妙的天空，你是上帝灿烂的法衣……"

外祖父在旁边一个劲儿地嘟囔："你们会感冒的，傻瓜，会中风的，哪个淘气鬼来把你们抓走，小偷进来会掐死你们的……"

当太阳快要西沉时，天空中的道道霞光犹如火红的河流在倾泻流淌。流火燃尽，将橙黄色的灰烬撒落在花园天鹅绒般的绿茵上。渐渐地，四周的一切开始暗淡下来，开始扩散、膨胀，包裹在暖烘烘的黄昏中。吸饱了阳光的树叶低垂下来，青草也依偎到大地的怀抱中。一切都变得更柔和、更蓬松了，静静地散发出各种气息，这气息犹如音乐般婉转又沁人心脾，而音乐也正从远方的原野飘来——军营里的晚号正在吹响。

夜，正悄然走来。随着夜的到来，一股强烈的、令人振奋的慈母般的爱意注满我的心胸，静夜如同一只温暖而温柔的手爱抚着我的心，记忆中那些应该忘却的一切——白日里沉积下来咬噬人心的细碎的尘埃，此刻已荡然无痕。我完全陶醉在静夜中，仰望着天空，欣赏着天空中的繁星。点点繁星将天空照耀得更加旷远，旷远无垠的天空更高更阔，那里又出现了无数颗新的星星。我就这样从大地上被轻轻托浮起来，那感觉很奇妙：仿佛整个大地在缩小，缩成一个小小的我；又像是我在无形地变大、扩张、升腾，最终与天际间的万物融为一体。

大段的美得令人心惊的环境描写让人心境平和，从这个角度来说，也许是安宁静谧的大自然治愈了阿廖沙痛苦麻木的情绪。他观察大自然，从大自然的疗愈里得到解脱。

夜，越来越暗，越来越静谧，似乎随处都有无形的琴弦，绷紧了的敏感的琴弦。每一种声音，无论是鸟在梦中的啼叫，还是刺猬跑过的声音，或者什么地方传来的人语声，一切都是那么特别，被敏感的静夜衬托得清晰而亲切。

响起的手风琴声，女人的朗朗笑声，军刀碰撞在人行道上砖块的铿锵声，还有狗的吠叫声——这一切都是那么多余，这只是白日的花朵凋谢后的几片残叶而已。

偶有几个夜晚，从田野上、从街道上传来醉汉的叫喊声，还有人拖着沉重的脚步跑动的声音——这些声音已经司空见惯，不会引起我丝毫的注意了。

外祖母久久也不入睡，她双手枕在头下躺着，兴奋地讲述着。看样子，她并不在意我是否在听她讲，她总是很细心地选择一些童话来讲，这些童话让夜晚变得更加意味深长和美妙动人。

伴着她那有节奏的话语，我不知不觉睡着了。我和鸟儿一起醒来，太阳直照在我的脸上，暖洋洋的。清晨的空气在悄无声息地流动，苹果树的叶子抖落下滴滴露珠，湿漉漉的青草上犹如撒上了细碎的水晶，晶莹剔透，一层轻盈的雾气在青草上面飘浮。

在淡紫色的天空中，阳光如同一个巨大的扇面徐徐展开，天空渐渐变成了蔚蓝色。百灵鸟在目力所不及的高空鸣唱，各种颜色、各种声音，像露珠一样浸润人的心田，令人心境恬淡、舒畅，激发人快快起床的愿望，激励人行动起来去做点儿什么，去和周围一切生机盎然的事物共同呼吸、相依相伴。

这是我一生中最美好的时光，正是这个夏天，让我树立了自信，让我对自身的力量更加深信不疑。我变得独立了，也变得孤僻了，我常听到奥夫相尼科夫家孩子的叫喊声，但他们对我已不再有那么大的吸引力了。表哥们的到来，也不再让我兴奋，只能引起我的烦躁不安，生怕他们破坏了我在花园里建造的一切，这可是我第一项独立的事业。

外祖父的话也不再让我感兴趣，他的话越来越枯燥乏味、牢骚不断，都像是在呻吟。他常和外祖母吵架，把她赶出家门。她有时到雅科夫舅舅家，有时到米哈伊尔舅舅家，有时她一连几天不回来，外祖父就自己做饭吃，烫了手就破口大骂，摔盘子摔碗，他变得贪婪无比。

他偶尔也到我的草棚里来，舒舒服服地坐在草席上，久久地默默注视着我，常突然问我："你怎么不说话？"

"没什么，说什么呢？"

于是他又开始了对我的训导："我们不是老爷，没人来教我们，我们什么都得自己去弄明白。书是为别人写的，学校是为别人建造的，对我们来说什么都没有，一切都得靠自己创造……"

他一个人在那儿深思、发呆，一动也不动，就像个哑巴，简直叫人害怕。

秋天时他把房子卖了，在卖房子前不久，有一天喝早茶的时候，他突然阴沉着脸，语气决绝地向外祖母宣布："好了，老婆子，是我一直在养活你，可现在养够了！你自己去挣饭吃吧！"

外祖母对他说的这番话相当淡定，好像她早就知道他会说这些话似的，而且她一直等着他说出口。她不紧不慢地掏出鼻烟壶，用她那海绵似的鼻子吸了吸，说："好吧！既然这样，那就这样吧……"

外祖父在山脚下一个胡同的旧房子里，租了两间昏暗的地下室。搬家那天，外祖母把一只用长带子绑的破草鞋扔进了炉子底下，她蹲下身，开始呼唤起家神来："家神啊，家神，你是一家之主，送给你一辆雪橇，请你坐上它，跟我们一起到新家去吧，保佑我们找到新的幸福……"

外祖父从院子里向窗内探着头，大叫道："不许你搬这个东西，你这个异教徒！真是丢人现眼……"

"哎哟，你当心点儿，老头子，不吉利呀！"她很认真地警告他，可外祖父已经怒不可遏了，禁止她把家神给请过去。

他花了两三天的时间，把家具和各种杂物都卖给了收废品的鞑靼人，他怒目圆睁地跟人家讨价还价，嘴里骂骂咧咧的。外祖母趴在窗口看着，一会儿哭，一会儿又笑，声音不高地念叨着："都拉走吧！都砸了算了……"

我也想哭，我舍不得我的花园和草棚。我们坐着两辆大马车搬家了，我坐在一辆装满各种家具的车上，车子颠簸得很厉害，好像有意要把我甩得远远的。

我随时都会被甩开，我就是怀着这样惴惴不安的心情度过了两年时光，直到母亲离开人世。

外祖父搬到地下室不久，母亲就回来了。她面色苍白，人也瘦了许多，大大的眼睛里闪着热辣而惊讶的光。她直盯盯地看着我们，好像她是第一次见到自己的父亲、

把唯一的能够互相依靠的家人赶走，暗示着外祖父真的破产了。

连续的沉重的打击使得外祖母也不再乐观了。

241

母亲和我。她只顾盯着看，一句话也不说。继父不停地在房间里走来走去，小声地吹着口哨，偶尔咳嗽几声。他把手背在身后，手指还不停地动弹。

"天哪，你怎么长得这么快！"母亲说，她用滚烫的双手捧着我的脸。她穿得很难看，肥大的棕色衣裙，肚子鼓鼓的。

继父向我伸出一只手来。

"你好啊，你怎么样，嗯？"

他闻了闻空气，说："知道吗？你们这里很潮湿！"

他们俩像是跑了很长的路，都疲惫不堪了，他们身上的衣服都皱了，磨破了。现在他们什么都不需要，只想躺下来休息。

大家闷闷地喝着茶，外祖父望着被雨水冲刷的玻璃窗，开口问道："这么说，都烧光了？"

"都烧光了，"继父很肯定地说，"我们俩差点儿没能逃出来……"

"是啊，水火无情。"

母亲靠在外祖母肩膀上，小声地对她耳语着什么，外祖母眯缝着眼睛，好像被阳光晃得睁不开似的，气氛变得愈加沉闷。

突然，外祖父的话变得刻薄起来，尽管语气平和，但却提高了嗓门："我也听到了点儿风声，叶夫根尼·马克西莫先生，根本就没发生过什么火灾，只不过是你赌博输光了一切……"

一时间屋里变得像冰窖一样清冷，茶炊在扑扑地响，雨水敲打着玻璃窗，母亲叫了一声："爸爸……"

242

"什么爸爸？"外祖父用震耳的声音喊道，"怎么样？我跟你说过没有，三十岁的人不要嫁一个二十岁的人？这就是你找的人，一个文化人！你成了女贵族吗？啊？怎么样，我的女儿？"

四个人都喊了起来，声音最大的是继父。我躲到了门洞里，坐在一堆木头上。我被惊呆了，母亲就像换了一个人，完全不是以前的样子了。在房间里，这种感觉还不是很明显，而在这里，在昏暗中，我很清晰地想起了她从前的模样。

后来，我也记不清是怎么来到了索莫夫镇。在这个家里，一切都是新的，墙上也没有壁纸，木板缝里塞着麻屑，里面藏满了蟑螂。母亲和继父住在两个窗户朝向大街的房间，我和外祖母住在只有一个天窗的厨房里。

工厂的黑烟囱从屋顶中间伸出来，就像从食指与中指中间伸出来的拇指一样。浓浓的黑烟盘旋着向上升腾，冬天的寒风刮起，将烟雾吹散到整个村庄。在我们冰冷的屋子里，整日弥漫着浓烈的煤烟味。一大早，汽笛就如狼一般嚎叫起来。

"嗷呜，嗷呜，嗷呜……"

如果站在板凳上，透过最顶层的玻璃窗，越过一个个屋顶，就可以看到挂着灯笼的工厂大门。敞开的大门很像一个掉了牙齿的老乞丐张开的大嘴，成群的小矮人拥挤着爬进去。中午，汽笛声又响起，大门又像两片黑嘴唇一样张开了，露出一个深深的黑洞，这些人经受了工厂的反复咀嚼又被吐了出来，形成一股黑色的浊流涌到了大街上。风裹挟着白烟在街道上飞旋，将人们驱赶

"爬进去""黑洞""黑色的浊流""吐了出来"都生动形象地写出了当时工人们生活的不易，在危险的工厂里高强度做工把他们身体摧残得破败不堪。

243

回各自的家中。村子上空很少见到蓝天，每一个房顶和雪堆，每天每日沉积下来的厚厚的烟尘，像是一个铅灰色光亮的顶盖扣在上面，这个盖子压抑着人的思想，那单调的色彩让人眼睛晕眩。

到了晚上，工厂的上空，混浊的红色火苗摇摇摆摆，将烟囱顶端映得清晰可见，那一个个烟囱好像不是从地面竖起来的，而是从这片烟雾中向地面坠落下来，一面坠落一面喷吐着火舌，呼啸着，发出嗡嗡的响声。看着这一切，让人忍不住要呕吐，难以排遣的苦闷不停地啃噬人的心灵。

外祖母干起了苦力，做饭、擦地板、劈木柴、挑水，她从早到晚地忙，躺下睡觉时已是筋疲力尽，又是哼哼又是叹气。有时候，她做好了饭菜，穿上短棉袄，把裙子提得高高的，就进城了。

"去看看老头子过得怎么样……"

"带我去吧！"

"会冻坏你的，你瞧风刮得多大！"

她要在雪地里跋涉七俄里[①]，还要途经白雪皑皑的田野。母亲怀着身孕，脸色焦黄，整日地将身子瑟缩在一条破了边的大披肩里。我恨透了这条把她那魁梧、匀称的身材变丑了的披肩，就揪扯披肩的穗子，我也恨透了这房子、工厂和村子。母亲穿着破旧的毡靴，不停地咳嗽，晃悠着丑陋的大肚子，青灰色的眼睛毫无表情，流露出深深的怨气。她常常一动不动地靠在光秃秃的墙壁上，就像粘在了上面一样。有时她呆望着窗外的大街，

母亲的处境比在外祖父家里更加艰难，一向坚强的母亲眼睛里充满了怨气。

————————————
① 俄里：俄制长度单位，1俄里≈1.0668公里。

一望就是一个小时。街道就像人的一排牙齿，一部分牙齿由于年老而变黑了、歪斜了，还有一部分已经脱落，镶上的新牙也很不协调，大得从颌骨上凸了出来。

"咱们为什么要住在这儿？"我问。

"好了，你闭嘴……"

她很少跟我说话，还总是用命令的口吻："去，递给我……拿给我……"

她很少让我上街，因为每一次我从街上回来都被人打得鼻青脸肿，打架成了我的唯一娱乐，我要打就打个痛快。母亲用皮带抽我，可是每一次惩罚都会更加激怒我，下一次我就打得更凶，母亲的惩罚也变得更加严厉。一次我威胁她说，要是她再打我，我就咬她的手，然后跑到野地里冻死。她愣住了，把我推开，在房间里走了一圈，气喘吁吁地说："小畜生！"

从此，那种让人振奋又令人敬畏，被称为"爱"的彩虹般的情感，在我的心里枯萎了。我对一切充满了仇恨，仇恨的火焰愈燃愈烈，强烈的不满和身处在这种暗无天日、毫无生机的生活中的孤独感，整日烧灼我的心。

继父对我很苛刻，也不爱跟母亲说话。他总是不停地吹口哨、咳嗽，每次吃完饭，总是站在镜子前，用火柴长时间仔细地剔他那参差不齐的牙齿。他和母亲吵架的次数越来越多，而且总是冷漠地称她"您"，这让我气得发疯。吵架的时候，他总是把门关得严严的，显然，他是不想让我听见他的话，但我仍然能听清他那低沉的男低音。

有一次，他跺着脚叫喊道："都是您这丑陋的大肚子，

贫穷消磨了母亲对阿廖沙的爱意。故事一开始，母亲说自己从来没打过阿廖沙，但现在却变得和外祖父一样暴戾，甚至用皮带抽打阿廖沙。生活的磨炼把母亲摧残得面目全非，从外貌到心理。

故事最开始说："外祖父的家笼罩在炽烈的仇恨的浓雾中，所有人都被灼伤：大人们被其毒害不能自拔，小孩子们也难逃其害。"阿廖沙切身体会了这个地狱般的家庭的残害，他从一开始对这个家庭里所有的好奇、所有的不解都变成了现在内心的愤恨，开端的火种在历经波折后变成点燃终章的烈焰，而阿廖沙在仇恨的灼烧中迷失自我，难逃其害。

害得我不能邀请客人，您这头老母牛！"

我感到愤怒和屈辱，几乎要发疯了，我在吊床上挺直了身子，脑袋碰上了天花板，把舌头都咬破了。

每到周六，总会有几十个工人来找继父卖购物证，这种购物证是工厂主用来当作工资发给工人的，是让工人到工厂开的铺子里买东西的，而现在继父只花半价来购买。他坐在厨房的桌子旁边接待着工人，一副傲慢的神态，阴沉着脸接过购物证，说："一个半卢布。"

"叶尼亚，你就不怕上帝吗……"

"一个半卢布。"

这种荒唐又黑暗的日子没有持续太久，在母亲生孩子之前，他们把我送回了外祖父那里。他已经搬到了库纳维诺砂石街，在砂石街的一幢二层的小楼里，他租了一个带俄式壁炉、两扇窗户朝向院子的小屋，街道通往山脚下的纳波尔教堂的墓地。

"怎么？"他见到我时说，接着他尖声尖气地笑了起来，"常言说，没有比亲娘更可爱的朋友了。看来现在得这样说了：不是亲娘，而是老鬼外祖父啊！唉，你们这些人呀……"

我还没来得及好好瞧瞧这个新地方，外祖母和母亲就带着婴儿来了。继父因为克扣工人工钱被赶出了工厂，但不知道他沾了谁的光，又被招去当了火车站的售票员。

度过了许多百无聊赖的日子，我又搬到了母亲那里。她住在一座石屋的地下室里，到了那儿，她马上就把我塞到了学校里。上学的第一天，学校就引起了我的反感。

当时，我穿的是母亲的皮鞋，大衣是用外祖母的外

继父对母亲的尖酸刻薄和谩骂令阿廖沙感到无比屈辱却不敢反抗，无处发泄，这足以说明母亲和阿廖沙的处境格外艰难。

套改做的，黄色衬衫和一条散开腿的裤子，我的装束立刻就引来了一阵嘲笑。因为我的黄衬衫，我得了个外号"方块大王①"。我和那些男孩子很快就混熟了，可是老师和神父却不喜欢我。

老师是个脸色发黄的秃子，他的鼻子总是流血，每次进教室都要用棉花塞着鼻孔。他坐到桌旁，发着浓重的鼻音问功课，有时话说了一半就停下来，从鼻孔里拔出棉球，仔细地检查一下，再晃悠两下脑袋。他的脸扁平，黄铜色，一副萎靡不振的神态，皱纹间是一道道阴沟，脸上那一双茫然无神且完全多余的眼睛，让这张脸显得更加丑陋。他总是盯着我看，这令我很不舒服，我不由得总想用手擦脸。

我在第一排的第一张书桌前坐了几天，几乎挨着老师，这简直是受罪，好像他除了我不看别人，并总是用鼻音瓮声瓮气地说：

"彼斯科夫，请你换一件衬衫！彼斯科夫，不要抖腿！彼斯科夫，你的鞋子上又淌出一摊水来！"老师的鼻音很重，说不清楚，将"什"读成了"斯"。

为此，我狠狠地报复了他一次。一天，我拿了半个冰冻的西瓜，取出了瓜瓤，用绳子把瓜皮绑在昏暗的过道门的滑轮上，门一开西瓜皮就升了上去，他随手关门时，瓜皮就扣到了他的秃头上。看大门的人拿着老师的字条把我送回了家。为了这个恶作剧，我的皮肉饱受了一次严厉的惩罚。

还有一次，我把鼻烟灰撒到了他的抽屉里，因此他

贫穷让阿廖沙在学校里被歧视。

---

① 方块大王：俄国人的旧习，称犯人为"方块大王"。

247

不停地打喷嚏，只好走出教室，派他的女婿来代课。他的女婿是个军官，强迫全班同学一起唱《上帝保佑沙皇》①和《自由啊我的自由》，如果谁唱得不对，他就用尺子敲谁的脑袋，敲得很响，不过挺好玩的，并不感觉到疼。

教神学的教师，是一位年轻英俊、头发蓬松的神父，他不喜欢我，是因为我没有《创世纪》这本书，还因为我常学他说话的样子。

他走进教室，第一件事就是问我："彼什科夫，把书带来了没有？是的，又没带书来？"

我答道："没有，没带来，是的。"

"什么'是的'？"

"没什么。"

"那好，你回家去吧！是的，回家去。因为我不打算教你，是的，不打算。"

我并不为此感到伤心，我离开学校，在村子里的泥泞街道上，漫无目的地走着，仔细地观察着村子里喧闹的生活，直走到放学为止。

这位神父有一副基督式的文雅面孔，一双女人般温柔的眼睛，一双小巧的手，那双手是那么温柔，无论他把什么拿到手里，那东西同样会变得温柔起来。不管是书、尺子，还是羽毛笔，他都拿得那么优雅，好像它们是活的、易碎的，神父很喜爱它们，生怕不小心会将它们碰坏一样。他对学生却不那么温柔，但学生们还是很喜欢他。

尽管我的学习成绩不算差，但我还是被告知，由于

① 《上帝保佑沙皇》：俄国的国歌。

我不体面的行为，我将被赶出学校。我很懊丧，因为这将会给我带来更多的不幸，母亲的脾气变得越来越暴躁，动不动就打我。

这时候救星来了：学校里突然来了位主教，他叫赫里桑夫①，他长得很像个巫师，我至今还记得他驼背的样子。

他个头不高，穿着件肥大的黑衣服，头上戴着顶如木桶般的圆筒帽。他在桌旁坐下，撸了撸袖子露出胳膊来，说道："好啊，孩子们，咱们聊一聊吧！"

教室里顿时充满了温暖、愉快的气氛，大家体会到了从未有过的亲切感。他叫了几个人到他的桌前，轮到我时，他认真地问我："小朋友，你多大了？你怎么长得这么高啊，嗯？你经常站在雨地里淋雨吗？"

他把一只瘦削的留着长指甲的手放在桌上，另一只手捋着稀疏的胡子，用慈善的目光看着我，提议道："好吧，你给我讲讲《创世纪》里的故事，你喜欢什么？"

当我说我没有书，也没学过《创世纪》时，他抚了抚高筒帽，问道："那怎么行？这些都应该会背！也许你知道点儿别的什么。你知道《诗篇》？这太好了！还会念祷词？真了不起！还知道圣徒的故事？圣诗也会背？你可真够博学的呀……"

这时我们的神父出现了，他涨红了脸，气喘吁吁的，主教祝福了他。当神父要开口介绍我的时候，主教摆了一下手，说："等一等……好吧，你来讲一讲敬神的阿列克谢吧……"

---

① 赫里桑夫：著名的三卷本著作《古代世界的宗教》的作者。

作者对一个人的印象总是从一个人的外貌描写中表现出来。前文出现了对继父等人的大段篇幅和奇怪夸张的描写，到了这里，对主教的外貌描写忽然正常了起来，说明阿廖沙对主教的第一印象是正面的，也为下文阿廖沙从主教这里重获温暖和希望埋下伏笔。

主教对阿廖沙是肯定的态度，他毫不吝啬地赞美阿廖沙，打开了阿廖沙紧闭的心扉，让阿廖沙更加信任他。

"这是一篇很好的诗，是不是，孩子？"当我忘记其中的一句停住时，他说，"你还会什么？会讲大卫王的故事？我太想听一听啦！"

我看得出来，他确实想听，他也确实喜欢听。他问了我好多，然后突然停下来，不解地问我："你学过《诗篇》？谁教的？慈爱的外祖父？是凶狠的？真的吗？哈哈，是你太淘气了吧？"

我犹豫了一下，但还是承认说"是"，神父在一旁证实了我的话。他低着头听他们讲着，然后叹口气说："你听到大家都说你什么了吧？好吧，你过来一下！"

他一只手抚摩着我的头，手上散发着柏木香味。他问我："你为什么这么淘气呢？"

"上学很无聊。"

"无聊？孩子，你说得好像不对。如果你觉得无聊，你的学习成绩就不会这么好了。可老师们都说你学习很好，那就是说另有原因了。"

他从怀里掏出一本小书，在上面题了字，说："阿列克谢·彼什科夫，是这样的，你要学会克制，孩子，不能太淘气！有那么一点点淘气是可以的，可太淘气了就会惹恼别人。我说得对吗，孩子们？"

大家气氛热烈地异口同声回答："对。"

"你们是不是都不太淘气？"

男孩子们一边笑，一边回答："不，也很淘气！很淘气！"

主教往椅背上一靠，把我拉到近前，说了下面一席令人吃惊的话，说得大家，甚至老师和神父都笑了："可不是吗？我在你们这么大的时候，也很淘气！这是怎么回事呢，小朋友们？"

孩子们都笑了，他向大家提问题，很巧妙地引起大家的话题，让大家彼此辩论，气氛越来越热烈。最后，他站起身来，说："跟你们在一起真开心，小淘气鬼们，我该走了！"

他抬起一只手，把长袖子甩到肩上，对大家画了个大十字，祝福道："以圣父圣子圣灵的名义，祝你们都仁爱勤奋！再见啦！"

从一系列的提问中可以看出主教为人善良且乐于换位思考，他和其他大人不一样，他想办法让自己融入孩子们，而不是利用大人的强权命令孩子们。

大家纷纷喊起来："再见，大主教！欢迎您再来！"

他点了点头，说："我一定来，一定来！我给你们带书来！"

他向教室外面走时，对老师说："让他们放学回家吧！"

他拉着我的手把我领到过道里，俯下身来悄悄地说："你学着克制一下自己，好吗？我明白你为什么要淘气！好了，再见啦，孩子！"

我非常感动，一种很特别的情感在我的胸中激荡。当老师放走全班同学，只留下我一个人的时候，他对我说，我现在应该乖乖听话，要比水静、比草温柔。他的话我听得很认真，也很愿意听。

理解和尊重平息了阿廖沙心中的怒火。

神父一边穿上皮袄，一边亲切地对我说："从今天起，你应该上我的课！是的，应该。不过要规规矩矩地坐好！是的，规规矩矩。"

我在学校里有了很大的转变，在家里却做了一件不光彩的事：我偷了母亲的一个卢布，但这并不是预谋好的犯罪。

　　一天晚上，母亲出门了，留下我照看孩子。由于实在无聊，我随手翻开了继父的一本书——大仲马写的《医生札记》^①，里面夹着两张钞票，一张是十卢布的，一张是一卢布的。这本书很难看懂，我合上书，可是突然想到，用一卢布不仅可以买到《创世纪》，也许还可以买本讲述鲁滨孙的书呢，这本书我之前在学校里听说过。那是一个寒冷的天气，课间的时候我给同学们讲童话，突然一个同学轻蔑地说："童话都是编造的，鲁滨孙，那才叫真正的故事呢！"

　　竟然有好几个人都读过鲁滨孙的故事，大家都夸赞这本书。

　　我受挫了，外祖母的童话故事居然没有受到欢迎。当时我下决心一定要读一读鲁滨孙的故事，到时候也能说他们"编造"了！

　　第二天，我把一本《创世纪》和两本破旧的《安徒生童话》带到了学校，外加三磅白面包和一磅香肠。在弗拉基米尔教堂的围墙旁，有一个昏暗狭小的铺子，那里有一本鲁滨孙的书，是一本很薄的黄皮书，封面上画着一个留大胡子的人，头上戴着圆的皮帽子，肩上披着块兽皮，我看了之后很不喜欢。而童话书，我从外观上就觉得它们可爱，尽管也很破旧了。

　　中午休息时，我与同学们分享了面包和香肠，我们开始读一篇美妙的童话《夜莺》^②，这篇童话一下子把

① 《医生札记》：原书为《约瑟夫·巴尔萨莫》，《医生札记》为俄文译本的书名。该书是一部描写迷幻术的长篇小说。
② 《夜莺》：安徒生的童话。

所有人的心都抓牢了。

"在遥远的中国，所有的人都是中国人，连皇帝也是中国人。"这句简洁、韵律优美、引人遐想的语句，我至今记忆犹新，读起来感觉是那么惊奇又心情舒畅。

白天我没来得及把《夜莺》读完，因为在学校的时间太少了。当我回到家时，母亲正站在灶台旁，手里握着煎锅在煎鸡蛋，她用一种奇怪的声调压低了嗓子问："你拿了一个卢布？"

"拿了，用来买书了……"

她用煎锅狠狠地打了我一顿，还把书没收了，不知藏到了哪里，之后我再也没有找到，这比挨顿打更令人悲伤。

我一连好几天没去上学，这期间，大概继父把我拿钱的事告诉了他的同事，那些同事又讲给他们的孩子听了，其中一个孩子就把这件事传到了学校。我去上学的时候，大家都用"小偷"这个称呼迎接我。事情简单而明了，但却不正确，因为我并没有隐瞒一卢布是我拿的。我试图解释清楚，但没有人相信，于是我就回家了，告诉母亲，我以后再也不去上学了。

母亲坐在窗旁，她又怀孕了，脸色苍白，一双无神的眼睛充满了痛苦，她一边喂小弟弟萨沙吃奶，一边像鱼一样张着嘴看着我。

"你胡说，"她小声说，"没有人能知道你拿了一个卢布。"

"你去问问吧。"

"一定是你自己乱说的。你老实说，是不是你自己

母亲再也不会理解阿廖沙了，变成了另一个外祖父。

253

说的？你看着吧，明天我就会弄清楚，是谁把这件事传到学校里的！"

我说出了那个传话同学的名字，她的脸可怜巴巴地皱着，开始流泪。

我去了厨房，躺倒在灶炉旁用箱子为我搭的床上，躺在那里听着母亲的啜泣声："我的天哪，我的天哪……"

被烤热了的油渍斑斑的被褥，发出难闻的气味，我实在忍受不了了，站起身走到院子里。这时母亲喊道：

"你去哪儿？去哪儿？回来！"

后来，我们坐在地板上，萨沙躺在母亲的膝盖旁，抓她衣服的扣子，嘴里叫着："豆豆。"其实他是想说"扣扣"。

我靠着母亲坐着，她搂住我说："咱们是穷人，咱们的每个戈比，每个戈比……"

她没有说下去，一只滚烫的胳膊紧紧搂着我。

"这个畜生……畜生！"她突然又说出我曾经听她说过的话来。

萨沙也学着说："去生！"

萨沙是个很奇怪的孩子：笨拙的样子，头很大，总是瞪着那双漂亮的蓝眼睛望着周围的一切，脸上带着恬静的微笑，总好像在期待着什么。他学说话特别早，从来也不哭，生活在一种平静的快乐中。他身体很虚弱，刚刚会爬，一见到我就非常高兴，伸出小手来叫我抱。他喜欢用软软的小手揉搓我的耳朵，不知何故，他的两只小手总有一股紫罗兰的香味。他没有生病，却突然夭折了，早上还像平常一样安安静静的，到了晚上，教堂

死亡在那个时代，是一件普通得不能再普通的事情。

254

响起晚祷的钟声时，他就已经躺在桌子上了。这是在第二个孩子尼古拉出生后不久发生的事。

母亲说到做到，又重新安排好了我上学的事。但是不久，我又被送到外祖父那里去了。

一天傍晚，我正从院子往厨房走，听见母亲嘶哑的喊叫声："叶夫根尼，我求你了，求你了……"

"滚开！"继父说。

"我可都知道，你是去她那里！"

"那又怎么样？"

两个人沉默了一会儿，母亲咳嗽起来，说："你是个十恶不赦的混蛋……"

我听到他在打她，我冲进房间，看见母亲跪在地上，后背和胳膊肘顶着椅子，挺着胸，昂着头，嘴里呼呼地喘着气，眼睛里放射出可怕的光。而他却穿戴得干干净净，一身崭新的制服，正用一条长腿踢着瘫倒在地的母亲。我拿起桌子上的一把镶银的骨头把儿的刀——这是用来切面包的，是父亲给母亲留下的唯一的东西——拼命地向继父的腰部刺去。

幸亏母亲及时推开了继父，刀划过他的腰，把他的制服划了个大口子，仅仅划破了他的表皮。继父叫了一声，捂着腰跑出了房间。母亲一把抓住我，大叫一声，把我抱起来摔倒在地上。继父又从院子里回来，把我拉到一边。

天已经很晚了，可他还是离开了家。母亲来到灶炉后面我的床边，怜爱地搂着我，吻我，哭着说："原谅我，都是我的错！唉，亲爱的，你怎么能这样？那可是

继父的恶毒凶狠和母亲的可怜无助深深刺痛了阿廖沙。

阿廖沙骨子里遗传了父亲和母亲的勇敢坚强，他勇于反抗，并勇于承担反抗的后果。这暗示着阿廖沙绝对不会向苦难的生活屈服，他会在生活的一层层撕扯下挺直自己的腰背，永远反抗，永不妥协。

阿廖沙想要保护母亲从而做出了过激的行为，母亲因此摔打阿廖沙。结合后文可以知道母亲是怕阿廖沙犯下不可挽回的过错，但这样的行为仍旧不可避免地让人感到寒心。

255

刀子！"

　　我完全发自肺腑地向她保证，我也完全清楚自己说的是什么，我告诉她，我要杀了继父，然后我再自杀。我想，我是能够做到的，至少我也应该试试。直到现在，他那条龌龊的长腿还在我的眼前浮现，他的裤腿上镶着鲜艳的边饰，这条腿在空中晃动着，用脚尖去踢一个女人的胸口。

　　回忆起往昔这些野蛮的俄国人生活中像铅一样沉重又令人憎恶的画面，我经常不停地问自己：讲述这一切是否值得呢？每一次我都怀着更加坚定的信心回答自己：值得！因为这尽管是丑陋的，但却是活生生的事实，直到今天还没有绝迹！这是需要人们彻底了解的真实，了解它，为的是要将它从我们的记忆、灵魂乃至我们整个沉重又可耻的生活中连根拔除。

　　促使我描写这些丑恶事实的，还有一个更为值得的原因：尽管它们令人憎恶，尽管它们令我们窒息，将许许多多美好的灵魂践踏致死，但俄国人依然健康、充满活力，正在摒弃并将一定会摒弃掉这些丑恶行为。

　　我们的生活令人惊奇，不仅仅是因为滋生出这些卑贱的行径的土壤是富饶和肥沃的，还因为在这土壤中，鲜活的、健康的、富于创造力的种子正在蓬勃生长，善良的、富有人性的力量正在日益向上，它唤起我们永不磨灭的希望——光明的、安逸的生活必将得以复苏和发扬。

　　天已经很晚了，可他还是离开了家。母亲来到灶
炉后面我的床边，怜爱地搂着我，吻我，哭着说："原
谅我，都是我的错！唉，亲爱的，你怎么能这样？那
可是刀子！"

第 十 三 章

我又住到了外祖父那里。

"怎么啦，你这个小强盗？"他这样欢迎我说，一只手敲着桌子，"好啊，现在我不再养活你了，让你外祖母去养你吧！"

"我养就我养，"外祖母说，"你以为这是多么困难的事吗？"

"那你就养吧！"外祖父吼了一声，但马上就安静下来，向我解释说，"我和她现在分家了，我们现在什么都分开了……"

外祖母坐在窗前，飞快地织着花边，线轴快乐地击打着，密密麻麻地别在枕头布上的铜针，在春天阳光的照射下，像金黄色的刺猬一样闪着耀眼的光。外祖母也像铜铸的一样，她一点儿也没变。而外祖父则更瘦了，皱纹更多了，他的棕红色头发变成了灰白色，一对绿眼睛总在疑神疑鬼地东张西望。外祖母以嘲笑的口吻讲起她和外祖父分家的事来。

他把所有的锅碗瓢盆、瓶瓶罐罐都给了她，还说："这都是你的，其他的什么也甭想要了！"

然后他把她所有的旧东西——衣服，包括狐皮大衣，以及各种饰品——都拿走给卖了，共卖了七百卢布，他把这笔钱都借给了他的教子——一个卖水果的犹太人，用来收利息。他成了彻头彻尾的吝啬鬼，丧失了最后一点儿廉耻心：他几乎寻遍了以前结识的每一个老朋友、手工业行会的老同事和富商，逐一向他们诉苦、乞求，说孩子们拖累得他身无分文，向他们哭穷要钱，他利用人家对他的尊敬，弄到了一大笔钱。他拿着这一大笔钱，在外祖母眼前晃悠，像个顽童一样逗弄她，吹嘘着说："看见了没有，傻瓜？人家可是一分钱也不会给你的！"

他把收敛到的这些钱都放贷给了一个新认识的朋友，一个谢了顶的高个子，外号叫"皮鞭"的皮货商，还向那人的妹妹放债——她是一家小铺的店主，是一个红脸膛、身体粗壮的婆娘，有一双褐色的眼睛，人长得像糖浆一样软塌塌、甜腻腻的。

家里的一切都是严格分开的：今天由外祖母出钱买菜做饭，明天就该外祖父花钱买食品和面包了。轮到外祖父的时候，伙食很差；外祖母总是买好的肉，而他买的全是大肠、肝、肺和牛肚子。茶叶和砂糖也是各自分开存放的，但是煮茶时用一个茶炊，外祖父总会惊慌地说："别忙，等一等，你放了多少茶叶？"

他把茶叶放在手心上，仔细地数着，然后说："你的茶叶比我的要碎点儿，所以我要少放点儿，我的叶片大，煮出来要更浓些。"

他还特别注意外祖母倒给他和自己的茶的颜色和浓度，倒在两个杯子里的量也要一样多。

前文中外祖父把钱借给破产的人，损失了好几千，导致自己破产，但外祖父现在却没有吸取教训，还是把得之不易的钱到处外借，企图不劳而获，利用利息赚钱，显而易见，外祖父的悲剧是注定的。

外祖父的吝啬比起从前有过之而无不及，破产的打击、年龄的增长都让外祖父更加愚蠢和斤斤计较了。

"再倒最后一杯吧？"她在倒完最后一杯茶之前问他。

外祖父向茶壶里望一眼，说："好吧，再倒最后一杯！"

甚至圣像前的长明灯的灯油也是各买各的——这竟然是共同奋斗了五十年之后的一幕！

看着外祖父的这些鬼把戏，我感到又好笑又讨厌，而外祖母却只觉得好笑。

阿廖沙的心态也变化了很多，他觉得外祖父的行为好笑又讨厌，而不是一味地憎恶，说明他真的长大了，情感跳出单一的视角而开始复杂交错了。

"你呀，算了吧！"她安慰我说，"这是怎么回事啊？老头子老了，越老越糊涂了呗！他已经是八十岁的人了，活到这分儿上也不容易，就让他糊涂去吧，看谁倒霉？咱们俩的面包我来挣，怕什么？"

我也开始挣钱了。每逢节假日，一大早，我就拿着个袋子走街串巷，挨门挨户捡拾牛骨头、破布片儿、废纸和钉子。把一普特破布烂纸卖给旧货商可获得二十个戈比，废铁也是这个价钱，一普特骨头十个戈比或八个戈比。平时放了学我也去捡，每到星期六去卖，一下子能得三十到五十个戈比，运气好的时候还要多点儿。

阿廖沙勇敢坚强地帮助外祖母挑起养家的重担，毫无抱怨。

每次外祖母接过我的钱，都会急忙塞到裙子的口袋里，垂下眼来，夸奖我说："谢谢你，好孩子！咱们俩还怕养活不了自己吗？这有什么大不了的！"

有一次我偷偷地发现，她拿着我的五十个戈比默默地哭了，一滴混浊的泪水挂在她那像海绵一样的大鼻子尖上。

阿廖沙小小年纪就需要捡废品来维持生活，这让外祖母感到心酸难过。

比卖废品收入更可观的，是到奥卡河岸的木材库或沙岛上偷木头。每逢集市，人们都在沙岛搭建许多临时的棚屋来做铁器生意，集市过后棚屋就被拆掉了，木杆和木板堆积成山，一直放到春汛到来。一块好的木板，小市民业主可以出十个戈比，一天可以拖两三块。但是必须得在坏天气的时候，大风雪或大雨把看管的人给赶走了，只有趁他们去躲避的时候才能得手。

我们有一个很和谐的小团队：靠乞讨为生的莫尔多瓦女人的十岁的儿子，桑卡·维亚希里，这是一个性情温和、安静又快乐的可爱的男孩；举目无亲的科斯特罗马，他头发卷曲，骨瘦如柴，有一双又黑又大的眼睛，后来在十三岁的时候，因为偷了人家的一对鸽子，被送进了少年罪犯教养所，在那儿上吊死了；鞑靼小孩哈比，是一个十二岁的大力士，他天真且本性善良；守墓人的儿子、扁鼻子的雅兹，一个八九岁的男孩，他像鱼一样沉默寡言，患有癫痫；年纪最大的是寡妇裁缝的儿子格里沙·丘尔卡，他是个明白事理、主持公道的人，也是个拳击爱好者——这些都是我们同街的孩子。

在这个镇子上，偷窃不被认为是犯罪，只是一种风气，这几乎成了饥寒交迫的人们唯一的谋生手段。一个半月的集市，挣不够一年的吃喝，连许多体面的小业主也得"到河上捞外快"——打捞被洪水冲走的木板和原木，用小木船运一些零散的货物，但主要是偷驳船上的货物。在伏尔加河和奥卡河岸上，他们练就了"猴子般麻利的腿脚"，对那些放得不稳妥的东西，他们都要去捞一把。每到节日，大人们就夸耀自己的战绩，小孩子就听着，也跟着学。

春天是集市开市前最忙碌的季节，到了晚上，镇子

从"唯一"两个字足以看出下层人民生存状况的艰辛。

一方面来讲，大人们"言传身教"，所以孩子们"有样学样"，这是很悲哀的。而另一方面，人们的生存万分艰难，也体现了当时社会的民不聊生、乌烟瘴气。

261

的街头到处都是醉酒的工匠、车夫，以及各行各业的工人，镇上的小孩子经常摸他们的口袋，这是一种合法的营生，就是当着大人的面，他们也是肆无忌惮地做。

他们偷木匠的工具，偷货车车夫的扳子，偷运货马车的轮轴或大车木轴下面的一块铁——但我们不干这种事。有一天丘尔卡坚决地宣布："我不会偷东西的，妈妈不让我偷。"

"我也怕。"哈比说。

科斯特罗马则对小偷非常地厌恶，他说起"小偷"这个字眼儿，会特别地加重语气，当他看到别的孩子偷醉汉时，他会把他们赶走，如果他们已经得手，他会狠狠地揍他们一顿。

这个大眼睛的忧郁男孩，把自己想象成一个大人，他走路的姿势也很特别，像个搬运工似的，身子一歪一歪的，他竭力用低沉粗鲁的声音说话，他这个人一举一动都一本正经、装腔作势，像个老先生。而维亚希里也相信偷窃是一种罪恶。

不过，从沙岛上拖木板和木杆可不算罪恶，我们谁都不怕，我们还制订了好几套方案，总能很顺利地成功。晚上，天黑下来以后，或者刮风下雨天，维亚希里和雅兹就从河湾一带膨胀、潮湿的冰面上，大摇大摆地登上沙岛，想办法吸引看管人的注意。我们其余四个人便分散开来，悄悄地再从侧面分头摸过去。趁看管的人只注意着维亚希里和雅兹，我们在事先约定的木头旁会合，挑选好要拖走的木头。当腿快的伙伴引逗看管的人去追他们的时候，我们就开始返回了。我们每个人都带着一

在某种程度上来说，阿廖沙总是能在一些艰难困苦的时刻遇到一些对他有重大影响的人。他从外祖母身上学习塑造了自己善良的本性，而后在遇到的人们身上，依靠自己的聪敏辨别别人身上值得学习的品质，所以他始终坚韧不拔地向善向好，没有被时代和社会的黑暗裹挟。

根绳子，绳子后边系着一根像钩子似的大钉子，用它来钩住木板或木杆，在雪和冰上拖着跑——看管的人几乎从来没有发现过我们，就是发现了也追不上。我们把东西卖了，把钱分成六份，每个弟兄能得到五个戈比，有时能分到七个戈比。

用这些钱，可以饱饱吃上一天，但维亚希里若不带给他母亲二两或半斤伏特加，他就会挨揍；科斯特罗马想把钱攒起来，他要买鸽子；丘尔卡的母亲有病，他努力挣钱给母亲看病；哈比也把钱攒起来，他想回自己出生的城市，他舅舅把他带到尼日尼以后就淹死了，哈比忘了那个城市的名称，只知道是在卡马河岸边，离伏尔加河不远。

故事中，每个孩子的身上都压着一座山。

不知为什么，我们觉得他的这个城市很好玩，就编了个歌谣，逗弄这个斜眼的鞑靼孩子：

> 卡马河上一座城，
>
> 它在哪里说不清！
>
> 用手摸不到，
>
> 用脚走不通！

起初，哈比很生我们的气，但有一次维亚希里柔声细语地哄他，那轻柔的声音跟他的外号很相称："做什么呀你？难道还生好兄弟的气吗？"

小鞑靼有点儿不好意思了，也跟着唱起了这首《卡马河上一座城》。

与偷木头相比，我们更喜欢捡破布片儿和骨头。在春天，捡破烂儿很有意思，当积雪消融或是大雨滂沱之后，荒无人烟的集市街道被冲刷得干干净净，在集市的

一群无依无靠的孩子抱团取暖，在阴暗的生活里乐观地找到一些快乐。

壕沟里，总能捡到钉子、铁块，有时还能捡到钱、铜币或银币。但为了不被看货摊儿的赶走，我们得给他两个戈比，或者向他鞠躬作揖，央求半天。总的来说，我们挣钱很不容易，但我们相处得很和睦，虽然偶尔也吵嘴，但是从没打过架。维亚希里是我们的和事佬，他总是能够及时地对我们说几句特别的话，话虽简短，但让我们惊讶和难为情，他自己说这些话时也是一副惊讶的神色。对于雅兹偶尔的恶作剧，他并不往心里去，他认为一切粗鲁的行为都是不必要的，他经常很平和并坚决地予以否定。

"哎，这有什么必要呢？"他问，于是我们也明确地认识到，确实没必要！

他叫自己的母亲为"我家的莫尔多瓦女人"，这也没让我们觉得有什么可笑的。

"昨天，我家的莫尔多瓦女人回家的时候，又喝得烂醉如泥！"他兴致勃勃地讲述着，金黄色的眼睛放着光，"她啪的一下把门推开，坐到门槛上就唱，唱个没完没了，像只老母鸡！"

一向认真的丘尔卡问："她唱的什么呀？"

维亚希里用手掌轻轻拍着膝盖，用细细的声音学着他的母亲唱了起来：

噢，咚咚传来几声响，

年轻牧人街上逛，

舞动牧鞭敲门窗，

村民快步跑到大街上！

你这个牧人波尔卡，

是咱晚上明亮的晚霞，

芦笛声声拨心弦，

吹得全村人梦安详。

他知道好多这样欢快活泼的歌，并能很熟练地唱出来。

"是的，"他接着讲道，"她就这样坐在门槛上睡着了，弄得屋子里冷得要命，我浑身打哆嗦，差点儿没把我冻死，可拖她又拖不动。今天早晨，我对她说：'你为什么喝得醉成这样？'她说：'没什么，你再忍耐一下吧，我很快就会死的！'"

丘尔卡很认真地证实说："她真的快死了，全身都肿了。"

"你可怜她吗？"我问。

"怎么不？"维亚希里惊讶地说，"她可是我的好妈妈……"

我们都知道，那个莫尔多瓦女人无缘无故地就会把他揍一顿，但我们又都相信她是个好人。遇上不走运的时候，丘尔卡就提议："咱们每个人凑一戈比，给维亚希里的母亲买点儿酒吧，不然他会挨揍的！"

我们这个小团队里，只有我和丘尔卡识字，维亚希里特别羡慕我们。他揪着自己尖得像耗子似的耳朵，柔声细气地说："等埋了我家的莫尔多瓦女人之后，我也去上学，我请求老师收下我。学成之后，我就去找主教，请他收下我做个园丁，或者，直接去找沙皇……"

春天，莫尔多瓦女人同一个募集修建寺院基金的老头儿被倒下来的木柴垛砸在了下面，当时她手里还拿着个酒瓶子，她被送到医院去了。文质彬彬的丘尔卡对维亚希里说："去我们家住吧，我妈妈会教你认字的……"

没过多久，维亚希里就把头仰得高高的，念招牌上的字："食品货杂店……"

丘尔卡纠正他说："食品杂货店，怪人！"

"我知道，是母字乱跑。"

"是字母！"

"它们活蹦乱跳的，喜欢被人念呢！"

维亚希里对树木花草的爱惜，让我们感到又好笑又吃惊。

镇子坐落在沙土地上，植物很稀少，只在个别人家的院子里，孤零零地长着几株歪歪斜斜的接骨木。除此之外，就是稀疏枯黄的小草，如果我们之中谁坐在了小草上，维亚希里就生气地嘟囔："嗨，为什么要糟蹋小草啊？坐旁边沙地上不一样吗？"

当着他的面，谁也不好意思去折一根柳枝，谁要是折断一根正在开花的接骨木或砍下奥卡河岸上的一根柳树条，他就露出吃惊的样子，耸一耸肩膀，两手一摊，说："你们怎么什么都折？真见鬼！"

看到他那样吃惊，大家都感到羞愧。

每到星期六，我们都会玩一种很开心的游戏，为了玩这个游戏，我们要准备一个星期，走遍大街小巷去收集旧草鞋，把它们堆到一个僻静的角落里。周六的傍晚，一群鞑靼搬运工从西伯利亚码头①收工回家，我们在十字路口找好了阵地，就开始向他们扔草鞋。起初他们很

① 西伯利亚码头：在今高尔基城集市区的伏尔加河畔。

266

恼火，对我们连追带骂，可很快他们也迷上了这种游戏。他们知道会遭到攻击，也准备好很多草鞋出现在战场上。不仅如此，他们还窥探到我们藏"军火"的地点，不止一次地把我们偷了个精光。我们朝他们抱怨："这还算什么游戏啊！"

于是，他们就把草鞋分给我们一半，接着战斗就开始了。

通常是他们在开阔地上摆好阵势，我们高声叫喊着，围着他们发起进攻。如果我们有人被草鞋砸到了，一头扎到沙土里，他们也高声叫喊，哈哈大笑。

游戏要持续好长时间，有时到天黑。引得一帮小市民们躲在墙角处观看，当然为了显示他们的体面，照例要嘟囔几句。天空中，灰色的、满是尘土的草鞋像乌鸦一样飞来飞去，有时会重重地打在人身上，但从中获得的乐趣要远远大于疼痛。

这些鞑靼小伙子玩起来比我们还要兴奋。战斗结束后，我们常跟着去他们落脚的地方，他们用香甜的马肉和味道特别的蔬菜汤来款待我们。晚饭后，还请我们喝浓茶，吃奶油核桃仁的甜点心。我们非常喜欢这些身材魁梧的人，他们都是大力士，身上有一种孩子般的稚气和单纯，尤其吸引我的是他们的善良、爱心和彼此之间的体贴和重情重义。

他们笑起来非常开心，甚至会笑出眼泪来。其中有一个卡西莫夫人，鼻子有点儿歪，是个具有神奇力量的壮汉。有一回，他把一个重达二十几普特的大钟从货船上搬上了岸，他笑着、叫着、喊着："呕，呕！扯淡——

阿廖沙接触的大人更多都是阴险的、不堪的，而这些鞑靼小伙子身上有"小茨冈"的影子，他们高大威猛而富有童心，善良淳朴。

267

臭鸡蛋！扯淡——不值钱！金钱全都是扯淡！"

还有一回，他把维亚希里托在他的手掌上，将他高高地举了起来，说道："看你到哪儿了，上天喽！"

遇上坏天气时，我们就聚集到雅兹在墓地的家里——他父亲在那里看管墓地。这个人浑身的骨头都是歪着长的，胳膊很长，身上脏兮兮的，小小的脑袋和黑黢黢的脸上，横七竖八地长着毛发，他的脑袋很像一朵干枯了的带刺儿的牛蒡，细细的脖子就像那花茎。他美滋滋地眯着那双黄眼睛，像说绕口令似的嘟囔着说："上帝保佑，别让我睡不着觉！嗬呦呦！"

我们买了些茶叶、砂糖和面包，还必不可少地给雅兹的父亲买了伏特加酒。丘尔卡严厉地命令他："废物，把茶炊烧上！"

"废物"笑嘻嘻地摆上了一只铁茶炊，我们在等茶的时候，讨论起自己的事来，他为我们出谋划策："你们注意着点儿，后天特鲁索夫家为死人办四旬祭①，要举办盛大的宴会，到时候你们就有骨头捡了！"

"特鲁索夫家的骨头，厨娘会都收起来的。"无所不知的丘尔卡说。

维亚希里望着窗外的墓地，憧憬地说："我们很快就可以到森林里去了，太好了！"

雅兹一直都默不作声，忧郁的目光仔细打量着所有人，他默默地把从垃圾堆里捡来的木头士兵、瘸腿的马、碎铜片和扣子拿给我们看。

他的父亲把各式各样的碗、茶杯摆到桌子上，端上

① 四旬祭：俄国民间风俗，人去世四十天后所举行的祭祀。

来茶炊，科斯特罗马坐下来给大家倒茶。雅兹的父亲喝完了他那一份酒，爬到炕炉上，伸着长脖子，用猫头鹰似的眼神盯着我们，嘟嘟囔囔地说："呦，让你们全死光，好像你们已经不是小孩子了，是吧？你们这些小偷，上帝让你们睡不着觉！"

维亚希里冲他说："我们根本不是小偷！"

"就算不是小偷，那也是贼小子……"

雅兹的父亲让我们厌烦时，丘尔卡就会生气地呵斥他："别啰唆了，废物！"

我、维亚希里和丘尔卡很不喜欢他啰唆，他的话题离不开谁家有病人、哪个病人要死了之类的事。他津津乐道这些事，没有丝毫的怜悯，他发现我们不喜欢他的话题，还故意逗弄、刺激我们："啊哈，害怕了，孩子们？告诉你们吧，有个胖子要死了！噢，要好久才能烂掉呢！"

我们让他住嘴，可他还是喋喋不休："你们早晚也得死，死到垃圾坑里，你们也活不了多久！"

"哼，死就死，"维亚希里说，"死后当天使……"

"就你们？"雅兹的父亲惊讶得喘不过气来了，"你们？还要去当天使？"

他大笑不止，又开始逗弄我们，讲死人的一些乱七八糟的事。

但是，有时这个人会突然低声细语地讲一些稀奇古怪的事："听着，孩子们，三天前埋了一个女人，我知道她的故事，孩子们，这是个什么样的女人呢……"

他经常讲起女人，而且总是讲得令人作呕。不过，

当时的社会有很多像彼得大叔和"废物"一样的人，他们以旁观别人家的苦难作为自己的乐趣，这是思想的扭曲。

269

他的讲述总是激发你去思考，其中又满含着幽怨，他像是在请我们同他一起思考，于是我们就认真地听他讲下去。他不善言辞，讲得颠三倒四的，常常用一些问句，可他讲的东西还是会留下支离破碎又令人不安的印象："别人问她：'谁放的火？'她说：'我放的！''为什么要这样，傻瓜？那天晚上你不在家，你躺在医院里！''是我放的火！'这就是她，她为什么要这样？噢嗬，上帝保佑，别让我睡不着觉……"

他几乎知道每一个埋在凄凉光秃的墓穴里的村民的故事，他好像在我们面前打开了各家各户的大门，让我们走了进去，看见了他们都是怎么生活的，让我们感受到了严肃而又重要的东西。他能讲上一夜，一直讲到天亮。当看墓小屋的窗户暗下来，暮色降临的时候，丘尔卡站起身来："我得回家了，要不妈妈会担心的。谁跟我一起走？"

大家都走了，雅兹把我们送到围墙边，关上了大门，他阴郁清瘦的脸贴着栅栏，用低低的声音说："再见！"

我们也回答他："再见！"每一次把他一个人留在墓地，我们心里都不是滋味。有一回科斯特罗马回头望了一眼，说："瞧着吧，明天咱们醒来时，他也许已经死了。"

"雅兹比我们所有人活得都苦！"丘尔卡常这样说。

"我们一点儿都不苦……"维亚希里反驳他说。

在我看来，我的生活一点儿也不苦，我很喜欢这种无拘无束的街头生活，喜欢这些伙伴，他们唤起我心中某种柔软的情感，我总是不安地想为他们做点儿好事。

我在学校的生活又陷入了困境，学生们嘲笑我，管我叫"捡破烂的""要饭的"。一天吵过架后，他们向老师控诉，说我身上有一股垃圾味，不能同我坐在一起。我清楚地记得，这样的控告给我造成了很大的伤害，之后我很难再去上学。这是他们恶意的捏造。每天早晨我都是仔细地洗澡，也从来没有穿着捡破烂时穿的衣服去上学。

生活中无处不在的恶意还是影响到了阿廖沙，这是不可避免的。

终于，我顺利地通过了三年级考试，学校奖给我一本《福音书》、一本《克雷洛夫寓言》和一本不带封面的小书《摩根蜃景①》，还有一张奖状。当我把这些奖品带回家的时候，外祖父表现出异乎寻常的兴奋，他很动情地宣布：他要把这些珍藏起来，要把这些书锁到他自己的箱子里。当时，外祖母已经病倒好几天了，她缺钱花，外祖父唉声叹气，尖声地埋怨说："你们把我啃光吃净，就剩骨头了。唉，你们这些人呀……"

文中多次提到外祖父珍藏书籍，说明外祖父对于知识和书籍是很尊重的。

我把书拿到小商店，卖了五十五戈比，交给了外祖母。我在奖状上胡乱写了些字以后才交给外祖父，他没打开看就珍藏了起来，所以也没有发现我的恶作剧。

摆脱了学校，我又开始了混迹街头的生活。如今大街上更美了，正是春光明媚的好时节，挣的钱多了起来。每到周日，一大早，我们几个就结伴去野外的松林里，很晚才回到村里，虽然很疲劳，但心里很舒畅，彼此之间更加亲密了。

但是，这样的生活没有维持多久：继父被解雇了，人也不知去向。母亲和小弟弟尼古拉搬到了外祖父家，

---

① 摩根蜃景：海市蜃楼。

我就担负起保姆的重任。外祖母去了城里，住在一个富商家里，给他们绣棺材罩上的基督像。

变得沉默而瘦弱的母亲，连脚都抬不动了，她用那双可怕的眼睛看着一切。小弟弟得了瘰疬，踝骨上有些溃疡，身子弱得连大声哭的力气都没有，饿了就浑身颤抖着呻吟，吃饱了就打盹儿，睡觉时会发出奇怪的喘息声，像小猫一样打着呼噜。

外祖父仔细摸了摸他，说："应该好好喂喂他，可我上哪儿去弄这么多吃的养活你们啊……"

母亲坐在墙角的床上，声音虚弱地叹着气说："他吃不了多少……"

"这个吃不了多少，那个也吃不了多少，可加起来就多了。"

他挥了一下手，对我说："你得把尼古拉抱到院子里，给他晒太阳，把他放在沙地上……"

我用口袋背来了干净的沙子，在窗户底下堆成堆儿，按照外祖父的吩咐，把小弟弟埋在里面晒太阳。小家伙很喜欢坐在沙堆里，他那双与众不同的眼睛朝我眨着，甜甜地笑着，这双眼睛没有眼白，只有一对蓝色的瞳孔，瞳孔四周是明亮的光圈。

我一下子就对这个小弟弟恋恋不舍了，我觉得，我在想什么他都能懂。我和他躺在窗下的沙堆里，这时传来外祖父尖厉的声音："死，并非什么难事！你应该想办法活下去！"

接着传来母亲阵阵的咳嗽声……

小弟弟抽出两只小手伸向我，一边摇着白白的小脑

母亲病重，外祖父负担不起这么多人的生活。也许是为了给年幼的孩子一些生存机会，母亲想到了一些极端的想法，所以外祖父才会吼叫着说："你应该想办法活下去！"

袋，他的头发很稀少，头上泛着白光，可那张笑脸却很老成、很机灵。如果有鸡和猫从旁边走过，他就长时间地盯着它们看，然后再看看我，露出甜甜的微笑，这微笑令我羞愧：该不会是小弟弟感觉到了我和他待在一起很无聊，总想扔下他跑到大街上去吧？

院子很小，拥挤又肮脏，从大门口起，依次是棚屋、木柴棚和地窖，它们排列得高低起伏，最后是一间浴室。棚子顶上堆满了小船的残骸、劈柴、木板和潮湿的碎木片，所有这些都是从奥卡河里捞上来的，凌乱地堆满了整个院子，那些湿透了的木头，在阳光下冒着热气，散发出一股股的霉味。

旁边的院子，是一家小牲口屠宰场，几乎每天早上都会听到那里的小牛犊和绵羊的叫声，还飘过来浓浓的血腥味。我有一种感觉，这股血腥味就如同一张血红又透明的网，在尘土飞扬的空气中飘摇。

每当重重的斧头砸向两个犄角之间时，那些小动物便发出咩咩的哀叫声，这时尼古拉就会眯起眼睛，噘起小嘴巴，想必他也想学那声音，可是只能吹出一口气："呜……"

到了中午，外祖父从窗口探出头来，喊道："吃饭了！"

他亲自喂尼古拉吃饭，他把尼古拉放在膝盖上，嚼烂土豆、面包，再用弯曲的手指送到尼古拉的嘴里，弄脏了那薄薄的小嘴唇和尖尖的下巴。他喂了几口，就撩起尼古拉的衣服，用一根手指按按他那鼓胀的小肚子，大声地自言自语道："够了吧？还要啊？"

阿廖沙又换地方住了，生活环境变得越来越糟糕。

273

从靠近房门的黑暗角落里，传来母亲的声音："您不是明明看见他还在伸手拿面包吗？"

"小孩子，不懂事！他哪能知道他能吃多少……"

外祖父又嚼烂了一口面包塞进尼古拉的嘴里。看着他这样喂孩子，我羞愧得心中隐隐作痛，喉咙里似乎有什么东西向上涌，直想呕吐。

"好了，就这样吧！"他最后说，"给，把孩子抱给你母亲。"

我接过尼古拉，他哼哼呀呀的，身子还向饭桌够。母亲迎着我站起身来，说话有气无力的，她伸出瘦得只剩骨头的胳膊，细长的身子就像一棵被砍光了枝条的枯松。

她完全成了哑巴，声音变得如游丝一般，很少说一句话。她整天一言不发地躺在角落里，已经奄奄一息了。她快要死了——这一点我当然感觉到了，甚至知道得非常清楚。外祖父也经常令人厌烦地讲到死亡，尤其是夜晚，当外面一片漆黑，一股滚热的如熟羊皮一样的腐烂气味飘进窗口时。

外祖父的床摆放在前面的角落里，差不多就在圣像下边，他睡觉时脑袋就朝着圣像和小窗户。他躺在黑暗中，嘴里嘟囔着："瞧，死期已至！有什么脸面去见上帝？有什么对他说的？忙碌了一辈子，也干了点儿事情……最后落得个什么下场……"

我睡在炕炉和窗户之间的地板上，这地方不够我的身长，我只好把脚伸进炉膛里，蟑螂就在我脚趾缝里乱爬，弄得我痒痒的。这个角落让我看到了不少让人啼笑、心酸的事：外祖父做饭的时候，炉叉子的把儿和钩子经

现在的母亲和年轻时的母亲判若两人。还是少女的母亲勇于追求自己的自由和爱情，后来回到外祖父家里也还在坚持着不向生活和外祖父屈服，但现在，母亲用卑微的态度生活在外祖父的家里，她最终还是被生活折磨得面目全非了。

274

常打破窗户玻璃。他这样聪明的人，竟然没想到要把炉叉子的把儿截短一点儿。

有一天，砂锅里的东西煮沸后溢了出来，他慌了神儿，用炉叉子使劲一拨，打坏了窗框的横木和两块玻璃，碰翻了炉灶上的砂锅，砂锅摔碎了。这可让老头子心疼死了，他坐到地板上哭了起来。

"我的天哪，我的天哪……"

白天他出去的时候，我用切面包的刀子，把炉叉子的把儿削去一些。可是外祖父看到我干的活儿之后，把我骂了一顿："你这个可恶的东西，应该用锯子锯，用锯子！锯下来的那一段可以做擀面杖，可以卖钱，你这个丧门星！"

他挥着手，跑到了过道里。母亲说："你少管闲事吧……"

母亲是在八月的一个星期天死的^①，是中午左右。当时继父刚刚出行回来，他又在什么地方谋到了一份差事。外祖母和尼古拉已经搬到他那儿去了，那是火车站附近的一套整洁的住宅，本来母亲打算再过两天也要搬过去的。

母亲死的那天早晨，声音很虚弱，但听起来很清晰，语气也轻松了许多，她说："去把你继父叫来，告诉他，我请他来一下！"

她用一只手扶着墙，在床上微微欠起身子。她坐起来，又补充了一句："快点儿跑！"

这一章故事里的阿廖沙不再小心翼翼，责任让他成长，人格和行为也相对独立了。

---

① 高尔基的母亲于1889年8月5日因患肺结核去世，终年35岁。

我感觉她在微笑，她的眼里闪着异样的光芒。

继父正在做弥撒，外祖母让我到犹太女人开的小铺去买烟，那里没有现成的烟丝，只好等着老板娘把烟叶搓碎，然后又给外祖母送了过去。

当我回到外祖父家的时候，母亲正坐在桌旁，穿着一件淡紫色的连衣裙，头发梳理得很漂亮，还像从前一样端庄。

"你好点儿了？"我问，不知为什么，心里有点儿怯怯的。

她看我的眼神有点儿恐怖，说："你过来！你又到哪儿去游荡了吧，嗯？"

还没等我开口，她就揪住我的头发，另一只手抓起一把用锯条做的又软又长的刀，用力拍打了我几下，之后刀子从她手里滑掉了。

"捡起来！给我……"

我捡起刀来，扔到了桌上。母亲将我一把推开，我坐到了炕炉的台阶上，惊恐地看着她。

她从椅子上站起来，慢慢地移到自己睡觉的角落里，躺到床上，开始用手帕擦脸上的汗。她的手活动起来很不灵活，两次都从脸上滑落到枕头上，拿着手帕的手在枕头上滑动。

"给我点儿水……"

我从桶里舀了一碗水，她吃力地抬起头来，喝了一点儿。她深深地喘了口气，用一只冰冷的手推开我的手。她看了一眼墙角的圣像，把目光又移向我，嘴唇翕动着，好像是在笑，然后慢慢地垂下长长的睫毛，将眼睛盖住。

阿廖沙安静、沉默、镇定地目睹了母亲的死亡过程。

276

她的两只胳膊紧紧地贴在腰部，手指微微抖动着，两只手慢慢移到胸口上，又移向喉咙。她的脸上掠过一片阴影，这阴影迅速笼罩了她整个脸庞，焦黄的皮肤紧绷着，鼻子也变得更尖了。让我吃惊的是，她的嘴一张一合，但我却听不到她的呼吸声。

我在她旁边端着水碗不知道站了多久，一直看着她的脸渐渐地变僵、变灰。

外祖父走进来，我对他说："母亲死了……"

他向床上瞟了一眼："你胡说什么？"

他走到炉灶前，开始往外拿馅饼，弄得炉门盖和烤盘叮当直响。我清楚地知道母亲已经死了，我看着他，等待着他能明白这一点。

继父进来了，他穿着帆布上衣，戴着白色的制帽。他悄悄地拿来一把椅子，放到母亲的床边。突然，他把椅子推倒在地板上，像铜喇叭似的大叫一声："她死了，你们看……"

外祖父瞪大了眼睛，手里拿着炉盖，像个瞎子似的跌跌撞撞、蹑手蹑脚地离开了灶台。

当大家向母亲的棺材上撒干土的时候，外祖母像个瞎子似的在坟墓间乱撞，她碰到十字架上，碰破了脸。雅兹的父亲把她领到他的小屋里，在外祖母洗脸的时候，他轻声安慰我说："唉，你呀，上帝保佑你，不要让你失眠，你为什么要这样，嗯？其实活着就这么回事……我说得对不对，老人家？不论是贫穷还是富贵，所有人都是一样的归宿，是不是，老人家？"

他望了一眼窗外，突然跑出小屋，可马上又容光焕

用外祖母不知所措的动作行为侧面凸显她的悲伤。

277

发、神采飞扬地回来了，后边还跟着维亚希里。

"你看啊，"他说着，递给我一个折断了的马刺，"你看，多好的东西！这是我和维亚希里一起送给你的。看，还有个小轮子，是吧？一定是哥萨克骑兵戴过的……我本来想从维亚希里手里买下来，我要给他两个戈比……"

"你在胡说什么！"维亚希里生气地小声说道。

雅兹的父亲一边在我面前蹦蹦跳跳，一边冲他挤眉弄眼地说："维亚希里，嗯？好厉害！好的，不是我，是他送给你的，是他……"

外祖母洗完了脸，用围巾把红肿发青的脸包好，就招呼我回家。我拒绝回家，我知道，在丧宴上人们一定会喝酒，可能还会吵架。在教堂的时候，米哈伊尔舅舅就叹着气对雅科夫舅舅说："今天喝几杯吧，啊？"

维亚希里想尽办法逗我笑，他把马刺挂在下巴上，用舌头舔上面的小齿轮，而雅兹的父亲则故意哈哈大笑，还大声喊着："看啊，你看，他在做什么！"

可看到这一切并不能使我高兴起来，他严肃地说："好了，别这样，醒一醒吧！我们都会死的，甚至连小鸟也会死的。这样吧，我给你母亲的坟铺上草皮，怎么样？咱们现在就到野外去，你、维亚希里、我，还有我的雅兹也和咱们一起去，咱们铲些草皮，把坟墓装扮起来，那是再漂亮不过了！"

这让我很高兴，于是我们大家就向野外出发了。

埋葬完母亲几天之后，外祖父对我说："喂，阿列克谢，你可不是枚奖章，我脖子也不是挂你的地方，你到人间去吧……"于是，我就走入了人间。

　　埋葬完母亲几天之后，外祖父对我说："喂，阿列
克谢，你可不是枚奖章，我脖子也不是挂你的地方，
你到人间去吧……"于是，我就走入了人间。

考题精选

1.24-25 六年级上·四川成都·期末

在抗日战争时期，优秀的品质和崇高的精神体现在每一个与敌人斗争的英雄身上，比如我们熟悉的小英雄雨来。雨来的故事，不禁让我们想起高尔基《童年》中同是孩子的阿廖沙的故事。回想《童年》，完成下面的题目。

（1）本书中还有哪些让你印象深刻的人物呢？请照样子在括号里写一写。

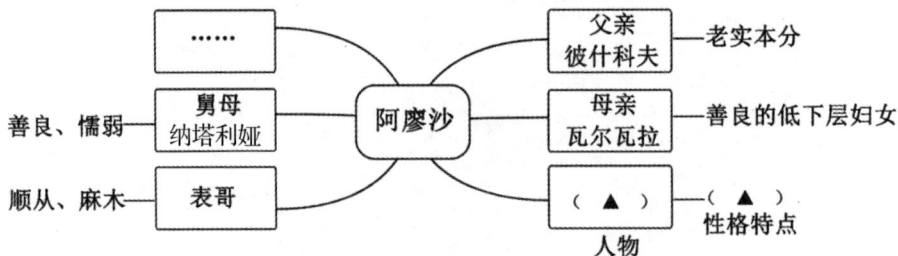

（2）本书中，你印象最深的一个情节是什么？这个故事情节带给你什么样的体会呢？

答案：

（1）外祖父；粗暴、野蛮

（2）示例：外祖父的那次"毒打"，让阿廖沙印象最深。身体上，我被打得昏死过去，大病一场才缓过来。心灵上，年幼的阿廖沙第一次有了异样的感觉，从那以后，阿廖沙总是小心翼翼地观察别人，对任何屈辱和痛苦都变得极度敏感，一点儿小事都能刺痛他。

同学们要为下面三本好书写推荐语，请你帮他们完成。

《爱的教育》：这是一个充满爱和温暖的故事，它以日记体的形式展现了人性的美好和爱的力量。

《小英雄雨来》：这是一个红色故事，讲述了一个普通孩子如何在困难和挑战中逐渐成长为勇敢的英雄。

《童年》：这是一本自传体小说，_____

_____

答案： 这本书讲的是阿廖沙苦难的童年。阿廖沙在黑暗的旧社会中摸爬滚打长大的经历，让我们看到了旧时代孩子成长路程的诸多艰难，也让我们认识到，即便身处困境，也要抱有钢铁般的坚强意志，勇敢克服一切艰难险阻。

阅读名著能认识不同的人物，看到不同的故事。读《童年》，我认识了坚强、正直的阿廖沙，慈祥、善良的外祖母和_____的"小茨冈"。

答案： 乐观、富有同情心

阅读有法：《童年》讲述了阿廖沙的成长故事，书里人物众多，理清人物关系有助于阅读。照样子，请将人物、人物特点以及对应的情节连一连。

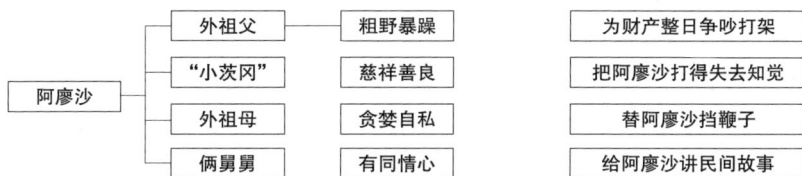

阿廖沙		
外祖父	粗野暴躁	为财产整日争吵打架
"小茨冈"	慈祥善良	把阿廖沙打得失去知觉
外祖母	贪婪自私	替阿廖沙挡鞭子
俩舅舅	有同情心	给阿廖沙讲民间故事

答案：

阿廖沙
- 外祖父 —— 粗野暴躁 —— 为财产整日争吵打架
- "小茨冈" —— 慈祥善良 —— 把阿廖沙打得失去知觉
- 外祖母 —— 贪婪自私 —— 替阿廖沙挡鞭子
- 俩舅舅 —— 有同情心 —— 给阿廖沙讲民间故事

5.24-25 六年级上·贵州黔东南·期末

《童年》是苏联作家_____创作的长篇小说。故事中有_____的"小茨冈"、慈祥善良的_____、_____的工人格里戈里，让饱受苦难的主人公阿廖沙感受到了人世间的温暖和美好。

答案： 高尔基；乐观纯朴；外祖母；善良正直

6.23-24 六年级上·山东青岛·期末

下面是小文准备在读书交流会中交流《童年》这部书的内容，请你帮她填写完整。

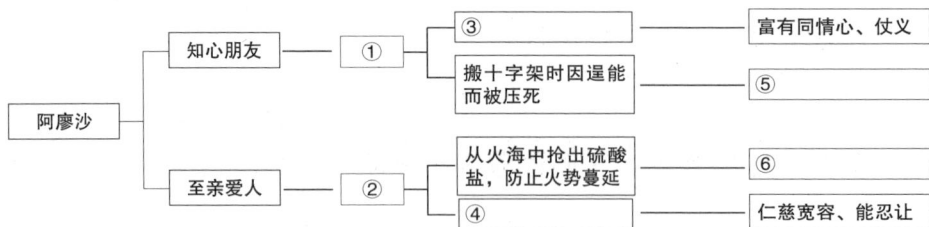

阿廖沙
- 知心朋友 —— ① —— ③ —— 富有同情心、仗义
- —— 搬十字架时因逞能而被压死 —— ⑤
- 至亲爱人 —— ② —— 从火海中抢出硫酸盐，防止火势蔓延 —— ⑥
- —— ④ —— 仁慈宽容、能忍让

答案： ①"小茨冈"；②外祖母；③用自己仅剩的一点点食物去换取物品，送给穷人；④为了不让母亲担心，嘱咐"我"千万不要把外祖父打她的事告诉母亲；⑤想尽办法得到别人的夸奖；⑥勇敢和智慧。

7.23-24 六年级上·山东济宁·期中

《童年》讲述的是主人公阿廖沙（　　　　）这一时期的童年生活。

A. 三到十岁

B. 五到十岁

C. 六到十岁

D. 六到十二岁

答案： A

8.23-24 六年级上·山东枣庄·期中

《童年》是苏联作家＿＿＿＿＿＿自传体三部曲中的第一部，另外两部是《在人间》《我的大学》。小说以＿＿＿＿＿＿的视角来讲故事，给这个充满＿＿＿＿＿＿的故事蒙上了一层天真烂漫的色彩。

答案： 高尔基；孩子（或儿童）；伤痛（悲伤）

9.22-23 六年级上·山东菏泽·期中

快乐阅读。

（1）以《童年》中的主人公阿廖沙为中心，在下面的方框内写出另外两个与他相关的人物。

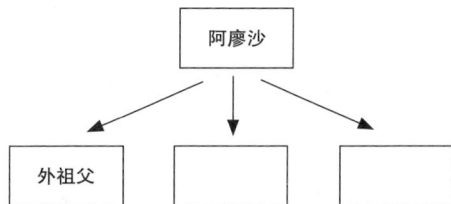

（2）从以上人物中任选一位，用一个词语概括他（她）的特点。

人物：＿＿＿＿＿＿　　　　　　特点：＿＿＿＿＿＿

答案：

（1）

（2）外祖父；自私吝啬

10.22-23 六年级上·山东聊城·期中

在《童年》中，舍身用自己的胳膊帮阿廖沙挡住外祖父树条的是（　　）

A. 妈妈
B. 外祖母
C. "小茨冈"
D. 舅舅

答案：C

11.22-23 六年级上·山东聊城·期中

填空

（1）《童年》是以_____的自身经历为原型创作的三部曲的第一部，其他两部为_____、_____。

（2）《童年》讲述的是_____三岁到十岁这一时期的童年生活，生动地再现了19世纪七八十年代_____的生活状况。

（3）《童年》中塑造的_____的形象是俄国千百万劳动者走向革命、走向新生活的具有普遍意义的劳动者。

（4）作品中除了外祖母，还有乐观淳朴的_____、正直的_____、献身科学的知识分子_____都给过阿廖沙以力量和支持，使他在黑暗和污浊的环境中仍保持着生活的勇气和信心，并逐渐成长为_____。

答案：（1）高尔基；《在人间》；《我的大学》；（2）阿廖沙；俄国下层人民；（3）阿廖沙；（4）"小茨冈"；老工人格里戈里；"好事情"；坚强、勇敢、正直的人

12.22-23 六年级上·山东聊城·期中

简答

最近读了《童年》这本书，你对书中的哪个人物印象深刻？请根据自己的理解简要分析这个人物形象。

_____

答案：主人公阿廖沙。

人物形象：阿廖沙自幼观察力敏锐、内心敏感，受到身边人影响颇深，能够明辨是非。而且阿廖沙在朋友的帮助下，发现了身边隐藏着的真、善、美。现实生活的重重压力不仅没有压垮他，反而让阿廖沙凭借坚定的意志和顽强的精神，成长为坚强、正直、勇敢、自信的少年。

13.21-22 六年级上·山东临沂·期末

《童年》是苏联作家_____的小说，文中的"我"叫_____，"我"到外祖母家最喜欢做的事是_____。关于成长故事的书还有很多，你还读过_____、_____。

答案：高尔基；阿廖沙；听外祖母讲故事；《草房子》；《布鲁克林有棵树》

14.20-21 六年级上·山东济宁·期末

快乐读书吧。

（1）小说《童年》的主人公阿廖沙第一次挨外祖父打是因为

_____。

（2）请按《 童年 》这部小说情节发展的先后顺序将以下章节进行排序。

_____

①顶针事件　②彼得大叔去世　③父亲的离去　④母亲再嫁

答案：

（1）雅科夫舅舅家的萨沙怂恿阿廖沙把柜子里过节专用的白桌布染成蓝色，可转身却向外祖父告密

（2）③①②④

15.24-25 六年级上·广东中山·期末

《童年》中主人公阿廖沙长期生活在污浊、黑暗的环境里，为什么没有被这种环境所腐蚀（shí）而变化呢？

_____

_____

答案： 阿廖沙身边并非只有黑暗，以外祖母为代表的一些人，展现出了别样的温暖与光明，给予他力量和支撑，让他在污浊不堪的环境中，依旧保有生活的勇气与信心。

16.24-25 六年级上·四川成都·期中

使阿廖沙的外祖父变得吝啬、专横、残暴的原因是（　　）

A. 不幸的童年

B. 生活所迫，为了赚到钱

C. 他原本的性格就是这样

D. 父亲教他变成了这样

答案： B

《童年》一书中，外祖父一家成员之间的主要矛盾是（　　　）。

A. 社会问题　　　　　　　B. 财产问题

C. 感情问题　　　　　　　D. 地位问题

答案： B

同学们最终选定《童年》一书，准备讲述书中与阿廖沙成长关系密切的故事。

①救火事件　②捡破烂谋生　③两个上帝　④染错布事件

（1）请你按照书中情节的发展，将上面故事正确排序：＿＿＿＿＿

＿＿＿＿＿＿＿＿＿＿＿。

（2）如果你来讲述其中的故事，你会选择＿＿＿＿＿＿（填序号），请你简单介绍这个故事情节，并谈谈你对主要人物的印象。

＿＿＿＿＿＿＿＿＿＿＿＿＿＿＿＿＿＿＿＿＿＿＿＿＿＿＿＿＿＿

答案：

（1）④①③②

（2）②；在书中的这一情节里，年幼的阿廖沙由于家庭极度贫困，不得不走上街头，以捡破烂的方式艰难谋生。阿廖沙瘦小的身影穿梭在镇上的各个角落，尽管生活的重压让他步履维艰，但阿廖沙从未有过一丝放弃的念头。他勇敢地直面困境，用自己稚嫩的双手努力赚取那微薄的收入。这一事件，一方面淋漓尽致地展现出阿廖沙超乎年龄的坚韧与非凡的勇气；另一方面，也更加深刻地

揭示出他所处的那个社会环境是何等的残酷，充满了令人无奈的不公。

19.23-24 六年级上·江西吉安·期末

《童年》中，阿廖沙的表哥，即米哈伊尔的儿子萨沙的性格是
（　）

A 正直本分　　　　　　B 沉默忧郁
C 粗鲁无礼　　　　　　D 活泼开朗
答案： B

20.23-24 六年级上·河南信阳·期中

在《童年》阅读交流会上，有的同学说这是一部关于亲情的小说，有的同学说这是一部关于苦难的小说，也有的同学说这是一部关于成长的小说。你怎么认为呢？请结合小说内容，谈谈你的看法。

_____

_____

答案：《童年》是一部综合性的经典小说，它集亲情、苦难、成长等诸多元素于一身。书中细腻描绘了亲情的强大力量，以及家庭成员间千丝万缕的情感纽带；同时，书中也赤裸裸地展现出社会底层的重重苦难和人性的复杂多变。不仅如此，小说还以阿廖沙一路的成长经历为脉络，真切地表达出他即便身处黑暗，依然怀揣着对生活的热爱、对未来的憧憬与希望。整部小说凭借其深邃厚重的情感、包罗万象的内涵，吸引着无数读者与之产生强烈的共鸣。

图书在版编目（CIP）数据

高尔基的童年 ／（苏）高尔基著；陈广秋译 .

济南：济南出版社，2025. 6. ─ ISBN 978-7-5488
-7249-8

Ⅰ . I512.45

中国国家版本馆 CIP 数据核字第 2025VP1561 号

高尔基的童年

GAOERJI DE TONGNIAN

[苏联] 高尔基　著　陈广秋　译

出 版 人　谢金岭
责 任 编 辑　蓝双秀　孟凡彩　任旭东
装 帧 设 计　读伴文化

出版发行　济南出版社
地　　　址　山东省济南市二环南路 1 号（250002）
邮　　　箱　35046852@qq.com
总 编 室　0531-86131715
印　　　刷　济南乾丰云印刷科技有限公司
版　　　次　2025 年 6 月第 1 版
印　　　次　2025 年 6 月第 1 次印刷
开　　　本　165mm×230mm　16 开
印　　　张　18.5
字　　　数　183 千字
印　　　数　1-5000 册
书　　　号　ISBN 978-7-5488-7249-8
定　　　价　33.80 元

如有印装质量问题，请与出版社出版部联系调换
电话：0531-86131736